CLAUDIA ROSSBACHER

# Steirernacht

# CLAUDIA ROSSBACHER

# Steirernacht

*Sandra Mohrs sechster Fall*

GMEINER SPANNUNG

Bisherige Veröffentlichungen im Gmeiner-Verlag:
Hillarys Blut (Gmeiner-Digital, 2016), Enter ermittelt in Wien (2016), Wer mordet schon in der Steiermark? (2015), Steirerland (2015), Steirerkreuz (2014), Steirerkind (2013), Griaß eich in der Steiermark – 66 Lieblingsplätze und 11 Erlebnisstraßen (2013), Enter ermittelt (2013), Steirerherz (2012), Steirerblut (2011)

*Personen und Handlung sind frei erfunden.*
*Ähnlichkeiten mit lebenden oder toten Personen*
*sind rein zufällig und nicht beabsichtigt.*

Besuchen Sie uns im Internet:
www.gmeiner-verlag.de


Im Ehnried 5, 88605 Meßkirch
Telefon 07575/2095-0
info@gmeiner-verlag.de

1. Auflage 2016

Lektorat: Claudia Senghaas, Kirchardt
Herstellung: Julia Franze
Umschlaggestaltung: U.O.R.G. Lutz Eberle, Stuttgart
unter Verwendung der Fotos von: © Hannes Rossbacher und ricardoreitmeyer – Fotolia.com
Druck: GGP Media GmbH, Pößneck
Printed in Germany
ISBN 978-3-8392-1926-3

Für alle treuen Leserinnen und Leser, die diesmal ein paar Monate länger als sonst auf Sandra Mohrs neuen Fall warten mussten

Alle Steirerinnen und Steirer bitte ich um Verständnis, dass ich aus Rücksicht auf Leser im deutschsprachigen Raum, die steirische Mundart nicht verstehen, diese wie immer nur angedeutet und hie und da eingeflochten habe. Erklärt werden diese Ausdrücke am Ende des Buchs im Glossar.

Herzlich,
Claudia Rossbacher

Reinischkogel 2016

# PROLOG

Die Stille der Nacht
zerfetzt.
Der erste Schuss
ein Treffer.

Der zweite,
dritte,
vierte Schuss
du bist tot.

Der fünfte Schuss
mitten ins Herz.
Die Stille der Nacht
ewig.

# KAPITEL 1

*Samstag, 12. April*

## 1.

»Das ist jetzt aber nicht wahr …« Abteilungsinspektorin Sandra Mohr bremste den schwarzen Audi A6 ab, während sie ihr nächtliches Déjà-vu kommentierte. Ihr Blick folgte der halb gerauchten Zigarette, die in hohem Bogen über die Motorhaube ihres zivilen Dienstwagens auf die Fahrbahn flog.

Wann zum Teufel hatte der Chefinspektor wieder mit dem Rauchen angefangen? Und vor allen Dingen, warum? Nachdem er fast zwei Jahre lang abstinent gewesen war. Oder hatte er ihr bloß etwas vorgemacht? Zuzutrauen war es ihm.

Sascha Bergmann stürzte den restlichen Inhalt seines Kaffeebechers hinunter und stieg in den Wagen. Das leere Einweggebinde steckte er in die Getränkehalterung. Höchstwahrscheinlich würde sein Müll wieder solange dort bleiben, bis Sandra ihn aufforderte, diesen endlich zu entsorgen. Oder aber, wenn für den nächsten Becher einfach kein Platz mehr war.

Bergmann fuhr sich durch die Haare, die vom Wind zerzaust waren. Wenig überraschend, sahen sie danach auch nicht ordentlicher aus. »Na? Bist du so müde, wie du ausschaust? Oder geht's eh?«, fragte er putzmunter und schnallte sich an.

Sandra legte den Retourgang ein, um in der kurzen Sackgasse zurückzusetzen. Sie biss sich auf die Unterlippe, während sie sich umwandte. Wenngleich ihr die Tatsache, dass Bergmann eine seiner widerlichsten Angewohnheiten wieder aufgenommen hatte, gehörig gegen den Strich ging, wollte sie ihm das nicht gleich in aller Herrgottsfrüh vorwerfen. Vorerst begnügte sie sich also mit einem genervten Seufzen und blickte wieder nach vorn aufs Armaturenbrett. Halb drei Uhr morgens war definitiv zu früh für eine Auseinandersetzung. Genau genommen war es um diese Uhrzeit für alles viel zu früh. Oder auch zu spät. Je nachdem, wie man es betrachtete.

Sandra gähnte, ohne sich die Hand vor den Mund zu halten. »Tschuldigung«, murmelte sie, obwohl Bergmann ihre Unhöflichkeit ohnehin nicht wahrgenommen hatte. Oder ihn diese schlichtweg nicht störte.

Den Blick auf die Straße gerichtet, legte sie wieder den Vorwärtsgang ein. Wie oft sie Bergmann wohl schon vor seinem Wohnhaus in der Sterngasse abgeholt hatte, ging es ihr durch den Kopf. Seine Wohnung hatte sie bisher noch nie betreten. Genauso wenig wie er ihre, die unweit des Lendplatzes lag. Dabei wohnten sie zu Fuß gerade einmal eine Viertelstunde voneinander entfernt.

Fast vier Jahre war es nun her, dass der Chefinspektor von Wien nach Graz versetzt worden war – ausgerechnet ihr vor die Nase. Inzwischen hatte sie sich fast an ihn gewöhnt. Aber eben nur fast. Über seine Witze konnte sie noch immer nicht lachen. Höchstens in seltenen Ausnahmefällen. Dafür waren sie beruflich ein erfolgreiches Team, was für Sandra ohnehin mehr zählte.

»Vielleicht solltest du morgens doch auf Kaffee umsteigen«, schlug Bergmann ihr vor. Er schob sich ein Pfefferminzzuckerl in den Mund und hielt ihr die Packung hin.

Beides lehnte Sandra mit einem Kopfschütteln ab. »Von wegen morgens ... Es ist mitten in der Nacht«, beschwerte sie sich. »Woher nimmst du um diese Uhrzeit überhaupt einen Coffee-to-go?« Und diese bewundernswerte Energie, fügte sie gedanklich hinzu. So viel Koffein konnte sie gar nicht in sich hineinschütten, als dass sie nach kaum mehr als einer Stunde Schlaf so fit gewesen wäre wie er. Ob Bergmann mit seinen gerade mal 40 Jahren bereits an seniler Bettflucht litt? Sandra grinste in sich hinein. »Etwa aus dieser Spelunke ums Eck?«, fragte sie ihn. Soweit sie wusste, war das heruntergekommene Café das einzige Lokal in unmittelbarer Nähe, das um diese Uhrzeit offen hatte. Außer den Wettcafés, einschlägigen Nachtklubs und Striptease-Bars in diesem Viertel, in denen überwiegend alles andere als Kaffee konsumiert wurde. Ganz egal, zu welcher Tages- oder Nachtzeit.

Bergmann verneinte, indem er dreimal mit der Zunge schnalzte. »Du glaubst doch nicht ernsthaft, dass ich mich freiwillig in einer solchen Rumsn herumtreibe.«

Niemand, den Sandra kannte, konnte dermaßen dreckig grinsen wie der Chefinspektor. »Oh ja. Dem Gestank nach zu urteilen, schon«, bezog sie sich auf den Zigarettengeruch, der an ihm haftete. Und auch sonst war Bergmann kein Kind von Traurigkeit. Zumindest vermittelte er immer wieder diesen Eindruck.

Er schnüffelte am Ärmel seiner Jacke und deutete mit einer Geste an, dass er nichts wahrnahm, was ihn störte. Ansonsten ging er nicht weiter auf ihren Kommentar ein. »Solche Pappbecher mit Plastikdeckeln kann man kaufen«, erklärte er stattdessen. »Praktisch, nicht wahr? Den Rest erledigt die Kaffeemaschine. What else?«, spielte er auf das Kapselsystem an, für das George Clooney warb. Noch einmal fuhr er sich mit den Fingern durch die strubbligen Haare und sah sie von der Seite an.

Als würde sein Augenaufschlag auch nur im Entferntesten an jenen des Hollywoodstars heranreichen, dachte Sandra und gähnte noch einmal, diesmal hinter vorgehaltener Hand. »Praktisch vielleicht, aber nicht gerade umweltfreundlich. Weder die Kapseln noch die Plastikdeckel auf diesen Einwegbechern. Genauso gut könntest du dir einen Espressokocher zulegen und einen Thermobecher verwenden«, sagte sie.

»Wenn du mir beides hinterher abwäschst …«

»Sicher nicht.«

»Sag mal, was ist eigentlich los?« Bergmanns Blick klebte noch immer auf ihr.

»Wieso? Was soll los sein?«

»Na, wohin fahren wir? Und weshalb?«, kam er auf den Grund ihres nächtlichen Einsatzes zu sprechen.

»Ach so …« Sandra hielt den Wagen an der roten Ampel an. »Pöllau bei Hartberg. Sieht nach einer Familientragödie aus. Drei Tote: Vater, Mutter, Sohn. Alle erschossen.« Eine ganze Familie – einfach so ausgelöscht, fügte sie gedanklich hinzu.

»Wie alt war der Sohn denn?«

»Gerade mal elf Jahre alt.«

»Scheiße …« Bergmann blickte aus dem Seitenfenster.

Die nicht mehr ganz junge Frau in Leoparden-Leggings, überkniehohen Plateaustiefeln und Kunstpelzjacke, die an der Hausmauer lehnte, warf sich in Pose. Sie öffnete die Jacke, um ihr üppiges Dekolleté samt Speckrollen um die

Leibesmitte zu präsentieren, und leckte sich lasziv über die knallrot geschminkten Lippen. Der Chefinspektor schien keinerlei Notiz von ihr zu nehmen. Auch nicht, als sie ihre Jacke wieder zuzog und ihm den Stinkefinger zeigte.

Sandra richtete ihren Blick wieder auf die Straße. »Du sagst es«, stimmte sie seinem Fäkalausdruck zu. »Für die Pöllauer Kollegen sieht alles nach erweitertem Suizid aus. Offenkundig hatte der Mann gravierende finanzielle Schwierigkeiten.«

Bergmann nickte nachdenklich. »Wieder einer, der sein Leben nicht mehr gepackt, durchgedreht und seine Familie in den Tod mitgenommen hat«, zog er seine Schlüsse. »Leider nichts Neues …«

»Dass ein solcher Fall nicht neu ist, spielt in unserem aber leider überhaupt keine Rolle«, sagte Sandra forscher als beabsichtigt. Sie stieg aufs Gaspedal, als die Ampel auf Grün sprang.

Bergmann nahm ihren Kommentar schweigend hin.

Wenngleich die Suizidraten in der Steiermark seit 1970 deutlich gesunken waren, häuften sich jene Fälle, in denen Menschen ihre nächsten Angehörigen töteten und sich anschließend selbst umbrachten. Oftmals waren es auch ältere Ehepaare oder Lebensgefährten, die aus Angst vor Krankheit und Pflegebedürftigkeit freiwillig gemeinsam aus dem Leben schieden. Oder weil sie nicht alleine, ohne den langjährigen Partner, der unheilbar erkrankt war, weiterleben wollten.

»Ist Jutta schon unterwegs?«, erkundigte sich Bergmann nach der Gerichtsmedizinerin.

Sandra nickte. »Frau Doktor Kehrer müsste vor uns am Einsatzort eintreffen. Siebenbrunner und seine Leute sowieso«, fuhr sie fort. Der Gedanke an den missmutigen

Leiter der Tatortgruppe entlockte ihr ein weiteres Seufzen. Im Vergleich zu Manfred Siebenbrunner war Sascha Bergmann ein nahezu liebenswerter Zeitgenosse.

In Nächten wie dieser hasste Sandra ihren Job bei der Mordgruppe des Landeskriminalamtes Steiermark. Erst recht, wenn wie im aktuellen Fall ein Kind zu den Opfern zählte.

## 2.

Sandra jagte den Audi über die Landstraße, die die Marktgemeinde Pöllau mit dem kleineren Marienwallfahrtsort Pöllauberg verband. Stellenweise befürchtete sie, dass die heftigen Windböen ihren Dienstwagen jeden Moment von der Fahrbahn wehen könnten. Immer wieder musste sie abgebrochenen Ästen ausweichen. Einer fiel herab, just, als sie am Baum vorbeifuhren, und verfehlte sie nur knapp. Trotz aller Widrigkeiten lenkte sie das Auto weiterhin unbeschadet durch die Nacht. Hunderttausende gefahrene Kilometer und zahlreiche Fahrsicherheitstrainings hatten für entsprechende Routine gesorgt, selbst bei extremen Wetter- und Straßenbedingungen. Eine Routine, die ihr Partner leider vermissen ließ. Bergmann fuhr höchst ungern, daher nur äußerst selten und umso miserabler Auto.

Die Bauernhöfe und Einfamilienhäuser, die sie passierten, lagen im Dunkel der Nacht, ebenso die Äcker, Wiesen und Wälder ringsherum. Ab und zu lugte der fast volle Mond hinter bedrohlich aussehenden Wolkenformationen hervor, die der Sturm mit beachtlicher Geschwindigkeit vor sich hertrieb. In solchen Momenten war die malerische Hügellandschaft wenigstens schemenhaft sichtbar.

Die einzige stetige Lichtquelle, außer dem Display des Navigationsgerätes und den Scheinwerfern ihres Dienstwagens, war die beleuchtete Wallfahrtskirche Maria Pöllauberg, die vom Samstagsberg über den Naturpark Pöllauer Tal wachte. Doch auch das hochgotische Gotteshaus war nicht allzu lange zu sehen. Schon war es wieder hinter den bewaldeten Hügelkuppen aus ihrem Blickfeld verschwunden.

»Dort drüben«, kommentierte Bergmann die kleine, hell erleuchtete Siedlung, die unvermittelt nach einer Baumgruppe zu ihrer Linken auftauchte.

Ein Blick auf das stummgeschaltete Navi bestätigte Sandra, dass sie an der nahen Wegkreuzung in der Zeil nach links in die Sackgasse abbiegen musste, um ihr Ziel in 500 Metern zu erreichen. Solange die nervtötende Computerstimme fast alles falsch betonte, war sie zum Schweigen verdammt. Außer in jenen seltenen Ausnahmefällen, in denen es um Leben und Tod ging, wenn Sandra die Gegend zudem völlig fremd war. Im oststeirischen Pöllauer Tal kannte sie sich jedoch ganz gut aus, wie in den meisten Regionen der Steiermark. Auch der Zeitfaktor spielte in diesem Fall keine überlebenswichtige Rolle. Die Opfer waren leider nicht mehr zu retten.

Den Wagen stellte Sandra zwischen zwei schräg geparkten Funkstreifen direkt vor dem Wirtshaus ab. Drinnen brannte Licht. Der Tatort selbst lag an die 150 Meter weiter oben im Bauernhaus, das mit Polizeiabsperrbändern gesichert und mit Scheinwerfern beleuchtet war. Am Fahrbahnrand der Zufahrtsstraße, die zum Tatort hinaufführte, reihte sich ein Einsatzfahrzeug an das andere. Ganz oben, wenige Meter vor dem Haus, parkten die Kastenwägen der Tatortgruppe. Während sich Sandra und Bergmann die Schutzanzüge überzogen, kam ein uniformierter Polizist auf sie zu.

»Ihr seid's bestimmt die Ermittler vom LKA?«, sprach sie der untersetzte Mann an, der Sandras 1,70 Meter höchstens um ein, zwei Zentimeter überragte.

Sandra strich sich eine Haarsträhne hinters Ohr, die ihr eine Windböe eben aus dem Pferdeschwanz gerissen hatte, nannte ihre Namen und Dienstränge.

Bergmann zog den Reißverschluss seines Einweg-Overalls geräuschvoll zu.

Der Kollege aus der Polizeiinspektion Pöllau stellte sich ihnen als Kontrollinspektor Gottfried Schnuderl vor.

»Ich nehme an, ihr habt die Opfer gekannt?«, erkundigte sich Sandra und setzte sich als Erste in Bewegung.

Schnuderl nickte. »Sicher. Hier kennt a jeder an jeden. Bei den Toten handelt sich's um die Familie Faschingbauer … den Walter und die Gudrun, seine Frau …« Schnuderl stockte, sichtlich betroffen.

»Und um den Sohn der beiden«, vergewisserte sich Sandra.

Schnuderl schluckte. »Ja, den Severin hat's a dakleschti«, bestätigte er.

»Erweiterter Suizid?«, hakte Sandra nach.

Schnuderl zuckte mit den Schultern. »Schaut ganz danach aus. Obwohl ich mir beim besten Willen nicht erklären kann, wie der Walter ein solches Massaker hat anrichten können«, meinte er.

»War Herr Faschingbauer nicht hochverschuldet?«

»Ja eh. Aber das war nicht seine Schuld.«

»Wieso nicht?«

Schnuderl blieb stehen und wandte sich nach links.

Sandras Blick folgte seinem ausgestreckten Arm. Die ersten Meter des Feldweges, der keine drei Schritte neben ihnen abzweigte, lagen im Lichtkegel der Polizei-Scheinwerfer.

»Dort hinten sind die Ferienhäuser, die die Faschingbauers an Gäste vermieten. Oder besser, gern vermietet hätten«, erklärte Schnuderl.

Sandra kniff die Augen zusammen. Die besagten Gebäude jenseits des Scheinwerferlichts ließen sich noch nicht einmal erahnen. »Waren diese Ferienhäuser der Grund für die Schulden?«, fragte sie nach.

»Ich sag einmal so: Der Hof war schon belastet, wie ihn der Walter von seinem Vater übernommen hat«, erzählte der Polizist, während sie ihren Weg zum Wohnhaus auf der Anhöhe fortsetzten. »Er hat dann eine Weile so weiterg'wurscht'lt, bis die Grazer Tant von der Gudrun g'storben is und ihr einen ordentlichen Batz'n Geld vererbt hat. Auf das hinauf hat er dann den Landwirtschaftsbetrieb aufgeben, das Wohnhaus renoviert und den alten Troadkasten und die zwei Huam zu Ferienhäusern umbaut. Alles vom Feinsten und entsprechend kostspielig. Dafür hat die Erbschaft garantiert ned g'langt. Wenns mich fragt's, hat die Gudrun den Walter da voll einig'ritten. Die Häusermieten ham's dann auch noch viel zu hoch für die Gegend ang'setzt. Von dem her ist das Geschäft leider ned so auf'gangen, wie sie sich das vorg'stellt ham. Wegen dem hätt der Walter dem Severin aber trotzdem kein Haar gekrümmt. Hab i wenigstens immer glaubt. Der Bua war doch sein Ein und Alles.« Noch einmal hob sich der Adamsapfel des Landpolizisten, um sich im nächsten Augenblick wieder zu senken.

»Und seine Frau?«, fragte Sandra. »Könnte sie die Tat begangen haben?«

Wieder zuckte Schnuderl ratlos mit den Schultern. »I bin schon zu lang in unserm Verein dabei, als dass i für irgendjemand die Hand ins Feuer legen tät.«

Das hatte eben aber noch ganz anders geklungen, als Schnuderl den angeblich unschuldig verschuldeten Mann verteidigt hatte, stellte Sandra fest. Objektiv betrachtet und ohne die genauen Hintergründe zu kennen, konnte Walter Faschingbauer genauso wenig oder so viel für seine Misere wie jeder andere Unternehmer, der sich verkalkuliert hatte und in eine finanzielle Krise geschlittert war. Auch wenn ihn angeblich seine Frau in die Bredouille gebracht hatte.

Wenige Meter vor dem schmucken Bauernhaus flatterten die rot-weißen Absperrbänder mit dem Polizeischriftzug geräuschvoll im Wind. Dass die Renovierung des alten Gebäudes einiges an Geld verschlungen haben musste, hätte Sandra auch dann vermutet, wenn Schnuderl es zuvor nicht erwähnt hätte. Das traditionelle Bauernhaus, das laut Inschrift über dem Eingang im Jahre 1818 erbaut worden war, hätte jederzeit Platz in einem dieser Hochglanzmagazine gefunden, in denen die schönsten Seiten des Landlebens inszeniert wurden.

Sandra tat es Bergmann gleich und bückte sich, um vor dem Betreten des Tatorts die Einweg-Überzieher über ihre Schuhe zu stülpen. »Wer hat die Leichen eigentlich gefunden?«, fragte sie, nachdem sie sich wieder aufgerichtet hatte. Noch einmal strich sie die lose Haarsträhne hinters Ohr, die der Wind neuerlich erfasst hatte.

»Die Johanna, das arme Dirndl …«

»Johanna?«

»Die Tochter vom Walter und der Gudrun.«

»Die beiden hatten noch ein zweites Kind?«, fragte Sandra erstaunt. Hatte sie diese Tatsache etwa überhört, nachdem Lubenskys Anruf sie aus dem Tiefschlaf gerissen hatte? Wohl kaum. Vermutlich war ihm dieser Fakt nicht bekannt gewesen. »Ist das Mädchen verletzt?«

»Des ned … Aber sie steht unter Schock. Der Arzt hat ihr was zur Beruhigung geb'n. Sie wollt partout ned ins Krankenhaus.«

»Wie alt ist Johanna denn?«

»Zwei Jahre älter als der Severin … 13 müsst sie jetzt sein«, rechnete Schnuderl nach.

»Und wo ist das Mädchen jetzt? Hat es von der Tat etwas mitbekommen?«

»Ob die Johanna was g'sehn hat, wiss' ma ned. Sie hat nur g'reart, kaum was g'redt. Der Bruder vom Walter, der Bernhard, hat den Mord um drei viertel eins g'meldet, nachdem die Johanna bei ihm auf'taucht ist. Ihr Onkel ist der Wirt von der ›Waldstubn‹, der einzige unmittelbare Nachbar.«

»Und Johanna hält sich jetzt bei ihrem Onkel auf?«

Schnuderl bestätigte das.

»Wohnt er auch im Gasthausgebäude?«

»Im ersten Stock oben. Er lebt allein in der Wohnung. Seit ihm die Susanne oboscht is.«

»Seine Frau?«

»Die Lebensgefährtin. Verheiratet waren die beiden nie. Sie ham auch keine Kinder.«

»Und der Mann hat keine Schüsse gehört?«

Schnuderl verneinte. »Er hat beim Z'ammräumen laut Musik g'hört. Erst, wie's wieder aus war, hat er mitgekriegt, dass die Johanna wie eine Narrische anpumpert.«

»Gäste waren demnach keine mehr im Wirtshaus?«

Wieder verneinte Schnuderl. »Spätestens um zwölf ist

Sperrstund in der ›Waldstubn‹. Wenn um die Uhrzeit überhaupt noch Leut da sind. Übernachtungsgäste gibt's zurzeit auch keine. Und das, obwohl heute die Osterferien beginnen. Ich hab den Bernhard gebeten, dass er unten in der Gaststube auf euch wartet.« Der Polizist zeigte zum Wirtshaus hinunter.

»Kümmert sich momentan jemand um den Mann und seine Nichte?«

»Fraliwull. Eine Kollegin ist unten, das Kriseninterventionsteam hama auch schon verständigt.«

Sandra nickte.

»Die Johanna ist beim Bernhard bestens aufg'hob'n«, war Schnuderl überzeugt.

Diese Entscheidung würde der Jugendrichter treffen. Aber bestimmt nicht mehr heute Nacht. Nur im äußersten Notfall würde das Jugendamt sofort hinzugezogen werden. Ansonsten erst am nächsten Werktag. »Gibt es noch weitere Zeugen? Hat jemand Schüsse gemeldet? Oder irgendetwas anderes?«, fragte Sandra.

»Bei uns ned.«

Bei der Polizeinotrufnummer war auch kein Zeugenanruf eingegangen, wusste Sandra von der Einsatzzentrale. Zumindest nicht bis zu jenem Zeitpunkt, als sie mit Lubensky telefoniert hatte. »Seltsam. So ruhig, wie es hier ist«, meinte sie.

»Na, so seltsam ist des gar ned«, widersprach ihr Schnuderl. »Die nächste Siedlung liegt dort, hinter der Hügelkuppe, ungefähr einen Kilometer weit weg. Die Fenster und Türen vom Haus war'n alle zu, wie wir hier an'kommen sind. Von daher is ned weiter verwunderlich, dass keiner was g'hört hat.«

In diesem Fall hätte höchstens Bernhard Faschingbauer

etwas von den Schüssen mitbekommen können, wenn nicht die laute Musik im Gasthaus gespielt hätte, überlegte Sandra. Oder jemand, der gerade die Landstraße weiter unten entlanggefahren war. Noch unwahrscheinlicher war, dass jemand mitten in der Nacht vorbeispaziert war oder die Sackgasse, die zum Gehöft führte, befahren hatte. »Gut. Vielen Dank fürs Erste, Gottfried.«

»Friedl.«

»Ja, Friedl … Wir schauen dann mal hinein.« Sandra streifte die Einweghandschuhe über.

»Soll i mit einikommen?«

»Nicht nötig. Da drinnen sind bestimmt schon etliche Leute am Werken. Könnte ziemlich eng werden. Gehen Sie lieber wieder hinunter zu den Zeugen. Wir kommen später nach, um sie zu befragen. Entschuldigung, dürfen wir vorbei?«, wandte sich Sandra an den Kriminaltechniker, der gerade das Schloss der Eingangstür inspizierte.

»Bitte schön«, antwortete er und wich beiseite.

Ein weiterer Kollege im Vorraum wies ihnen den Weg zur Holztreppe, die zu den Schlafzimmern hinaufführte. Auf halbem Weg stieg Sandra der eigentümliche Geruch von Blut in die Nase, das reichlich geflossen sein musste. Schnuderl hatte von einem Massaker gesprochen. Hinzu kam der Anblick von Manfred Siebenbrunner, der sie oben auf dem Podest erwartete. »Morgen«, begrüßte sie ihn knapp. »Dürfen wir schon hinein?«

»Hätte ich Sie sonst heraufkommen lassen?«, antwortete der Chef der Tatortgruppe mit einer patzigen Gegenfrage.

Sandra verzichtete auf eine Antwort. Sollte sich Bergmann doch mit diesem Grantscherm herumschlagen.

»Also, Siebenbrunner«, übernahm der Chefinspektor prompt. »Wie schau ma aus? Außer grauslich …«

Der Kriminaltechniker deutete Bergmann mit einem Wink, ihn in eines der Zimmer zu begleiten, dessen Tür offen stand. »Kommen Sie mit«, brummte er.

Sandra folgte den Männern ins Elternschlafzimmer. Der Raum mit der dunklen Holzdecke und dem etwas helleren Holzboden war in gedeckten Beige- und Blautönen eingerichtet. Das viele Blut hatte etliche Stellen rot gefärbt. Sandra spürte, wie sich ihr Magen umdrehte. Wenngleich sie sich in derlei Situationen noch nicht übergeben hatte müssen, gewöhnen würde sie sich niemals daran. Die meisten Kollegen stumpften mit der Zeit ab. Ihr wollte das nicht so ganz gelingen, doch das behielt sie lieber für sich. Wobei nicht auszuschließen war, dass es manch anderem nach außen hin abgebrühten Polizisten insgeheim ebenso erging wie ihr.

Der Gerichtsmedizinerin machte das Gemetzel freilich nichts aus. Andernfalls hätte sie ihren Beruf verfehlt gehabt. Doktor Jutta Kehrer blickte kurz von der weiblichen Leiche im Bett auf, ließ die Schere in ihrer Hand sinken, um die beiden LKA-Ermittler zu begrüßen. Anschließend fuhr sie fort, das blutgetränkte Nachthemd aufzuschneiden, damit sie den Leichnam der Frau untersuchen konnte.

Sandra betrachtete die Opfer aus einigem Abstand. Beide lagen in ähnlicher Position rücklings auf dem Doppelbett. Der tote Mann trug nur ein T-Shirt, auf dem sie keine Blutflecke erkennen konnten. Jedenfalls nicht von ihrer Warte aus. Sein linkes Bein und der linke Arm ragten über die Bettkante. Bettdecken fehlten. Blutspritzer und Gewebeteile klebten an zwei Wänden, auf den Pölstern und dem Spannleintuch. Eines der Nummernkärtchen, das die Tatortgruppe aufgestellt hatte, markierte eine unsichtbare Spur auf dem Schiffboden, direkt unter dem linken Arm des Mannes, der herabhing.

»Ich sehe mir zuerst die Frau an. Sie wurde mehrfach von Schüssen getroffen. Danach den Mann«, kommentierte Doktor Kehrer ihre Arbeit und legte die Schere beiseite.

»Was ist mit dem Buben?«, fragte Bergmann.

»Mit dem bin ich fürs Erste fertig. Die Leiche liegt nebenan, auf dem Boden des Kinderzimmers, falls ihr euch den zweiten Tatort anschauen wollt ... Der Bub wurde mit einem einzigen Schuss von vorne getötet. Todesursache Herzperforation oder Aortenruptur, das wird die Obduktion weisen. Der Todeszeitpunkt lässt sich relativ genau eingrenzen, zumal er noch nicht besonders lange zurückliegt. Er muss zwischen 23 Uhr und 1 Uhr morgens verstorben sein«, fasste die Gerichtsmedizinerin ihre bisherigen Erkenntnisse zusammen.

»Das kommt hin«, bestätigte Bergmann. »Der Leichenfund wurde um 0.45 Uhr gemeldet.«

»Was du nicht sagst ...« Doktor Kehrer schenkte Bergmann ein süffisantes Grinsen. Der lächelte zurück.

Sandra wusste noch immer nicht, ob zwischen den beiden etwas lief oder nicht. Die Ärztin war eine dieser aparten, unterkühlten Frauen, die stets darauf bedacht waren, sich keinesfalls hinter die perfekt geschminkte Fassade blicken zu lassen. Dennoch wirkten sie und der Chefinspektor oftmals auffallend vertraut. Besonders, wenn sie sich wieder einmal einen verbalen Schlagabtausch lieferten, frei nach dem Motto: Was sich liebt, das neckt sich. Wie auch immer, Sandra war es egal. Weder ging es sie etwas an noch interessierte es sie, was der Chefinspektor in seinem Privatleben trieb. Auch wenn sich das umgekehrt leider ganz anders verhielt.

»Der Patient weist außer der tödlichen Schussverletzung noch einige ältere Blessuren auf«, fuhr Doktor Kehrer gewohnt nüchtern fort.

Sandra fand es immer ein wenig seltsam, wenn die Gerichtsmedizinerin von ihren »Patienten« sprach, zumal keiner von ihnen mehr lebte. Auch wenn die Ärztin formal völlig recht hatte.

»An seinem rechten Auge wurde erst vor Kurzem eine Keratoplastik vorgenommen.«

»Aha … Und auf Deutsch?«, fragte Bergmann.

»Eine Hornhauttransplantation. Entweder hat er an einer schweren Augenerkrankung gelitten oder er hatte einen Unfall«, erklärte die Gerichtsmedizinerin. »Jedenfalls bezweifle ich, dass er mit diesem Auge noch sehen konnte. Auf seinem Nachttisch liegt eine cortisonhaltige Augensalbe«, merkte sie an.

»Wir werden seinen Onkel nach dem Auge befragen«, sagte Sandra. »Wie sieht es mit Abwehrverletzungen aus?«

»Ich konnte keine frischen Abwehr- oder Kampfspuren feststellen. Lediglich Hautpartikel unter seinen Nägeln. Er könnte sich selbst gekratzt haben, ohne seine Haut zu verletzen. Kratzer sind keine ersichtlich. Oder er hat jemand anderen gekratzt. Auffällig sind hingegen einige ältere Hämatome an seinen Oberarmen, am Gesäß und an den Beinen.«

»Ist der Bub misshandelt worden?«, fragte Sandra.

»Sieht so aus. Genaueres kann ich nach der Obduktion sagen. Jetzt kümmere ich mich erst einmal um diese beiden Patienten hier.«

»Wo sind die Bettdecken?«, fragte Bergmann

»Unten im Wagen«, antwortete Siebenbrunner. »Die Frau war bis zur Hüfte zugedeckt. Der Mann bis über die Brust.«

Der Chefinspektor wandte sich wieder der Gerichtsmedizinerin zu. Die machte sich gerade daran, die Rektaltemperatur der Toten zu messen. Zusammen mit der Umgebungstemperatur und anderen Todesmerkmalen wie der Leichenstarre und den Totenflecken ließ sich damit der Todeszeitpunkt bis auf wenige Stunden genau eingrenzen. Sofern dieser nicht länger als zwei Tage zurücklag, was hier augenscheinlich nicht der Fall war.

»Die Spurenlage lässt vermuten, dass der Bub aufgewacht und aufgestanden ist, bevor er erschossen wurde«, übernahm Siebenbrunner wieder das Wort. »Logisch erscheint mir, dass er die Schüsse auf seine Eltern gehört hat und entweder nachsehen oder flüchten wollte. Der Täter hat ihn im Kinderzimmer gestellt und auf ihn geschossen.«

»Dann hat also der Vater zuerst die Mutter erschossen«, meinte Sandra. Unwahrscheinlich, dass sich die Frau selbst mehrere Schüsse zugefügt hatte. »Danach seinen Sohn. Warum ist der Mann ins Ehebett zurückgekehrt, um sich selbst zu erschießen? Das hätte er doch gleich im Kinderzimmer erledigen können«, überlegte sie laut.

»Das kann ich Ihnen schon sagen … Weil der Tathergang völlig anders war.« Siebenbrunner legte eine Kunstpause ein. »Weder dieser Mann hier ist der Täter noch die Frau.« Der Blick des leitenden Kriminaltechnikers ließ sich am treffendsten mit selbstherrlich beschreiben.

Sandra wandte sich angewidert ab. Lieber sah sie der Gerichtsmedizinerin bei ihrer blutigen Arbeit zu.

»Und was macht Sie da so sicher? Haben Sie keine Tatwaffe gefunden oder was?«, hakte Bergmann nach.

»Oh ja, die Tatwaffe haben wir sichergestellt.« Siebenbrunner bückte sich erneut nach seinem Alukoffer. Diesmal, um einen Plastikbeutel herauszuholen, den er Bergmann überreichte.

»Eine Glock.«

»Glock 17«, ergänzte Siebenbrunner, als ob der Chefinspektor die Waffe nicht auch so erkannt hätte. Immerhin handelte es sich dabei um dasselbe Modell, das der österreichischen Polizei als Dienstpistole diente. »Sie lag am Boden, unter der linken Hand des Mannes. Die Position haben wir dort markiert. Sicher ist, dass mit der Waffe vor Kurzem geschossen wurde. Ebenso sicher ist aber auch, dass es nicht dieser Mann hier getan hat.« Wieder folgte eine Kunstpause.

Bergmann seufzte hörbar und rollte genervt die Augen. »Und weiter?«

»Selbst wenn der Tote Linkshänder war, was der Auffindesituation entsprechen würde, konnten wir keine Schmauchspuren an seinen Händen feststellen«, fuhr Siebenbrunner fort. »Auch nicht an den Händen der Frau, falls Sie sich gerade überlegen, wie die Tatwaffe post mortem von der einen Seite des Bettes auf die andere Seite gelangt sein könnte, Frau Mohr.« Siebenbrunner trug sein glatt rasiertes Kinn noch höher als zuvor und grinste Sandra von oben herab an.

Tatsächlich war ihr genau diese Frage eben durch den Kopf gegangen. Dass ausgerechnet dieser Kotzbrocken ihre Gedanken erriet, ärgerte Sandra. So lächerlich war die Frage nämlich gar nicht. Immerhin hatte er sie eben selbst gestellt.

»Dann hat also jemand anders geschossen«, kam Bergmann ihrer Antwort zuvor.

»Definitiv. Wir haben insgesamt fünf Patronenhülsen sichergestellt. 9 Millimeter Vollmantelgeschoss«, sagte Siebenbrunner. »Im Magazin der Tatwaffe befinden sich aber nur noch drei Patronen. Demnach müssen wir davon ausgehen, dass die Pistole vor der Tat nicht voll geladen war. Das ist übrigens nicht die einzige Waffe, die sich hier im Haus befunden hat. In einem Schrank im Arbeitszimmer waren noch zwei Gewehre und eine Luftdruckpistole. Leider waren auch diese Waffen nicht ordnungsgemäß versperrt.«

»Ganz schön fahrlässig«, merkte Sandra an. »Überhaupt, wenn Kinder im Haus sind.«

»Ist die Tatwaffe auf eines der Opfer eingetragen?«, fragte Bergmann.

»Das müssen wir erst überprüfen. Jedenfalls haben wir die Waffenbesitzkarte des getöteten Mannes sichergestellt.«

»Irgendwelche Einbruchsspuren?«, fragte Bergmann.

»Bislang negativ.«

»Was ist mit der Frau?«, sprach der Chefinspektor die Gerichtsmedizinerin an, die das Thermometer längst wieder aus der weiblichen Leiche entfernt hatte.

Sie blickte von der Bauchwunde auf. »Der Todeszeitpunkt liegt im selben Tatzeitraum wie jener des Buben. Insgesamt drei Einschüsse, jeweils einer in Bauch, Brust und Kopf. Sie wurde regelrecht hingerichtet.«

Bergmann trat näher an die entblößte Frauenleiche heran, um sie zu begutachten. »Irgendwelche anderen äußerlichen Verletzungen?«, fragte er.

»Momentan ist keine feststellbar«, antwortete Doktor Kehrer. »Wenn die Leiche gewaschen ist, kann ich mehr dazu sagen.«

Sandra hatte sich dem männlichen Opfer von der anderen Seite genähert, um das Einschussloch an dessen Schläfe zu betrachten. Sie beugte sich über den Kopf der Leiche. Die Stanzmarke auf der Haut verriet ihr, dass die Waffe diese berührt hatte, als sie abgefeuert worden war. Wo die Kugel ausgetreten war, klaffte ein deutlich größeres Loch im Schädel als an der Eintrittsstelle. Charakteristisch für einen Kontaktschuss.

Wenn sich der Mann nicht selbst getötet hatte, war die Waffe an seiner linken Schläfe aufgesetzt und abgedrückt worden. Wahrscheinlich, während er geschlafen hatte. Demnach musste er das erste Opfer des Täters gewesen sein, mutmaßte Sandra. Ihre Theorie erschien ihr auch deshalb plausibel, weil der Mann bestimmt der Kräftigste in der Familie gewesen war, den man besser als Ersten auslöschte, wollte man die Gegenwehr möglichst gering halten.

Die Frau war vermutlich vom Schuss auf ihren Mann aufgewacht. Andernfalls hätte sich der Täter wohl mit einem einzigen aufgesetzten Kopfschuss begnügt, wie schon zuvor bei der Tötung des Mannes. Naheliegend war, dass sich die Frau im Bett aufgesetzt hatte. Das wäre jedenfalls die normale Reaktion gewesen. Wenn sie sich also im Bett bewegt hatte, war es für den Täter nicht so leicht gewesen, sie mit nur einem Schuss tödlich zu treffen. Um auf Nummer sicher zu gehen, hatte er folglich drei Schüsse auf sie abgefeuert, kombinierte Sandra. Eine Übertötung, die dem Opfer weitaus mehr tödliche Verletzungen, als zum Sterben nötig waren, zugefügt hätte, schien hier nicht vorzuliegen.

Der Sohn war nach der Mutter in seinem Kinderzimmer hingerichtet worden, nachdem dieser von den Schüssen auf seine Eltern wach geworden und aufgestanden war, spekulierte Sandra weiter.

Entweder hatte sich der Täter im Haus ausgekannt und das Zimmer des Buben gezielt aufgesucht, oder er war in den nächstgelegenen Raum spaziert, um weitere potenzielle Opfer oder mögliche Tatzeugen auszulöschen. Einzig der Tochter war es gelungen, ihm zu entkommen. Fragte sich nur, wie.

Die fehlenden Einbruchsspuren sprachen für Sandras erste Theorie, nämlich, dass der Täter die Familie und das

Haus gekannt hatte. Er musste demnach über einen Schlüssel verfügen oder jemand hatte ihn freiwillig ins Haus gelassen, bevor alle zu Bett gegangen waren.

Sandra hoffte, dass ihnen Johanna als Tatzeugin weiterhelfen konnte. Vielleicht hatte das Mädchen den Täter gesehen, möglicherweise sogar erkannt. Etwas an diesem Szenario machte sie allerdings stutzig. Wenn der Täter die Familie gekannt hatte, musste er doch zumindest befürchten, dass Johanna die Ermordung ihrer Familie mitbekommen hatte und zu ihrem Onkel ins nahe Gasthaus geflüchtet war. Warum hatte er die 13-Jährige nicht dort gesucht und sein Massaker fortgesetzt? Um keinen weiteren Zeugen zu riskieren und den Wirt ebenfalls töten zu müssen? Hatte er das Mädchen absichtlich verschont? Oder war der Wirt der ›Waldstubn‹ der gesuchte Täter? In diesem Fall stellte sich allerdings die Frage, warum seine Nichte ausgerechnet zu ihm geflüchtet war, beziehungsweise wieso er sie am Leben gelassen und seinen Neffen getötet hatte. Vielleicht war Severin während der Tötung seiner Eltern in deren Schlafzimmer gekommen und hatte deshalb sterben müssen, überlegte Sandra weiter. Aber warum war der Bub dann in seinem Zimmer von vorne erschossen worden und nicht im Elternschlafzimmer oder auf der Flucht von hinten? Unzählige Fragen gingen ihr durch den Kopf, die zuerst einmal alle sortiert werden wollten. »Gibt es weitere Schlafzimmer hier oben?«, sprach sie eine davon aus.

Siebenbrunner erklärte ihr, dass es im Obergeschoß noch ein Mädchenzimmer gab. Außerdem ein Bad, ein WC und ein Gästekabinett am Ende des Flurs. Ansonsten befanden sich hier keine Räume mehr.

Sandra wartete, bis die Gerichtsmedizinerin den Kontaktschuss an der Schläfe des Mannes bestätigte. Außerdem, dass der Tatzeitraum derselbe wie bei den anderen Opfern war. Dann kehrten sie und Bergmann dem ersten Tatort den Rücken. Der zweite stand ihnen noch bevor. Auf dem Flur hielt Sandra inne. »Sascha«, sprach sie den Chefinspektor möglichst leise an.

»Was?«

»Kannst du dir bitte die Leiche des Buben ohne mich anschauen?«, raunte sie ihm zu, sodass die Kollegen von der Tatortgruppe, die hier überall am Werken waren, sie nicht hören konnten. Trotz aller Routine ließen ihn Kinderleichen genauso wenig kalt wie sie, wusste Sandra. Immerhin hatte Bergmann selbst eine siebenjährige Tochter, die ihm in solchen Momenten vermutlich besonders schmerzhaft in den Sinn kam. Dennoch hoffte sie, dass er ihrer Bitte nachkommen würde. Nachdem sie so wenig geschlafen hatte, war ihr Magen heute empfindlicher als sonst.

»Sag bloß, du bist schwanger«, sagte Bergmann in einer Lautstärke, die den nächststehenden Kriminaltechniker aufblicken ließ.

»Sascha, bitte …« Sandra gab ihm mit einer Geste zu verstehen, dass sie nicht allein auf dem Flur waren. Ein solches Gerücht verbreitete sich im LKA schneller, als man bis drei zählen konnte. Dass sie und Paul Stadler vom Raubdezernat ein Paar waren, hatte sich ebenfalls in Windeseile herumgesprochen, obwohl sie sich beide äußerst diskret verhielten. Eine Schwangerschaft konnte Sandra mit Gewissheit ausschließen. So erfüllt, wie man es von einer jungen Liebe erwarten durfte, war ihr Sexualleben nämlich nicht. Genau genommen existierte es kaum. Sandras latent unbefriedigter Wunsch nach Sex mit ihrem Partner umso mehr. Die wenigen Male, bei denen Paul in den fünf Monaten ihrer Beziehung körperliche Intimität zugelassen hatte, konnte sie an einer Hand abzählen. Und die waren eher enttäuschend gewesen. Dennoch liebte sie diesen Mann und gab die Hoffnung nicht auf, dass sich der Sex mit der Zeit und mit größerer Vertrautheit doch noch positiv entwickeln würde. Wenn nicht, konnte sie ja noch immer den Ratschlag ihrer Freundin in Erwägung ziehen und ihm »einfach Viagra unterjubeln oder sich einen Lover suchen, der es ihr anständig besorgte«. Typisch Andrea. Bei ihr gab es kein Problem, dass sich nicht ganz einfach hätte lösen lassen.

»Also stimmt's?«, holte Bergmann sie aus ihren Gedanken zurück.

»Was? Nein, ich bin nicht schwanger, verdammt. Geht's auch etwas diskreter?«

Der Kriminaltechniker war inzwischen im Zimmer des Mädchens verschwunden.

»Dann bin ich ja beruhigt. In Ordnung, ich sehe mir den zweiten Tatort allein an«, sagte Bergmann.

»Danke. Ich werfe inzwischen einen Blick in das andere Kinderzimmer.« Sandra wandte sich ab. »Darf ich?«, sprach sie Augenblicke später die zwei Männer an, die den Raum nach Spuren untersuchten.

»Nur hereinspaziert«, lud der jüngere der beiden sie ein.

»Schon was gefunden?« Sandra ließ ihren Blick durch das Zimmer schweifen.

»Bisher nichts, was augenscheinlich mit dem Verbrechen zu tun hat«, antwortete der ältere Kollege.

Aus ihrer Sicht wirkte der Raum wie das ganz normale Zimmer einer 13-Jährigen. Außer vielleicht, dass es picobello aufgeräumt war, sah man vom benutzten Bett ab.

Sandras ordnungsliebende Mutter hätte die reinste Freude mit einer solchen Tochter gehabt, glitt sie gedanklich in die eigene Vergangenheit ab. Oder auch nicht. Wie sehr sich Sandra auch bemüht hatte, es der Mutter recht zu machen, diese hatte immerzu nur an ihr herumgenörgelt, seitdem der Vater sie verlassen hatte. Dem jüngeren Halbbruder sah sie hingegen jede noch so grobe Verfehlung nach. Selbst als Mike straffällig geworden war und Sandra krankenhausreif geprügelt hatte, hatte sie den Sohn in Schutz genommen. Sandra atmete tief ein und wieder aus, um die unangenehme Erinnerung gleichsam mit ihrer Atemluft wieder loszuwerden.

Beide Kollegen sahen sie irritiert an.

Offenbar hatte sie lauter geatmet als beabsichtigt.

»Alles in Ordnung?«, erkundigte sich einer.

»Ja, klar. Ich musste nur gähnen.«

»Kein Wunder um diese Uhrzeit«, erwiderte der Jüngere und zeigte sich mit einem Gähnen seinerseits solidarisch. Der Ältere starrte ihr derweil auf den Bauch und grinste verständnisvoll.

Einmal mehr ärgerte sich Sandra über Bergmann und sein loses Mundwerk. Sie wandte sich ab, um sich wieder auf den Raum zu konzentrieren. Zartrosa Leinenvorhänge, ein weißer Schreibtisch vor dem Fenster, darauf ein gerahmtes Foto von einem Mädchen und einem erwachsenen Mann, vermutlich Johanna und ihr Vater. Ein PC, ein Smartphone, verbunden mit dem Ladegerät. Der Akku zu 100 Prozent geladen. Nachvollziehbar, dass die Kleine das Handy in ihrer Panik nicht mitgenommen hatte. Ein pinkfarben gepolsterter Drehstuhl, einige Poster von Teeniestars oder kaum älteren Jugendidolen an den Wänden. Einen der Burschen glaubte Sandra schon im Fernsehen gesehen zu haben, namentlich kannte sie jedoch keinen einzigen. Ihr Blick glitt weiter über den weiß gerahmten Spiegel und die ebenfalls weiße Kommode hinüber zum Bett über die geblümte Bettwäsche. Die Tuchent zurückgeschlagen, Leintuch und Polster eingedrückt, zweifelsfrei benutzt. Auf dem Regal am Kopfende des Bettes unzählige Stofftiere, dicht an dicht aneinandergereiht. Auf dem Holzboden vor dem Bett ein Fleckerlteppich mit weißen und fuchsiafarbenen Blockstreifen, verrutscht, einige Falten werfend.

Anzunehmen, dass Johanna wie ihr Bruder von den Schüssen aus dem Schlaf gerissen worden war, überlegte Sandra. Mit dem entscheidenden Unterschied, dass dem Mädchen die Flucht geglückt war und sie lebte. Jedenfalls bis jetzt. Solange die vielen Polizeibeamten hier ihre Arbeit verrichteten, befand sich Johanna in Sicherheit. Traf eines von Sandras Tatszenarien zu, schwebte sie allerdings in akuter Lebensgefahr, sobald der Polizeitross abgezogen war. Der Täter konnte bei der erstbesten Gelegenheit zurückkehren, um auch sie zu töten. Möglicherweise hielt sie sich sogar schon im Haus des Mannes auf, der ihre Eltern und den Bruder auf dem Gewissen hatte. Offensichtlich vertraute sie ihrem Onkel aber. Wäre sie sonst zu ihm geflüchtet? Hatte sie den Täter gar nicht gesehen oder ihn nicht erkannt? Was um alles in der Welt war hier vorgefallen? Und warum?

Sandra öffnete den weiß lackierten zweitürigen Kleiderschrank. Auch hier herrschte penible Ordnung. Die Farbe Rosa vermisste sie hingegen, die war wohl eher bei noch jüngeren Mädchen angesagt. Die Kleidungsstücke vorwiegend in Blau-, Grau- und gedeckten Farbtönen, Jeans in allen Längen. Wäsche aus verschiedenfarbiger Baumwolle, bedruckt mit Blümchen, Herzchen, Schmetterlingen, allesamt Motive, die eher kindlich anmuteten. Schuhe wurden hier keine aufbewahrt. Sandra schloss die Lamellentüren. Es war höchste Zeit, sich um die Kleine zu kümmern. »Habt ihr euch schon im Gästezimmer umgesehen?«, erkundigte sie sich bei den Kriminaltechnikern.

Die wollten sich den Raum gleich anschließend vornehmen. Mit der Spurensicherung im Haus waren sie bestimmt die nächsten zwei, drei Tage beschäftigt, schätzte der Ältere. Vielleicht auch noch länger.

Sandra verabschiedete sich von den Männern, ehe sie einen Blick ins Gästezimmer warf. Zum Tatzeitpunkt schien es nicht bewohnt gewesen zu sein. Es sei denn, der Täter hatte vor dem Massaker noch akribisch aufgeräumt, um keine Spuren zu hinterlassen. Doch das hielt Sandra für eher unwahrscheinlich.

»Kommst du mit mir hinunter ins Wirtshaus?« Bergmann stand in der offenen Tür. Die Kapuze seines Einweg-Overalls hatte er inzwischen abgenommen. Nun sah auch er müde und mitgenommen aus. Der Anblick des toten Buben hatte ihm wohl zugesetzt.

Ansprechen wollte ihn Sandra nicht darauf. Er würde schon von sich aus reden, wenn er es für notwendig erachtete. Erst einmal musste er seine Eindrücke für sich selbst verarbeiten. So gut kannte Sandra den Chefinspektor längst. Wortlos folgte sie ihm die Treppe hinunter. »Lass uns kurz noch die Räume im Erdgeschoß ansehen«, schlug sie ihm unten vor. So bekam sie am ehesten ein Gefühl für das Haus und einen Eindruck, wie die Familie gelebt hatte. Von Fotos und Plänen allein war das kaum möglich.

Das Wohnzimmer war geräumig und gemütlich eingerichtet, der gemauerte Ofen beim Esstisch noch mollig warm. Auch hier waren die Kriminaltechniker emsig am Werk, ebenso im Arbeitszimmer und in der Küche. Sandra warf einen weiteren Blick in das zweite, kleinere Badezimmer, ehe sie und Bergmann das Haus verließen.

Draußen sog Sandra die frische Luft ein. Der eisige Wind ließ sie trotz ihrer wattierten Jacke frösteln. Seit ihrer Ankunft musste es um einige Grad abgekühlt haben. Oder kam ihr das nur so vor? Hoffentlich kehrte der Schnee nicht wieder zurück, ging es ihr durch den Kopf. Zu Ostern war das keine Seltenheit, auch wenn das kirchliche Fest wie heuer in den April fiel. Dafür hatte es schon lange keine weißen Weihnachten mehr gegeben, höchstens in den Alpen.

Auf dem Weg zum Gasthaus berichtete Sandra dem Chefinspektor von ihren Beobachtungen im Haus und den Schlüssen, die sie daraus gezogen hatte. »Das Mädchen darf unter gar keinen Umständen bei ihrem Onkel bleiben, solange wir nicht hundertprozentig ausschließen können, dass er der Täter ist«, meinte sie.

»Hätte er die Kleine nicht gleich getötet, wenn er ihr etwas antun wollte? Außerdem war er es doch, der die Polizei verständigt hat«, erwiderte Bergmann.

»Er wäre nicht der erste Täter, der die eigene Tat meldet, um den Verdacht von sich zu lenken. Oder um mit uns Katz und Maus zu spielen«, sagte Sandra. »In diesem Fall sollten wir lieber übervorsichtig sein. Das Mädchen ist erst 13«, fügte sie hinzu.

Beim Wagen angekommen, zogen sie ihre Schutzkleidung aus und verstauten sie in einem Müllbeutel im Kofferraum.

»Dann knöpfen wir uns diesen Onkel einmal vor«, nahm Bergmann den Gesprächsfaden wieder auf.

»Soll ich nicht doch lieber gleich den Notdienst des Jugendamtes verständigen, damit sie das Mädchen in Sicherheit bringen? Wir könnten Johanna dann bei der Betreuungsstelle abliefern«, ließ Sandra nicht locker. Wenn der

Kleinen etwas zustieß, würde sie sich das nie und nimmer verzeihen. Schwungvoll warf sie den Kofferraumdeckel zu.

Bergmann trat von einem Bein auf das andere, die Hände in seinen Jackentaschen vergraben. »Ich habe Siebenbrunner schon gebeten, uns einen Mann herunterzuschicken, der Bernhard Faschingbauer auf Schmauchspuren untersucht. Und jetzt komm endlich. Ich friere mir hier meinen knackigen Arsch ab.«

Dem wollte Sandra lieber nichts hinzufügen.

## 3.

Bergmann strebte auf den Eingang der ›Waldstubn‹ unter dem vorgezogenen Giebeldach zu, der sowohl von der linken als auch von der rechten Seite über einige Steinstufen zu erreichen war. Den dunklen Holzbalkon unter dem Giebel, der dem Eingangsbereich gleichsam als Vordach diente, stützten massive Holzbalken. Auch zu dieser Jahreszeit waren sie dicht mit Efeu bewachsen. Der portikusartige Aufgang über zwei spiegelgleiche Treppen erinnerte an die biedermeierlichen Landhäuser, die im Erzherzog-Johann-Baustil erbaut worden waren. Allerdings waren diese mit gemauerten Säulen und Ziegeln gefertigt, die auf Fundamenten aus Bruchsteinen saßen, und nicht wie der hier mit Holz.

Sandra überließ Bergmann den Vortritt. Vor der Schank blieb er stehen. Die Gaststube mit dem Schiffboden, der dunklen Holzdecke und dem rustikalen Mobiliar hatte vermutlich schon vor 200 Jahren oder noch früher so ausgesehen. Offenbar hatte man über die Jahrhunderte hinweg Wert darauf gelegt, das Lokal und seine Einrichtung bestmöglich zu erhalten beziehungsweise alles stilgerecht zu restaurieren oder zu ersetzen. Einzig die Nirosta-Schank und der hochmoderne Weinklimaschrank bildeten einen Kontrast zum originalrustikalen Ambiente. Die Umbausünden, die so viele steirische Gasthäuser im Laufe der zweiten Hälfte des 20. Jahrhunderts verschandelt hatten, suchte man in der ›Waldstubn‹ vergeblich.

Naturweiße, von Hand bedruckte Leinenvorhänge mit Wildmotiven zierten die kleinen Holzsprossenfenster, Leinentischtücher, Gestecke in Rosétönen, die massiven Holztische. Sandra vermutete, dass die Blumen echt waren. Bei einem erfreulicheren Anlass als diesem hätte sie sich hier pudelwohl gefühlt, wäre nicht der Geruch von kaltem Zigarettenrauch in der Luft gehangen. Weiter hinten machte sie einen zweiten, unbeleuchteten Gastraum aus. Das Rauchverbotsschild über dem Türrahmen verriet ihr, dass dies der Nichtrauchersaal war. Da beide Flügeltüren offen standen, roch es dort bestimmt auch nicht viel besser. Das halbherzige Nichtraucherschutzgesetz in Österreich, dessen Einhaltung kaum je kontrolliert wurde, würde erst im Mai 2018 einem generellen Rauchverbot in der Gastronomie weichen. Höchste Zeit, fand Sandra. Den Unkenrufen vieler Wirte zum Trotz, die erst vor einigen Jahren in die damals gesetzlich geforderten Umbaumaßnahmen investiert hatten, und die nun, verständlicherweise, um ihre Existenz fürchteten. Ein Blick in die Nachbarländer, die schon vor Jahren ein absolutes Rauchverbot eingeführt hatten, bestätigte jedoch, dass die Gastronomieumsätze dadurch nicht nachhaltig einbrachen. Lediglich Lokale, die zum größten

Teil vom Getränkeumsatz lebten, mussten mit kurzzeitigen Verlusten rechnen. Mittel- und langfristig bewirkte ein Rauchverbot erwiesenermaßen aber keine Umsatzeinbußen in der Gastronomie. Privat betrat Sandra schon lange kein Lokal mehr, in dem geraucht wurde, sondern ausschließlich solche, die die Aschenbecher bereits freiwillig aus ihren Räumen verbannt hatten. Und die waren durchwegs sehr gut besucht.

Am Stammtisch schräg gegenüber der Schank saßen Kontrollinspektor Schnuderl mit einer ebenfalls uniformierten Polizistin und einem dunkelhaarigen Mann in Zivilkleidung. Wenn der ermordete Walter Faschingbauer nicht wiederauferstanden war, konnte es sich nur um seinen Bruder Bernhard handeln. Die Ähnlichkeit mit dem Toten war verblüffend.

Schnuderl rückte auf der Bank näher an seine Kollegin heran, um Sandra den Platz an der schmalen Tischseite zu überlassen. Bergmann setzte sich auf einen der beiden freien Stühle.

Sandra konnte ihre Augen nicht von Bernhard Faschingbauer abwenden, der ihr nun direkt gegenübersaß. Ob er und das Opfer eineiige Zwillingsbrüder waren? Sie war gespannt, wie er gleich reagieren würde, wenn sie ihn damit konfrontierte, dass es sich bei der Tat nicht um den ursprünglich vermuteten erweiterten Suizid, sondern um ein dreifaches Tötungsdelikt handelte.

Schnuderl und seine Kollegin schienen von dieser Nachricht wesentlich mehr überrascht zu sein als der Wirt.

»Ich hab eh nicht glauben können, dass der Walter so was macht«, sagte Faschingbauer.

»Und Ihre Schwägerin? Hätten Sie ihr diese Tat zugetraut?«

Der Wirt schüttelte den Kopf. »Der Gudrun auch nicht.«

»Sie haben also von Anfang an an einen Täter von außen geglaubt?«

»Ja. Bis der Friedl mir erzählt hat, dass es der Walter gewesen sein muss, weil man die Pistole direkt bei seiner Leiche gefunden hat und er sich damit selbst ein Loch in den Kopf geschossen hat.«

Bergmann hob die Augenbrauen und sah Schnuderl an. Der senkte den Blick. Offensichtlich war ihm seine Fehleinschätzung der Auffindesituation peinlich. Wenngleich man ihm diese nicht vorwerfen konnte, fand Sandra. Selbst sie als erfahrene Mordermittlerin war am Tatort zunächst einmal davon ausgegangen, dass sie es mit einem erweiterten Suizid zu tun hatten. »Ihr Bruder hat mehrere Waffen besessen«, fuhr sie fort.

»Ja, was ich weiß, ein paar Pistolen und Gewehre, eines davon ist noch vom Vater, der war Jäger. Und der Walter war Mitglied im Schützenverein in Hartberg.«

»Leider war der Waffenschrank nicht ordnungsgemäß versperrt.«

»Ah so? Ich halt mich seit jeher von sämtlichen Puffn und Krachn fern. Wer so was im Haus hat …« Faschingbauer seufzte und rieb sich beide Augen, ehe er fortfuhr. »Aber Sie wissen ja selbst am besten, was mit Schusswaffen alles passieren kann.«

»Wie viele oder welche Waffen genau Ihr Bruder besessen hat, ist Ihnen nicht bekannt?«

Der Wirt verneinte.

»Sie haben auch keinen Schlüssel zum Waffenschrank Ihres Bruders?«

»Gott bewahre …«

»Und zu seinem Haus?«

»Den Hausschlüssel hab ich schon.«

»Würden Sie bitte überprüfen, ob er noch da ist?«

»Moment …« Der Wirt erhob sich, um den Schlüsselbund, der innen an der Eingangstür steckte, zu überprüfen. »Alles da«, bestätigte er und setzte sich wieder hin.

»Was ist eigentlich mit dem Auge Ihres Neffen passiert?«, fragte Sandra weiter.

»Er hat vor einigen Wochen einen schlimmen Unfall mit einem Rohrreiniger g'habt. Das hoch aggressive Glumpert ist ihm voll ins Aug g'spritzt. Leider hat ihm auch eine Operation in der Grazer Augenklinik das Augenlicht nimmer zurückgeben können.«

»Was wollte das Kind denn mit einem Rohrreiniger?«

»Der Severin hat seiner Schwester beim Badezimmer Putzen helfen wollen und den Rohrreiniger mit dem Badreiniger verwechselt. Der arme Bua …«

»Hat er in letzter Zeit sonst irgendwelche Unfälle gehabt?«

Faschingbauer überlegte kurz. »Nix Großartiges. Aber er hat sich andauernd irgendwo ang'haut oder ist hing'fall'n. Ich hab als Onkel nicht immer alles so genau mitbekommen. Nur die Gipshaxn, Veilchen und größere Verletzungen, die halt nicht zu übersehen waren.«

»War Ihr Neffe denn ein wildes Kind?«

»Überhaupt nicht. Ganz im Gegenteil: Der Severin war ruhig, ziemlich schüchtern. Und patschert. Ein typischer Hans-guck-in-die-Luft halt. Das hat die Gudrun immer voll narrisch gemacht.«

»Hat sie ihren Sohn dafür bestraft oder gar misshandelt?«

»Misshandelt? Um Gottes willen, nein. Vielleicht ist ihr mal die Hand ausgerutscht. Eine gesunde Watschen hat schließlich noch keinem geschadet …«

»Wie bitte?«, unterbrach ihn Bergmann, der bei jeglicher Form von Gewalt gegen Kinder Rot sah. Einmal hatte Sandra den Chefinspektor nur mit großer Mühe davon abhalten können, einen mutmaßlichen Kinderschänder zu verprügeln.

»Das ist ja nicht meine Meinung, sondern die von der Gudrun. Sie haben mich mitten im Satz unterbrochen«, rechtfertigte sich Faschingbauer für den Spruch, den Sandra in ihrer Kindheit oft genug zu hören und am eigenen Leib zu spüren bekommen hatte.

»Na, dann reden Sie weiter«, sagte Bergmann.

»Richtig verdroschen oder verletzt hat die Gudrun den Severin nie«, fuhr Faschingbauer fort.

Bergmann blickte ihn weiterhin aus schmalen Augen an. »Soweit Sie das als Onkel mitbekommen haben«, wiederholte er den Satz, der vorhin gefallen war. »Und Ihr Bruder? Hat er den Buben geschlagen?«

»Der Walter? Der hätte seinen Kindern niemals auch nur ein Haar gekrümmt. Drum hab ich ja nicht glauben können, dass er …« Faschingbauer brach mitten im Satz ab und schluckte.

»Jetzt haben Sie sich aber selbst unterbrochen«, stellte Bergmann klar.

Sandra warf dem Chefinspektor einen vorwurfsvollen Blick zu. Merkte er nicht, dass der Mann gerade gegen seine Tränen ankämpfte? »Hat Ihre Nichte von der Bluttat heute Nacht etwas mitbekommen? Hat sie Ihnen irgendetwas erzählt? Hat sie vielleicht jemanden am Tatort gesehen?«, kam sie auf die Fakten zu sprechen.

»Ich weiß nicht. Die Johanna hat nur andauernd wiederholt, dass alle tot sind, und in einer Tour geplärrt.«

»Dann hat sie also zumindest die Leichen ihrer Familie

gesehen. Wir brauchen die Kleidung, die Johanna zur Tatzeit getragen hat, um Spuren zu nehmen, damit wir den Tathergang möglichst lückenlos rekonstruieren können. Und Ihre auch«, fuhr Sandra fort.

»Soll ich mich jetzt gleich umziehen und den Pyjama von der Johanna holen? Sie hat ihn aber noch an. Ich müsst sie aufwecken und ihr dann ein Gewand von mir zum Schlafen geben. Ihre Sachen sind alle oben im Haus.«

»Lassen Sie das Mädchen schlafen. Um Ihre Kleidung wird sich gleich ein Kollege von der Tatortgruppe kümmern. Er müsste demnächst hier eintreffen. Die von Ihrer Nichte wird dann in der Früh abgeholt, sobald sie wieder wach ist. Sorgen Sie bitte dafür, dass Johanna sie möglichst vorsichtig auszieht. Auch ihre Hauspatschen oder Schuhe, falls sie welche getragen hat, und verstauen Sie alles in einem Plastiksack. Der Kollege, der gleich kommt, wird Sie auch auf Schmauchspuren untersuchen, damit wir Sie als Täter ausschließen können. Und einen Mundhöhlenabstrich für ein DNA-Profil nehmen.« Selbst, wenn Bernhard Faschingbauer beim Schießen Handschuhe getragen hatte, befanden sich tagelang irgendwo mikroskopische Schmauchpartikel, die sich durch Waschen nicht entfernen ließen. Auf der Kleidung, im Gesicht oder an anderen Hautstellen, die mit dem feinen Pulver in Berührung gekommen waren. Falls er die Tat begangen hatte. Nachdem sich Sandra einen ersten Eindruck von dem Mann verschafft hatte, sprach ihr Bauchgefühl eher dagegen. Doch darauf allein durfte sie sich nicht verlassen. Die Schmauchspurenanalyse mussten sie auf alle Fälle abwarten.

»Wenn's Ihnen hilft, den Verbrecher schneller zu fassen. Was ist da oben nur g'scheh'n?« Faschingbauer fuhr sich erneut mit der Hand über die Augen und schüttelte den

Kopf, als realisiere er noch immer nicht, was im Haus seines Bruders passiert war.

Es würde wohl noch eine ganze Weile dauern, bis er das Ereignis in seinem vollen Umfang begriff, wusste Sandra von einigen Hinterbliebenen anderer Mordopfer. »Können Sie bitte am Nachmittag mit Johanna nach Graz ins LKA kommen? Wir würden Ihre Nichte gerne in Ihrer Anwesenheit zu den Geschehnissen der heutigen Nacht befragen. Selbstverständlich wird auch eine Kinderpsychologin bei ihrer Anhörung vor Ort sein.« Vorausgesetzt, es hafteten keine Schmauchspuren an ihrem Onkel. Dann nämlich würde dieser noch heute Nacht in Polizeigewahrsam genommen und Johanna der Notschlafstelle übergeben werden.

»Ich soll mit der Johanna nach Graz kommen? Heute noch? Am Samstag?«

»Ist das ein Problem für Sie?«

Faschingbauer senkte den Kopf und überlegte kurz. »Unter diesen Umständen natürlich nicht. Ich werd morgen das Gasthaus am besten gar nicht erst aufsperren. Wann sollen wir denn in Graz sein?«

»15 Uhr?«

Der Mann nickte.

Sandra nannte ihm die Adresse. »Sie werden Gewand für Johanna und einige persönliche Gegenstände von ihr brauchen. Das Handy zum Beispiel«, fuhr Sandra fort. »Wir werden den Kollegen bitten, ein paar Sachen für sie herunterzubringen. Das Haus Ihres Bruders wird für einige Tage versiegelt, bis die Spurensicherung abgeschlossen ist. Solange darf es nicht betreten werden. Haben Sie einen Verdacht, wer diese Tat begangen haben könnte?«, fragte Sandra.

Faschingbauer schnaubte und schüttelte den Kopf.

»Also nicht.«

»Ich kenn niemanden, der in der Lage ist, ein unschuldiges Kind zu töten.« Der Wirt konnte seine Tränen nicht länger zurückhalten.

Sandra wartete, bis er sich wieder gefasst hatte. Währenddessen telefonierte Bergmann mit Siebenbrunner. Schnuderl redete beruhigend auf den Mann ein.

»Mag noch wer eine Hirschbirn haben?«, lautete die erste Frage, nachdem sich der Wirt lautstark geschnäuzt hatte.

Alle verneinten. Dienst war Dienst, und Schnaps war Schnaps. Bergmann bestellte einen doppelten Espresso, die beiden Polizisten zwei Verlängerte. Sandra begnügte sich mit einem Glas Wasser.

Faschingbauer erhob sich, um zur Schank zu gehen. Dort schnäuzte er sich noch einmal und schaltete die Espressomaschine ein. Den Hirschbirnenschnaps kippte er in einem Zug hinunter. Bei dieser Gelegenheit fiel Sandra auf, dass er Rechtshänder war, wenngleich ihr das nicht mehr relevant erschien.

Während die Espressomaschine aufheizte, servierte der Wirt jedem von ihnen ein Glas Leitungswasser.

»Und Sie haben nichts von den Schüssen gehört?«, fuhr Sandra mit der Befragung fort.

Faschingbauer verneinte, setzte sich wieder zu ihnen und gab den Verlauf des Abends im Wirtshaus zu Protokoll. Die beiden letzten Gäste waren demnach gegen drei viertel zwölf aufgebrochen, nur wenige Minuten, nachdem zwei andere Männer das Gasthaus verlassen hatten.

Wenn wirklich keiner von den Anwesenden etwas gehört hatte, musste man also davon ausgehen, dass die Morde erst nach 23.45 Uhr geschehen waren, überlegte Sandra.

In diesem Fall gab es auch keinen Zeugen, der bestätigen konnte, dass Bernhard Faschingbauer zur Tatzeit in der ›Waldstubn‹, und nicht am Tatort gewesen war. Sie notierte sich die Namen der Gäste, die als Letzte am Stammtisch gesessen waren. Sie alle mussten in den nächsten Tagen befragt werden.

»Sagen Sie, ist die Kaffeemaschine nicht längst auf Betriebstemperatur?«, meldete sich Bergmann zu Wort.

Der Wirt erhob sich, um den Kaffee zuzubereiten.

»Und ihr seid's euch absolut sicher, dass das kein erweiterter Suizid war?«, fragte Schnuderl nach, während das Mahlwerk der Espressomaschine geräuschvoll seiner Pflicht nachkam.

»Ganz sicher. Warum? Gibt es noch irgendwelche Zweifel?«, fragte Bergmann zurück.

»Nein. Aber der Bernhard war das ganz bestimmt nicht.«

»Und warum nicht? Er hat kein Alibi«, erwiderte Sandra.

»Der Bernhard und der Walter waren Brüder«, mischte sich die Polizistin ein.

»Schon mal was von Kain und Abel gehört?«, fragte Bergmann.

Dass ausgerechnet er mit Figuren aus der Bibel daherkam, hätte Sandra beinahe ein Schmunzeln entlockt.

»Die beiden waren schon immer ein Herz und eine Seel«, ergänzte Schnuderl. »Sie waren ja …« Die Espressomaschine verstummte zeitgleich mit dem Landpolizisten.

»Wo bleibt eigentlich der Psychologische Dienst, den ihr angerufen habt?«, wechselte Sandra das Thema.

»Eine Psychologin war vorhin schon da, während ihr am Tatort wart's. Sie hat sich mit dem Bernhard unterhalten. Die Johanna hat so fest g'schlaf'n, drum hama s' dann wieder heimg'schickt«, sagte die Polizistin. »Sie hat dem

Bernhard die Nummer dag'lassen, falls er sie morgen noch mal braucht.«

Wie aufs Stichwort servierte der Wirt den Kaffee und gesellte sich wieder zu ihnen. Für sich selbst hatte er ein weiteres randvoll gefülltes Stamperl mitgebracht, das er nun andächtig zwischen seinen Fingern drehte. »Darf die Johanna jetzt bei mir bleiben? Ich mein, bis sie volljährig ist?«

»Das liegt nicht an uns. Dafür sind das Jugendamt und das Jugendgericht zuständig, das über die Obsorge entscheidet. Aber wenn Sie und Johanna es möchten und dem Kindeswohl nichts im Wege steht, ist es gut möglich, dass Ihnen als Onkel das Sorgerecht zugesprochen wird. Hat sie denn noch andere Verwandte? Großeltern vielleicht?«, fragte Sandra.

Faschingbauer nickte, den Blick noch immer auf das Schnapsglas zwischen seinen Fingern gerichtet. »Meine Eltern sind tot. Die von der Gudrun leben in Graz. Frühwirth heißen die beiden. Hanna und Ferdinand. Ich kann mir nicht vorstellen, dass die Johanna bei denen leben möcht. Die ham sich nämlich noch nie was um ihre Enkel g'schert. Viel lieber treiben sie sich in der Weltgeschichte umadum und hau'n ihr Geld auf Reisen am Schädel. Die beiden waren von Anfang an dagegen, dass ihre Tochter einen Bauern heiratet. Die halten sich nämlich für was Besseres. Grazer halt …«

Dass der Verbleibewunsch von Minderjährigen vor Gericht zwar angehört wurde, längst aber nicht entscheidend für den Obsorgezuspruch war, behielt Sandra an dieser Stelle für sich. Stattdessen kehrte sie zu ihren Fragen zurück. »Sie waren nach der Tat also nicht mehr im Haus Ihres Bruders, um nachzusehen, ob Sie vielleicht noch jemandem helfen können?«

Der Wirt blickte jäh von seinem Stamperl auf. »Um Gottes willen, nein! Ich bin ja nicht lebensmüde. Der Mörder hätt doch noch im Haus sein können. Ich hab uns hier eing'sperrt, bis die Polizei gekommen ist.«

Schnuderl nickte. »Das war g'scheit von dir, Bernie«, lobte er den Wirt und hatte wohl recht damit. Immer vorausgesetzt, dass der Mann nicht der Täter war.

»Vielleicht war's ein Raubmord«, meinte Faschingbauer, nachdem er seinen zweiten Schnaps hinuntergekippt hatte. »Es gibt bei meinem Bruder zwar noch weniger zu holen als bei mir, aber möglicherweise ist der Täter genau deswegen ausgezuckt, weil er nichts Wertvolles gefunden hat. Von so einem Fall hab ich vor einiger Zeit in der Zeitung gelesen. Ich glaub, das war eh irgendwo in der Steiermark.«

»In Niederösterreich. Und die Täter wurden gefasst«, sagte Sandra. »Wir überprüfen alle möglichen Tatszenarien«, hielt sie sich möglichst bedeckt. Dass die Spurenlage nicht auf einen Einbruch beziehungsweise Raubmord hindeutete, ging vorerst nur die Polizei etwas an. »Sie und Ihre Nichte können uns gerne zu einem späteren Zeitpunkt behilflich sein, um abzuklären, ob im Haus Ihres Bruders etwas fehlt. Nachdem die Spurensicherung abgeschlossen ist«, fügte sie hinzu.

Faschingbauers Blick wanderte von Sandra zur Tür, durch die soeben zwei Kollegen der Tatortgruppe das Wirtshaus betraten. Einer war mit einem Alukoffer ausgerüstet, der andere trug einen großen Plastikbeutel, der normalerweise der Asservierung größerer Beweisstücke diente. In diesem Fall befanden sich jedoch einige von Johannas Kleidungsstücken darin. Außerdem ein Paar neongrüne Sportschuhe und schwarze klobige Stiefeletten in Größe 38, die aus dem Schuhschrank der Familie stammten. Die konnten sowohl der Mutter als auch der Tochter, aber auch dem elfjährigen Sohn gepasst haben, überlegte Sandra.

Bernhard Faschingbauer war sich sicher, dass beide Paare Johanna gehörten. Seine Schwägerin sei ausschließlich mit hohen Absätzen unterwegs gewesen, was in der ländlichen Umgebung ungewöhnlich war und bei den Leuten stets für Kopfschütteln gesorgt hatte, erzählte er. »Gut ausgeschaut hat s' aber schon.«

Der Kriminaltechniker übergab ihm einen kleineren Plastikbeutel mit dem Handy und dazugehörigem Ladegerät, das sich im Zimmer des Mädchens befunden hatte.

»Wenn Sie dann so freundlich wären, den Kollegen zu folgen«, sagte Sandra.

Wenig später waren die drei Männer mit Sack und Pack aus der Gaststube verschwunden.

Noch ehe der Morgen graute, stand nach einem Schnelltest fest, dass weder der Haut von Bernhard Faschingbauer noch seiner Kleidung Schmauchspuren anhafteten. Demnach konnte zuverlässig ausgeschlossen werden, dass er kürzlich mit einer Feuerwaffe geschossen hatte.

Johanna schlief noch immer tief und fest, als die LKA-Ermittler das Wirtshaus verließen. Sandra und Bergmann waren nunmehr überzeugt, dass dem Mädchen keine Gefahr von ihrem Onkel drohte. Der Täter würde wohl auch nicht an den Tatort zurückkehren, solange die Kollegen dort Spuren sicherten. Erschöpft brachen sie nach Graz auf, um wenigstens ein, zwei Stunden zu schlafen, ehe sie die Ermittlungen fortsetzten.

# KAPITEL 2

*Immer noch Samstag, 12. April*

## 1.

Für 10.00 Uhr hatte der Chefinspektor ein Meeting im Grazer Landeskriminalamt einberufen, um sein Ermittlerteam zu briefen und die Aufgaben zu verteilen. Die SOKO Faschingbauer ging einhellig davon aus, dass sie es höchstwahrscheinlich mit einer Beziehungstat zu tun hatte. Entsprechend zuversichtlich zeigte sich Bergmann, dass sie den Fall rasch aufklären würden.

Immerhin lag die Aufklärungsquote bei Mord in der Steiermark bei beachtlichen 100 Prozent. Seit der Zusammenlegung von Polizei und Gendarmerie im Juli 2005 war kein einziger Mord unaufgeklärt geblieben. In fast allen Fällen, in denen sie ermittelt hatten, hatte es eine Täter-Opfer-Beziehung gegeben. Deutlich schwieriger war es, wenn sich Opfer und Täter überhaupt nicht kannten. Aber auch diese Fälle hatten schlussendlich alle aufgeklärt werden können. Der letzte ungelöste Mordfall in der Steiermark lag länger zurück. Am 9. Jänner 2005 war neben der Südautobahn im Gemeindegebiet Pirka bei Graz die Leiche einer jungen Frau gefunden worden. Sie war an einem unbekannten Ort erschlagen und neben der Autobahn abgelegt und angezündet worden. Danach hatte ihr der Täter ein Ohr abgetrennt. Es dauerte sieben Jahre, bis das Mordopfer identifiziert werden konnte. Der Verdacht richtete sich gegen ihren Ehemann, der nahe Venedig lebte. Doch die Staatsanwaltschaft Graz konnte ihm nichts nachweisen und stellte die Ermittlungen schließlich ein.

Nach kaum zwei Stunden Schlaf und einer ausgiebigen Dusche fühlte sich Sandra wieder einigermaßen fit für den Dienst. Wie lange dieser Zustand anhielt, würde sich noch weisen. Kurz nach elf betrat sie ihr Büro, das sie sich mit Bergmann und der jungen Miriam Seifert teilte. Die leitende Position des Chefinspektors hätte zwar ein eigenes Büro gerechtfertigt, Bergmann bevorzugte jedoch die Gesellschaft seiner liebsten Mitarbeiterinnen, wie er stets betonte. In Wahrheit wollte er nur die beiden Frauen im Auge behalten und möglichst nichts verpassen, unterstellte ihm Sandra. Vor allem aber konnte er ihr jederzeit mit seinen Sprüchen auf die Nerven gehen, was ihm umso größeres Vergnügen bereitete, je mehr sie sich darüber ärgerte.

Während der nächsten Stunden war Bergmann jedoch unterwegs, um Generalmajor Stickler, seines Zeichens Leiter des Landeskriminalamtes, sowie dem Pressesprecher zu berichten. Der wollte anschließend eine Pressemeldung aussenden und ein Fernseh-Interview für »Steiermark heute« geben. Für eine groß angelegte Pressekonferenz lagen ihnen noch zu wenige Fakten vor. Wichtig war zu allererst, die Bevölkerung über den Dreifachmord in der Zeil bei Pöllau zu informieren, solange die Erinnerungen an die letzte Nacht einigermaßen frisch waren. Vielleicht meldete sich dann doch noch der eine oder andere Zeuge, der ihnen einen sachdienlichen Hinweis liefern konnte.

Für den Chefinspektor stand zudem die Obduktion der Mordopfer auf dem Programm, zu der sich auch der neue Staatsanwalt angekündigt hatte. Zur Anhörung von Johanna Faschingbauer wollte Bergmann wieder zurück im LKA sein. Ein ehrgeiziges Ansinnen, fand Sandra. Immerhin lagen in diesem Fall gleich drei Leichen auf den Seziertischen der Grazer Gerichtsmedizin, die obduziert werden mussten.

Sandra war inzwischen damit beschäftigt, die Akte der SOKO Faschingbauer anzulegen, alle bisherigen Informationen und Erkenntnisse schriftlich festzuhalten und das Bildmaterial zuzuordnen. Wenigstens konnte sie sich bei dieser Gelegenheit einen besseren Überblick verschaffen.

Miriam telefonierte währenddessen die Liste mit den Gästen durch, die die ›Waldstubn‹ am Vorabend besucht hatten, um Erkundigungen einzuholen. Danach ging sie Stefan Baumgartner zur Hand, der die Handys von Gudrun und Walter Faschingbauer übernommen hatte. Alle Kontakte mussten polizeilich überprüft, angerufen und gegebenenfalls zur Vernehmung vorgeladen werden. Glücklicherweise bewegten sich diese in einer überschaubaren Anzahl. Viele Freunde hatte das getötete Ehepaar anscheinend nicht gehabt. Dennoch wartete reichlich Arbeit auf die Ermittler, sobald ihnen erst einmal die vollständigen Anrufprotokolle der Telefongesellschaften und die Kontoauszüge des getöteten Ehepaars vorlagen. Zudem musste der PC der Faschingbauers auf E-Mails, Internetkontakte und Seitenbesuche untersucht werden, die möglicherweise Tatmotive oder -verdächtige offenbarten.

Zum Mittagessen war Sandra mit Paul in der Kantine verabredet. So viel Zeit musste sein. Der Müsliriegel, den sie auf dem Weg ins LKA im Auto verdrückt hatte, war die einzige Nahrung, die sie am heutigen Tag zu sich genommen hatte. Dieser dauerte immerhin schon geschlagene zehn Stunden und war noch lange nicht vorbei.

»Du siehst müde aus«, stellte Paul fest, nachdem Sandra sich mit ihrem Tablett zu ihm gesellt hatte. Noch wusste er nichts von dem nächtlichen Einsatz. Wie die meisten Nächte hatte er auch die vergangene in der eigenen Wohnung verbracht, was Sandra nicht unrecht war. Vom Zusammenleben unter einem Dach hielt sie wenig. Bisher hatte sie nämlich keine allzu guten Erfahrungen damit gemacht. Die ständige Nähe zwischen Mann und Frau und der damit einkehrende Alltag hatten sich mit der Zeit stets zum Lustkiller entwickelt. Wobei sie im Fall von Paul allmählich bezweifelte, dass bei ihm überhaupt jemals so etwas wie Wolllust aufkam. Ob sie nun zusammen oder getrennt voneinander wohnten.

»Schrecklich«, meinte Paul, nachdem Sandra ihm vom Dreifachmord an der Pöllauer Familie erzählt hatte. Immerhin war er selbst Vater von zwei Töchtern, wie auch immer er diese gezeugt haben mochte. »Wie ist es dem Mädchen denn gelungen, dem Täter zu entkommen?«, fragte er.

»Wissen wir noch nicht. Um 15 Uhr ist die Kleine mit ihrem Onkel zur Zeugenanhörung vorgeladen. Ich bin jedenfalls gespannt auf ihre Aussage.«

»Als Täterin kommt sie ja wohl kaum in Betracht.«

»Eine 13-Jährige, die ihre gesamte Familie auslöscht?«

»Sehr unwahrscheinlich, aber nicht ausgeschlossen.«

»Wir wissen inzwischen, dass sich auf ihrer Kleidung, die sie in der Tatnacht getragen hat, weder Schmauchspuren noch Blutflecken befinden.«

Paul nickte und nahm dann einen Schluck Mineralwasser.

»Sag mal, wollen wir uns heute nicht einen gemütlichen Abend machen? Du könntest uns etwas kochen.« Sandra stocherte schon die längste Zeit auf ihrem Seelachsfilet herum, um die fade Panier, die alles andere als knusprig war, vom Fisch zu trennen. Der Erdäpfelsalat, der in riesigen Plastikdosen fertig mariniert in der Betriebsküche angeliefert wurde, war wie immer viel zu sauer. Wenigstens die Grießnockerlsuppe hatte ihr einigermaßen geschmeckt, obwohl sie wusste, dass es sich auch bei dieser um ein aufgewärmtes Fertigprodukt handelte. Von frisch zubereiteten Gerichten konnten die Bediensteten der Landespolizeidirektion nur träumen. Oder eben auswärts essen.

»Was hältst du von etwas Einfachem, das schnell geht? Eiernockerl mit Grazer Krauthäuptel zum Beispiel?«, schlug Paul vor.

»Fein. Ich rufe dich dann an, wenn ich hier fertig bin. Schätze, es wird nicht später als 18 Uhr werden.«

»Übertreib es nicht, Sandra. Du bist seit 2 Uhr auf den Beinen«, spielte Paul auf das Burn-out an, das sie im vorigen Jahr dazu gezwungen hatte, einige Monate kürzerzutreten.

»Nur noch die Anhörung des Mädchens und das Protokoll, danach mache ich Schluss für heute«, versprach sie ihm. »Joggen wollte ich eigentlich auch noch gehen …«

Paul legte den Kopf schräg und runzelte die Stirn.

»Schon gut, dann lasse ich den Sport heute eben einmal bleiben«, gab sie seinem Blick nach.

Paul nickte milde lächelnd. »Morgen ist schließlich auch noch ein Tag.«

Wie oft hatte sie diesen Satz in den letzten Monaten eigentlich von ihm gehört? Meistens dann, wenn es um ihre sexuellen Bedürfnisse gegangen war, die er nicht befriedigen wollte. Oder konnte. Sandra seufzte. »Bis später, Paul.«

Sie rang sich ein müdes Lächeln ab und brachte ihr Tablett zum Abräumwagen.

So konnte es mit ihnen beiden nicht weitergehen. Sie musste dieses heikle Thema heute Abend wieder einmal ansprechen. Ob es ihm nun passte oder nicht. Schließlich sollte Paul, ging es nach Sandra, in zwei, drei Jahren der Vater ihres Kindes werden.

## 2.

Die Kinder- und Jugendpsychologin, die auch als Sachverständige des Jungendamtes fungierte, traf pünktlich in der Landespolizeidirektion ein. Bergmann hatte zuvor schon angerufen und mitgeteilt, dass er sich, wie Sandra vermutet hatte, verspäten würde. Sie solle mit der Anhörung schon einmal anfangen, er wolle dann dazustoßen.

Johanna und Bernhard Faschingbauer kamen über eine Viertelstunde zu spät. »Es hat unterwegs einen Unfall gegeben. Die Straße war gesperrt, wir haben weder vor noch zurückkönnen«, entschuldigte sich der Onkel, der seine Nichte an den Schultern sanft ins Verhörzimmer schob.

Danke, dass Sie gekommen sind«, sagte Sandra und nahm ihren Platz ein. »Wenn es Ihnen recht ist, zeichnen wir die Befragung auf Video auf, anschließend werden wir noch Fingerabdrücke von Ihnen beiden nehmen. Von Johanna auch noch einen Mundhöhlenabstrich, damit wir die Spuren am Tatort abgleichen können.«

Die 13-Jährige war ein hübsches Mädchen, das mitten in der Pubertät steckte. Sie trug Jeans, die absichtlich zerschlissen waren, wie auch Bergmann sie gern und häufig anhatte, dazu einen hellgrauen Kapuzensweater und ihre schwarzen, klobigen Stiefeletten. Die Jacke hängte sie über die Sessellehne, ebenso wie es ihr Onkel tat. In ihrem Alter hatte Sandra noch wesentlich kindlicher ausgesehen, glaubte sie sich zu erinnern. Aber sie war ja immer schon eine Spätzünderin gewesen. Johannas feine hellbraune Haare reichten fast bis zu ihren Schultern. Einige kleine Hautunreinheiten zeichneten sich auf der Stirn und dem Kinn ab. Die dunklen Schatten unter ihren grünbraunen Augen ließen sie trotz ihrer Jugend ziemlich mitgenommen aussehen. Kein Wunder, nach dieser Horrornacht, in der ihre Familie auf brutale Weise ausgelöscht worden war. Womöglich sogar vor ihren Augen.

Die Psychologin richtete die ersten Worte an das Mädchen, um ihm möglichst die Scheu oder gar Angst vor der unbekannten Situation zu nehmen. Gleichzeitig ließ sich anhand der Reaktionen der psychische Zustand besser einschätzen. »Bitte, setz dich doch. Dürfen wir Du zu dir sagen?«

Johanna ließ sich neben ihrem Onkel nieder und nickte, ohne die Frau mit der strengen grauhaarigen Duttfrisur, die sie angesprochen hatte, anzusehen.

»Du heißt Johanna. Ein schöner, klassischer Name. Nennen dich deine Freunde auch so? Oder kürzer? Hanna vielleicht?«

»Johanna«, antwortet das Mädchen mit unerwartet heiserer, leiser Stimme.

»Schön, Johanna. Kannst du uns ein paar Fragen beantworten? Natürlich nur, solange du möchtest. Wenn es nicht mehr geht, sagst du einfach Stopp, und wir hören auf der Stelle auf. Das ist völlig in Ordnung. Einverstanden?«

Johanna nickte, den Blick weiterhin gesenkt.

»Möchtest du ein Mineralwasser?«, fragte Sandra.

Johanna blickte erstmals kurz zu ihr auf und schüttelte den Kopf.

»Ich hätt gern ein Wasser, bitte«, sagte Bernhard Faschingbauer.

Sandra deutete auf die Flaschen und Gläser, die in der Mitte des Tisches standen. »Bedienen Sie sich.« Sie selbst schenkte sich auch ein Glas ein. Dann erklärte sie beiden, dass die 13-Jährige noch nicht strafmündig sei, sie daher nicht als Zeugin einvernommen, sondern lediglich angehört werde, und überreichte die Vorladung ihrer Vertrauensperson. Währenddessen kletzelte Johanna unaufhörlich an ihren Fingernägeln. Der hellblaue Nagellack war schon ziemlich abgeblättert. »Haben Sie alles verstanden?«, fragte Sandra nach. »Du auch, Johanna? Können wir anfangen?«

Wieder nickte Johanna und sah sie einen Moment lang an.

Ihr Blick war müde, dennoch neugierig, fand Sandra. Seltsamerweise kam ihr das Mädchen ungewöhnlich vertraut vor. Als würden sie sich schon länger kennen. Ob das daran lag, dass Johanna sie an das eigene Spiegelbild in jüngeren Jahren erinnerte? Optisch wäre sie ohne Weiteres als ihre Tochter durchgegangen. Vom Alter her sowieso, rechnete Sandra zurück. Wobei sie sich mit 22 Jahren viel zu jung gefühlt hatte, um Kinder zu bekommen. Streng genommen war das heute noch nicht viel anders.

Faschingbauer bejahte die Frage der Ermittlerin, nahm die Hand seiner Nichte, die ihm diese prompt wieder entzog – in Sandras Augen die ganz normale Reaktion einer Heranwachsenden, der vertrauliche Gesten in der Öffentlichkeit peinlich waren. Erst recht, wenn sie von Verwandten kamen.

»Also, Johanna, ich weiß, das ist nicht leicht für dich, aber bitte erzähl uns alles, was gestern vorgefallen ist. Jedes noch so kleine Detail, das dir vielleicht unwichtig erscheint, könnte uns weiterhelfen«, sagte Sandra.

Johanna nickte.

»Damit wir den Ablauf der Ereignisse nachvollziehen können, beginnen wir am besten mit dem gestrigen Morgen. Wann bist du denn in der Früh aufgestanden?«

Die Hände des Mädchens verschwanden unter der Tischplatte. Es gab an, wie an jedem Schultag um 6.00 Uhr aufgestanden zu sein, um den einzigen Bus zu erwischen, der morgens um 6.48 Uhr von der nächstgelegenen Haltestelle auf der Landstraße zur Neuen Mittelschule in Pöllau fuhr.

Sandra konnte sich noch gut an den allmorgendlichen Stress während ihrer Schulzeit in der Steirischen Krakau erinnern. Wie oft hatte sie sich gewünscht, der Schultag würde ein, besser noch zwei Stunden später anfangen. Aber leider war ein Kinderleben kein Wunschkonzert. In ihrem Fall, mit einer psychotischen Mutter, einem missratenen Halbbruder und einem Vater, den sie schmerzlich vermisst hatte, schon gar nicht. Wenngleich Sandra ein dermaßen traumatisches Erlebnis, wie Johanna es in der vergangenen Nacht durchlitten hatte, erspart geblieben war.

Einmal mehr fiel ihr deren rauchige, leise Stimme auf. Sie sprach flüssig, aber nicht besonders schnell. Wie bei so vielen ihrer Generation war kaum eine regionale Sprachfärbung zu hören. Dass sich viele Kids heutzutage auch am Land nahezu auf Hochdeutsch unterhielten, lag vermutlich an den zahlreichen deutschen Fernsehkanälen, mit denen bereits die Kleinsten stundenlang berieselt wurden.

Einerseits war es bestimmt kein Fehler, dass sich die Kinder von Anfang an ein allgemeinverständliches Deutsch angewöhnten, andererseits war damit das Aussterben österreichischer Dialekte früher oder später absehbar, was Sandra eigentlich schade fand. Wenngleich sie selbst ihren Grogga-Dialekt ganz bewusst abgelegt hatte, als sie damals nach Graz gezogen war. Nicht zuletzt, um mit ihrer Vergangenheit abzuschließen. Ganz war ihr das freilich noch immer nicht gelungen.

Johanna gab an, bis um 13.40 Uhr in der Schule gewesen zu sein, wo sie sechs Unterrichtsstunden lang an einem Projekttag im Chemiesaal teilgenommen hatte. »Wir haben uns den ganzen Vormittag mit Tensiden beschäftigt. Ich war in der Gruppe, die Seife und Badekugeln herstellen durfte«, berichtete sie. »Es hat großen Spaß gemacht. Jetzt müssen die Kosmetikprodukte noch drei Wochen lang reifen. Dann werden sie hübsch verpackt.« Johanna schluckte, stützte ihre Ellenbogen auf der Tischplatte ab und betrachtete die Lackreste auf ihren Fingernägeln. Viel fehlte nicht mehr, dass sie sich den Nagellackentferner ersparen konnte. »Ich wollte meiner Mama zum Muttertag selbst gemachte Badekugeln schenken …«

Sandra befürchtete, dass die Kleine jeden Moment zusammenbrechen könnte. Bisher hatte sie sich sehr tapfer gehalten. Wahrscheinlich hatte sie die Tragödie und ihre Folgen noch gar nicht richtig realisiert. Ein falsches Wort konnte das Fass jedoch zum Überlaufen bringen, wusste Sandra. Dennoch konnte sie ihr die Konfrontation mit den Schrecken der letzten Nacht nicht ersparen. Schließlich war Johanna die einzige Zeugin, die zur Tatzeit am Tatort gewesen war. Außer dem Täter.

Sandra sah zur Psychologin hinüber, die gerade etwas

in ihren Block kritzelte, und fuhr mit der Befragung fort. »Wann und wie bist du denn gestern von der Schule nach Hause gekommen?«

»Die Mama hat mich mit dem Auto abgeholt. Meinen kleinen Bruder auch. Zu Hause hat sie uns Backhendl mit Pommes gemacht – das Lieblingsessen vom Severin.«

»Dein Bruder hatte vor ein paar Wochen einen schlimmen Unfall, nicht wahr?«, hakte Sandra nach.

Wieder schluckte Johanna, sah sie kurz an und nickte. Bisher war Sandra die Einzige am Tisch, der sie ein paar flüchtige Blicke geschenkt hatte. Die Fragen der Psychologin hatte sie allesamt beantwortet, ohne diese dabei anzuschauen.

»Kannst du mir erzählen, was bei dem Unfall genau passiert ist?«, fragte Sandra weiter.

Johanna zuckte mit den Schultern. »So genau weiß ich es nicht. Ich habe gerade die Dusche geputzt. Der Severin wollte die Toilette saubermachen. Plötzlich hat er wie am Spieß geschrien. Er hat sich das Auge zugehalten, als ich mich umgedreht habe. Im ersten Moment hab ich gar nicht gewusst, was passiert ist und was ich tun soll. Dann ist schon der Papa gekommen und hat versucht, das Auge mit Wasser auszuspülen. Aber das war gar nicht so einfach. Der Severin hat sich aufgeführt wie ein Verrückter. Der Papa hat mir aufgetragen, die Rettung anzurufen. Das hab ich getan. Die Mama ist dann mit dem Severin ins Spital mitgefahren. Und der Papa ist ihnen mit dem Auto hinterher.«

»Und du?«

»Ich war beim Onkel Bernie unten im Gasthaus, bis meine Eltern wieder nach Hause gekommen sind. Ohne den Severin. Den haben sie vom Krankenhaus in Hartberg gleich in die Augenklinik nach Graz verlegt. Nach drei Wochen hat der Papa ihn dort wieder abgeholt.«

»Und seither war dein Bruder auf dem verletzten Auge blind?«

Johanna nickte erneut und sah Sandra an. »Ich hab echt nichts dafürkönnen. Ich schwöre es.«

»Niemand beschuldigt dich, Johanna«, mischte sich die Psychologin prompt ein. »Du brauchst dir überhaupt keine Vorwürfe zu machen. Frau Mohr will nur möglichst genau wissen, was in der letzten Zeit vorgefallen ist, damit sie den Schuldigen finden kann.«

Johanna würdigte sie keines Blickes. »Darf ich bei meinem Onkel bleiben? Bitte … Ich will nicht ins Heim«, wandte sie sich stattdessen an Sandra.

Sandra sah die Psychologin an.

»Wir müssen erst überprüfen, ob du bei deinem Onkel gut aufgehoben bist«, antwortete diese. »Ob er in weiterer Folge für dich die Obsorge übernehmen kann, entscheidet dann ein Richter. Es geschieht alles zu deinem Besten.«

»Selbstverständlich ist meine Nichte bei mir gut aufgehoben«, herrschte Faschingbauer die Psychologin an und griff noch einmal nach der Hand des Mädchens. Diesmal ließ Johanna ihn gewähren. »Besser als in einem Heim, bei fremden Leuten oder bei ihren Großeltern in der staubigen Stadt«, fügte er hinzu.

»Sie führen ein Gasthaus, Herr Faschingbauer, und arbeiten fast täglich bis tief in die Nacht hinein. Da stellt sich natürlich schon die Frage, ob Sie genügend Zeit für Johannas Erziehung aufwenden können. Außerdem wird bei Ihnen im Lokal geraucht und Alkohol getrunken, nicht wahr? Ob das ein adäquates Umfeld für eine Heranwachsende ist, werden wir in den nächsten Tagen überprüfen. Aber dazu kommen wir später.«

»Wenn es nach Ihnen geht, dürften sich Wirte also nicht fortpflanzen? Marandjosef …« Noch immer hielt er die Hand seiner Nichte fest.

»Wie gesagt, Herr Faschingbauer, wir werden die Lebensumstände überprüfen«, entgegnete die Psychologin emotionslos.

»Aber …«

»Herr Faschingbauer«, unterbrach Sandra den Mann. Seine Chancen, die Obsorge für seine Nichte zugesprochen zu bekommen, verbesserten sich nicht gerade, wenn er sich mit der psychologischen Gutachterin des Jugendamtes anlegte. »Darf ich jetzt mit der Anhörung fortfahren? Danach finden wir bestimmt eine gute Lösung …«

Faschingbauer nickte und ließ die Hand seiner Nichte los. »Entschuldigen Sie bitte, aber ich möchte unbedingt, dass die Johanna bei mir bleibt.«

»Das haben wir bereits zur Kenntnis genommen.« Die Psychologin schob ihre Brille höher.

»Johanna war also bei Ihnen, nachdem Ihr Bruder und Ihre Schwägerin mit dem verletzten Sohn ins Krankenhaus gefahren sind?«, kehrte Sandra zum Unfalltag zurück.

Wieder nickte Faschingbauer.

»Wissen Sie, an welchem Tag der Unfall passiert ist?«

Faschingbauer überlegte nicht lange. »Es war an einem Samstag. Das muss vier oder fünf Wochen her sein.«

»Am 8. oder am 15. März?«, rechnete Sandra zurück.

»Am achten«, sagte Johanna.

»Die Johanna ist kurz vor zwölf zu mir gekommen und hat mir vom Unfall erzählt. Um sie ein wenig abzulenken, hab ich sie gefragt, ob sie mir im Service helfen möchte. Sie geht mir öfters zu Hand, um sich ein bissl ein Taschengeld zu verdienen. Natürlich nur im Mittags-, nicht im Abendgeschäft.« Sein vorwurfsvoller Blick verriet, dass sein letzter Kommentar an die Kinder- und Jugendpsychologin gerichtet war. »Außerdem ist Arbeiten allemal besser als Umanandhock'n und auf dumme Gedanken kommen«, setzte er nach.

»Hast du denn von deinen Eltern kein Taschengeld bekommen?«, wandte sich Sandra wieder an Johanna.

»Nicht viel. Fünf Euro in der Woche. Aber nur, wenn ich der Mama im Haushalt geholfen hab.«

»War deine Mutter streng zu euch?«

Johanna zuckte mit den Schultern, ehe sie antwortete. »Ja, schon. Auf alle Fälle strenger als der Papa.«

»Hat sie dir oder deinem Bruder schon einmal wehgetan? Ich meine körperlich? Hat sie euch geschlagen?«

»Den Severin öfter als mich.«

»Warum?«

»Sie war manchmal zornig auf ihn. Wenn er sich blöd angestellt hat, ist ihr schon mal die Hand ausgerutscht.«

»Und bei dir?«

»Früher. Wenn ich frech war. In letzter Zeit nicht mehr so oft.«

»Und dein Vater? Hat der euch geschlagen?«

»Der nicht.«

»Hat er gewusst, dass deine Mutter euch verprügelt?«

»Also, Moment mal«, ging Faschingbauer dazwischen. »Es war nicht in Ordnung, dass meine Schwägerin handgreiflich geworden ist, aber sie hat niemals eines ihrer Kinder verletzt.«

»Das stimmt nicht, Onkel Bernie. Erinnerst du dich an den gebrochenen Arm vom Severin? Das war die Mama. Und das blaue Aug auch.«

»Was? Aber wieso erzählst du mir das erst jetzt? Ich

hätte deine Mutter glatt angezeigt«, gab sich Faschingbauer erschüttert.

»Eben darum nicht …«

»Sie haben also nichts von den körperlichen Misshandlungen des Buben gewusst?«, fragte Sandra.

»Nein, natürlich nicht!«

Die Psychologin kritzelte eifrig mit.

»Jetzt mal ehrlich, Johanna: Deine Mutter war wirklich nicht im Badezimmer, als Severin der Unfall mit dem Rohrreiniger passiert ist?«, fragte Sandra.

»Nein. Da waren nur ich und der Severin.« Johanna starrte auf die Tischplatte.

»Du würdest es uns aber schon sagen, wenn es anders gewesen wäre, nicht wahr, Johanna? Es hilft deiner Mutter nämlich nichts mehr, sie in Schutz zu nehmen«, meinte Sandra. »Niemand könnte es dir verdenken, wenn du für sie gelogen hättest. Aber jetzt solltest du ehrlich sein. Die Unwahrheit bringt uns nämlich nicht weiter. Dann wäre es noch besser, du sagst gar nichts«, fügte sie an.

Johanna schwieg die Tischplatte weiterhin an.

»Jetzt sag schon die Wahrheit, Johanna. Du darfst die Polizei nicht anlügen, hörst du?«, redete ihr nun auch der Onkel ins Gewissen.

»Na gut, die Mama hat das Bad geputzt, nicht ich. Der Severin war bei ihr. Der Papa und ich waren im Wohnzimmer und haben meinen Bruder auf einmal schreien gehört. Wir sind beide hinaufgelaufen. Der Rest war genau so, wie ich es Ihnen erzählt habe. Ich schwöre es.«

»Okay, Johanna. Danke, dass du uns die Wahrheit gesagt hast«, sagte Sandra. »Hat dir Severin später erzählt, was im Badezimmer vorgefallen ist?«

»Nur, dass er der Mama beim Putzen helfen wollte und

die falsche Flasche erwischt hat. Er hat sie nicht gleich aufbekommen. Und als er es dann doch geschafft hat, ist ihm ein Strahl von der Säure ins Auge gespritzt.«

Dass Rohrreiniger keine Säure, sondern alkalische Substanzen enthielten, die zusammen mit Wasser eine starke Lauge bildeten, behielt Sandra an dieser Stelle für sich. Die ätzende Wirkung auf Haut, Augen und beim Verschlucken war ähnlich fatal. Das hatte der Chemielehrer wohl nicht erwähnt, als sie die Tenside durchgenommen hatten, die ebenfalls Bestandteil flüssiger Rohrreiniger waren.

»Warum hast du uns vorhin etwas anderes erzählt?«, wollte Sandra wissen. »Hat dich deine Mutter darum gebeten?«

Johanna nickte. »Ja. Sie hat gemeint, sie könnte Schwierigkeiten bekommen, weil sie erwachsen ist und nicht gut genug auf den Severin aufgepasst hat. Mir würde den Unfall keiner übel nehmen, weil ich erst 13 bin.«

Konnte es sein, dass die Mutter ihren Sohn absichtlich verletzt hatte, überlegte Sandra. Auszuschließen war es nicht. Obwohl ihr eine solche Tat unvorstellbar grausam erschien. Aber Mord und Totschlag, mit denen sie fast täglich zu tun hatte, waren das schließlich auch. Menschen waren leider zu allem fähig. »Hat dich deine Mutter öfter gebeten, die Schuld für eine Verletzung deines Bruders auf dich zu nehmen?«

Johanna überlegte, während Bernhard Faschingbauer die Arme vor der Brust verschränkte, offenbar bemüht, die Fassung zu bewahren. »Einmal musste ich dem Doktor sagen, dass ich gesehen habe, wie der Severin gestolpert und die Stiege hinuntergefallen ist. Dabei war ich gar nicht zu Hause, als das passiert ist«, erzählte das Mädchen.

»Und was ist wirklich passiert?«

»Der Severin ist die Stiege hinuntergefallen.«

»Ja, schon. Aber von alleine oder hat ihn jemand geschubst? Deine Mutter vielleicht?«

»Das weiß ich nicht. Ich war ja nicht zu Hause.«

»Und dein Vater?«

Johanna zuckte mit den Schultern.

»Und Severin hat dir nichts über diesen Treppensturz erzählt?

»Nein. Dafür war er viel zu feig.«

»Feig? Wieso?«

»Weil er immer gemacht hat, was die Mama gesagt hat. Genau wie der Papa.«

Sandra warf Faschingbauer einen Blick zu. »Na ja, das stimmt schon. Die Gudrun hatte zweifellos das Sagen in der Familie«, bekräftigte er die Aussage seiner Nichte.

»Und obwohl dein Bruder eurer Mutter brav gefolgt hat, hat sie ihn geschlagen?«

Johanna zuckte erneut mit den Schultern. »So war sie halt, die Mama.«

»Wart ihr denn gar nicht böse auf sie?«

»Manchmal schon. Aber sie hat ja auch sehr lieb sein können. Und sie hat viel für uns Kinder getan.«

»Zum Beispiel?«

»Sie hat uns immer mit dem Auto hin- und hergeführt, hat uns Essen gekocht, Gewand gekauft und so was alles …«

Besonders außergewöhnlich kamen Sandra die eben genannten Dienste nicht vor. Offenbar hatte die Mutter diese aber so hingestellt. »Darf ich zum gestrigen Tag zurückkehren?«, fragte sie weiter.

Johanna nickte.

»Geht es wirklich noch, Johanna? Du bestimmst, wann es genug ist«, mischte sich die Psychologin abermals ein.

»Ja«, krächzte das Mädchen genervt in ihre Richtung.

»Wieso bist du eigentlich so heiser?«, fragte die Gutachterin prompt. Die Frau wollte wohl in Würde altern, überlegte Sandra. Bestimmt ließen die grauen Haare sie um einige Jahre älter wirken, als sie war. Aber Äußerlichkeiten waren ihr offenbar egal.

Johanna seufzte und rollte die Augen.

»Sie war ein Frühchen«, erklärte der Onkel. »Die Johanna musste nach ihrer Geburt intubiert und künstlich beatmet werden. Dabei wurden ihre Stimmbänder verletzt.«

»Verzeih mir bitte, Johanna. Deine Stimme ist sehr außergewöhnlich, etwas ganz Besonderes.«

Die Anbiederei der Psychologin nervte allmählich nicht nur Johanna. »Was habt ihr denn gestern nach dem Mittagessen gemacht?«, nahm Sandra die Befragung wieder auf.

Johanna fuhr mit ihren Schilderungen fort, die wenig spektakulär waren. Die Kinder hatten ihre Hausaufgaben gemacht, die Mutter gebügelt. Der Vater war gegen 16 Uhr von einem Termin in Pöllau zurückgekehrt. Wo genau er gewesen war, vermochte Johanna nicht zu sagen. Aber das würde sich auch so herausfinden lassen, war Sandra zuversichtlich. Niemand sei an diesem Tag zu Besuch gewesen. Die Familie habe wie meistens um 18.30 Uhr gemeinsam zu Abend gegessen. Pasta asciutta mit grünem Salat, erzählte Johanna weiter.

»Und danach hat es Vanillepudding mit Himbeersauce gegeben. Der Papa hat sich die Nachrichten angeschaut, die Mama den Geschirrspüler eingeräumt.« Johanna sei in ihr Zimmer gegangen, wo sie gechattet habe. Gegen halb zehn war sie zu Bett gegangen. Ihr Bruder sei vermutlich eine halbe Stunde vor ihr schlafen gegangen, wie jeden Tag. Ob und wann sich die Eltern in ihr Schlafzimmer zurückgezogen hatten, konnte Johanna nicht sagen. Sie nahm aber an, dass sie zu diesem Zeitpunkt schon geschlafen hatte.

Noch immer war keine einzige Träne bei dem Mädchen geflossen. Der Schock saß anscheinend sehr tief. Für die Einvernahme war es kein Nachteil, dass Johanna ihre Emotionen nach diesem traumatischen Erlebnis unbewusst unterdrückte. Doch tanzten sie auf sehr dünnem Eis, das jederzeit einbrechen konnte, wusste Sandra. Johanna tat ihr unendlich leid. Dennoch konnte sie ihr auch die nachfolgenden Fragen nicht ersparen. »Wann und warum bist du letzte Nacht aufgewacht?«, wollte sie wissen.

»Durch einen Schuss … Wann das war, weiß ich nicht.« Johanna stockte.

»Hast du sofort gewusst, dass es ein Schuss war?«

Das Mädchen nickte.

Wer so nahe am Wald lebte, hörte öfters Schüsse und erkannte diese als solche, gab sich Sandra, die ebenfalls in einer wald- und wildreichen Region aufgewachsen war, selbst die Antwort.

»War es nur *ein* Schuss, den du gehört hast?«

Johanna überlegte. »Erst nur einer. Dann hab ich meine Mutter schreien gehört und gleich gewusst, dass was Schlimmes passiert sein muss. Ich bin aufgestanden, um nachzusehen. Der Mann hat mich nicht gesehen …« Johanna brach mitten im Satz ab, stütze ihre Ellenbogen auf die Tischplatte und legte den Kopf in die Handflächen, sodass ihre Augen verdeckt waren. Eine Weile verharrte sie still in dieser Position.

»Sollen wir abbrechen, Johanna?«, sprach die Psychologin sie an.

Sandra signalisierte mit einer Geste, dass sie abwarten wollte. Aus ihrer Sicht war dies der denkbar falsche Moment, um die Anhörung abzubrechen. Allerdings lag die Entscheidung nicht bei ihr. Das Wohl des Mädchens ging natürlich vor.

»Johanna?« Faschingbauer strich seiner Nichte sanft über den Arm.

Das Mädchen richtete den Kopf wieder auf. »Ich hab ihn von hinten gesehen, wie er auf meine Mutter geschossen hat.«

»Hat dein Vater zu dieser Zeit noch gelebt?«

»Kann ich nicht sagen … Ich bin dann zur Truhe im Flur gelaufen und hab mich dort drinnen versteckt. Das hab ich früher auch immer gemacht, wenn die Mama böse auf mich war.«

»Und du hast den Mann nicht erkannt?«

»Nein. Ich hab ihn nur kurz von hinten gesehen. Er war ganz schwarz angezogen. Mir sind nur seine Bikerstiefel aufgefallen.«

»Dir sind seine Stiefel aufgefallen?«, wunderte sich Sandra.

»Ja. Die Mama hat es gehasst, wenn jemand mit Straßenschuhen im Haus war.«

Wieder fiel Sandra die eigene Mutter ein, für die dasselbe galt.

»Seine Stiefel hatten so silberne Spangen an den Fersen.«

»Sehr gut, Johanna. Das könnte uns weiterhelfen«, lobte Sandra das Mädchen.

»Hatte er Handschuhe an?«

Johanna überlegte. »Erinnern kann ich mich nicht daran.«

»War er groß, klein? Dick, dünn?«

»Klein. Nicht viel größer als ich. Normale Figur.«

»Und seine Haare?«

»Die hab ich nicht gesehen. Er hatte einen schwarzen Helm auf.«

»Einen Motorradhelm?«

Johanna nickte. »Ja, und jetzt erinnere ich mich auch an ein Geräusch …« Johanna schloss die Augen, als würde sie dadurch in die Vergangenheit hören können. »Da war ein Knattern. Er muss mit einem Motorrad weggefahren sein. Danach war es totenstill. Ich hab in der Truhe gewartet und gelauscht. Wie lange, kann ich nicht sagen. Erst nach einer Weile hab ich mich wieder herausgetraut. Ich hab zuerst den Severin gesehen …« Johanna stockte und blickte an Sandra vorbei ins Leere. »Dann meine Eltern … Alles war voller Blut.« Wieder stockte sie.

»Bist du näher hingegangen? Hast du sie berührt?«

Johanna schüttelte den Kopf. »Ich hatte voll die Panik. Der Mann hätte ja wiederkommen können. Deshalb bin ich, so schnell ich konnte, zu meinem Onkel hinuntergelaufen.«

»Wie könnte der Mann denn in euer Haus gekommen sein?«

Dafür hatte Johanna vorerst keine Erklärung. Außer den Hausbewohnern und ihrem Onkel besaß niemand einen Schlüssel, war sie sich sicher.

»Hat der Mann nach dir gesucht? Hat er vielleicht deinen Namen gerufen?«

»Nein, er hat gar nichts gesagt.«

Dann hätte ihn Johanna auch nicht an seiner Stimme erkennen können. Selbst wenn es sich um einen Bekannten der Familie handelte, überlegte Sandra und sah ihre Hoffnung, dass ihnen die Zeugin bei der Tätersuche helfen konnte, dahinschwinden.

»Vielleicht haben meine Eltern einfach nur vergessen, die Haustür abzusperren«, fiel Johanna plötzlich ein. »Das ist schon ein paarmal vorgekommen. Die Mama hat den Papa dann geschimpft, dass er schon wieder nicht zugesperrt hat.«

»Hat dein Vater manchmal auch vergessen, den Waffenschrank abzusperren?«

»Weiß ich nicht.« Johanna rutschte nervös auf ihrem Stuhl herum.

»Alles in Ordnung mit dir, Johanna?«, erkundigte sich die Psychologin.

»Kann ich mal alleine mit Ihnen reden?«, wandte sich das Mädchen an Sandra.

»Ja, sicher. Ist es okay für Sie, solange draußen zu warten?«, fragte Sandra die beiden Erwachsenen.

Die erhoben sich von ihren Stühlen. »Ich stehe vor der Tür, falls du mich brauchst«, sagte Faschingbauer zu seiner Nichte. Die Psychologin schwieg.

Sandra wartete, bis die beiden den Verhörraum verlassen hatten, gespannt, was Johanna ihr unter vier Augen zu erzählen hatte. »Also, was möchtest du mir sagen?«

»Ich habe gerade die Regel bekommen und nichts dabei. Haben Sie vielleicht ein Tampon für mich?«

»Ach so. Warte, ich rufe meine Kollegin an. Die besorgt dir gleich was.«

»Aber nicht diese Psychotante.«

Sandra unterdrückte ein Grinsen. »Nein. Möchtest du vielleicht jetzt ein Glas Wasser haben?«

Johanna nickte.

Sandra schenkte ein und schob ihr das Glas hinüber. Dann griff sie zum Hörer und wählte Miriams Durchwahl.

»Danke. Sie sind sehr nett für eine Polizistin«, sagte Johanna, nachdem Sandra aufgelegt hatte. »Haben Sie Kinder?«

»Nein. Noch nicht.«

»Schade. Sie wären bestimmt eine sehr liebe Mama.«

Sandra fühlte sich geschmeichelt. Dennoch hatte ihr Privatleben an dieser Stelle nichts verloren. Sie musste die nötige Distanz zwischen sich und Johanna wahren, ohne das Vertrauen zu verlieren, das ihr der Teenager offensichtlich entgegenbrachte. »Das ist nett von dir, Johanna. Aber es geht hier nicht um mich, sondern darum, was letzte Nacht bei euch zu Hause geschehen ist.«

Johanna nickte. »Ich will nicht, dass sie mich von meinem Onkel wegholen«, wiederholte sie.

»Wir werden schon eine Lösung finden.« Sandra lächelte das Mädchen zuversichtlich an, konnte aber nichts versprechen, was in der Folge womöglich nicht eintraf.

»Könnte ich nicht bei Ihnen wohnen, wenn ich nicht beim Onkel Bernie bleiben darf?«

»Bei mir?«, fragte Sandra überrascht. »Wie kommst du denn auf diese Idee?«

»Na ja, ich finde Sie sehr nett. Und Sie könnten mich bestimmt auch sehr gut beschützen. Als Polizistin …«

Sandra unterdrückte neuerlich ein Grinsen. »Aber, Johanna. Wie stellst du dir das denn vor?«

»Ich hab schon mal in einem Fernsehkrimi gesehen, dass ein Kind bei einer Kommissarin bleiben durfte, nachdem ihre Eltern ums Leben gekommen sind.«

»Na ja, im Fernsehen geht das vielleicht. Aber leider nicht im echten Leben.«

»Mögen Sie mich nicht?«, fragte Johanna. »Ist es, weil ich gelogen habe?«

Ehe Sandra auf diese Fragen antworten konnte, klopfte es an der Tür. Miriam brachte die angeforderten Hygieneartikel und begleitete Johanna hinaus.

Sandra bat Faschingbauer und die Psychologin wieder herein. »Ich bin mit Johannas Befragung so weit fertig«, verkündete sie. »Ich möchte das Mädchen nicht mehr strapazieren, als es unbedingt nötig ist.«

»Johanna braucht dringend intensive psychologische Betreuung, um ihr Trauma bewältigen zu können«, meinte die Gutachterin. »Momentan verhält sie sich wie schockgefroren. Sie kann weder weinen noch trauern. Aber früher oder später wird alles wieder hochkommen. Die Bilder der Tat, die Geräusche, die Gerüche … Sie wird das Erlebte nicht alleine verarbeiten können.«

»Gestern hat Johanna in einem fort geweint«, warf Faschingbauer ein.

»Haben Sie Ihrer Nichte Medikamente verabreicht?«

»Ich doch nicht … Der Arzt hat ihr in der Nacht eine Spritze verpasst. Sie hat heute fast bis 10 Uhr durchgeschlafen.«

»Werden Sie die Psychotherapie übernehmen?«, wollte Sandra von der Psychologin wissen.

»Bevor Sie weiterreden und die Johanna gleich wieder zurückkommt, muss ich Ihnen unbedingt noch was sagen«, kam Faschingbauer einer Antwort zuvor.

Beide Frauen sahen ihn erwartungsvoll an.

»Ich bin gar nicht Johannas Onkel …«

Sandra verstand nicht.

»Ich bin ihr Vater. Also, ziemlich sicher bin ich das.«

»Ziemlich sicher?«, fragte Sandra, nachdem sie ihre Sprache wiedergefunden hatte.

»Ich kann es leider nicht beweisen.«

»Lassen Sie doch einen Vaterschaftstest machen«, schlug die Psychologin vor.

»Der würde nichts nützen«, sagte Faschingbauer.

»Weil Sie und Ihr Bruder eineiige Zwillinge waren?«, sprach Sandra aus, was sie das gemeinsame Geburtsdatum und die Ähnlichkeit der beiden Männer längst hatten vermuten lassen.

Landläufig herrschte noch immer die Meinung vor, dass eineiige Zwillinge eine vollkommen identische DNA hatten, weshalb sie auch dieselben Merkmale an ihre Kinder vererbten. Daher konnte bei einem Vaterschaftstest nicht bestimmt werden, wer von beiden der Kindesvater war. Bis vor wenigen Jahren hatte das genau so zugetroffen. Neuerdings jedoch nicht mehr. »Rein technisch könnten Sie sehr wohl einen aussagekräftigen Vaterschaftstest machen lassen«, erklärte Sandra. »Mit den neuesten Methoden der DNA-Sequenzierung ist es nunmehr möglich, sogenannte Punktmutationen zu identifizieren, die einen eineiigen Zwilling vom anderen minimal, aber eben doch unterscheiden. So kann auch der biologische Vater eines Kindes zweifelsfrei bestimmt werden. Das Verfahren ist allerdings sehr aufwändig und kostet eine Stange Geld.«

»Wie viel?«

»Mehrere tausend Euro. Ich müsste mich erkundigen.«

Faschingbauer lachte auf. »Nicht nötig. Das kann ich mir eh nicht leisten. Könnten Sie bitte für sich behalten, dass ich mit meiner Schwägerin intim war? Wenn überhaupt, soll Johanna irgendwann von mir erfahren, dass ich ihr Vater bin.«

Die Psychologin antwortete zuerst. »Wenn Sie Johanna jetzt auch noch mit einer solchen Nachricht konfrontieren, könnte sie das vollends aus ihrem psychischen Gleichgewicht bringen«, warnte sie. »Oder behaupten Sie nur, ihr Vater zu sein, damit Ihnen die Obsorge zuerkannt wird?«, setzte sie nach.

»Also hören Sie mal«, empörte sich Faschingbauer. »So was behaupte ich doch nicht einfach.«

»Vielleicht kommt ja eine Adoption für Sie in Betracht«, schlug Sandra vor. »Vorausgesetzt, Johanna ist damit einverstanden.«

Faschingbauers empörter Gesichtsausdruck wich einem erfreuten. Sein Bruder und seine Schwägerin waren erst vor wenigen Stunden verstorben. Da war es nicht weiter verwunderlich, dass ihm diese Möglichkeit noch nicht in den Sinn gekommen war. »Aber natürlich«, reagierte er begeistert. »Was muss ich tun, um die Johanna zu adoptieren? Kann ich das überhaupt als alleinstehender Mann?«, kamen ihm Zweifel.

»Ja, das können Sie unter bestimmten Umständen«, antwortete die Psychologin.

»Und die wären?«

»Das können Sie alles später klären«, unterbrach Sandra. »Zuerst bitte ich Sie, meine Fragen zu beantworten.«

Faschingbauer nickte.

»Hat Ihr Bruder gewusst, dass Sie mit seiner Frau geschlechtlich verkehren?«

»Ja, das hat er. Wir ham beide mit der Gudrun geschlafen. Kurz nach ihrer Hochzeit hat sie mich zum ersten Mal verführt. Ich wollt das gar nicht, ehrlich nicht. Aber ich bin schließlich auch nur ein Mann. Und die Gudrun war sehr attraktiv und verwöhnt. Sie hat immer bekommen, was sie wollte. Der Walter hat sowieso zu allem Ja und Amen gesagt, weil er nicht wollte, dass sie wieder auszuckt. Wenn der Gudrun was nicht gepasst hat, ist sie schnell explodiert. Oder sie hat mit Selbstmord gedroht«, erzählte Bernhard Faschingbauer.

Ob ihm seine Freundin wegen des intimen Verhältnisses zu seiner Schwägerin abhandengekommen war, hatte Sandra nicht zu interessieren. Dass sich die Zwillinge dieselbe

Frau geteilt hatten, auch nicht. Sofern diese Tatsache nicht zum Tatmotiv führte.

»Oft waren wir auch zu dritt miteinander im Bett«, gab Faschingbauer ungefragt zu. »Das letzte Mal vor drei Tagen.«

So genau hatte es Sandra gar nicht wissen wollen. Wenngleich sie der Vorstellung, von zwei Männern gleichzeitig geliebt zu werden, durchaus etwas abgewinnen konnte. Was Paul wohl zu einer solchen Konstellation sagen würde, schweifte sie gedanklich ab. Solange er dabei anwesend war, betrog sie ihn schließlich nicht. Vielleicht war das ja eine befriedigende Lösung für alle Beteiligten. Bloß, wer kam als zweiter Liebhaber in Betracht?

## 3.

Sandra war überrascht, neben Miriam auch Bergmann, den sie noch immer in der Gerichtsmedizin vermutet hatte, in ihrem Büro vorzufinden. Wieder einmal spitzte er einen Bleistift, dessen Mine längst spitz war. »Wolltest du nicht zur Vernehmung nachkommen?«, fragte sie ihn.

»Ich bin erst vor einer Viertelstunde wieder hier eingetrudelt. Der neue Staatsanwalt hat die Angelegenheit nicht gerade beschleunigt.« Bergmann rollte genervt die Augen und legte Bleistift und Spitzer beiseite. »Es hätte wohl keinen Sinn mehr gehabt, so spät noch dazuzustoßen.«

»Du kannst dir ja jederzeit die Videoaufzeichnung anschauen«, sagte Sandra.

Bergmann grinste. »Es freut mich sehr, dass du mich vermisst hast.«

Sandra verzog die Mundwinkel zu einem gekünstelten Lächeln, das prompt wieder aus ihrem Gesicht verschwand. »Hättest du wohl gern.«

»Und? Wie ist es gelaufen? Hast du den Fall inzwischen gelöst?«, fragte Bergmann ungebrochen ironisch und nahm einen Schluck aus seiner Kaffeetasse.

»Ohne dich? Wie könnte ich?«, stichelte Sandra zurück, ehe sie wieder sachlich wurde und den Chefinspektor über die wesentlichen Erkenntnisse der Anhörung informierte. Auch die intime Dreierbeziehung der Faschingbauers blieb nicht unerwähnt. Dass Bergmann an dieser Stelle kein sexistischer Kommentar über die Lippen kam, irritierte sie. Manchmal war er durchaus für Überraschungen gut. Selten jedoch für positive. Vielmehr war zu befürchten, dass eine entsprechende Bemerkung zu einem späteren Zeitpunkt fallen würde, wenn sie nicht mehr damit rechnete.

»Wer könnte etwas dagegen gehabt haben, dass es die drei miteinander treiben?«, sprach er ein mögliches Tatmotiv an. »Vielleicht die Exfreundin von Bernhard Faschingbauer, von der Schnuderl gesprochen hat? Wie war doch gleich ihr Name?«

»Susanne. Ihren Nachnamen hat er nicht erwähnt«, antwortete Sandra. Dass eine Frau ein solches Massaker aus Eifersucht anrichtete und dabei auch noch ein Kind tötete, war denkbar, aber eher unwahrscheinlich.

»Dann findet ihren Namen heraus und überprüft ihr Tatzeit-Alibi.«

Sandra nickte. Sie würde Schnuderl kontaktieren, um den Namen der Frau zu erfragen, und Faschingbauer bis auf Weiteres in Ruhe lassen. Der Mann hatte seinen Bruder, seine Geliebte und den Neffen verloren. Zudem musste er sich jetzt um seine Nichte oder, wie er behauptete, um seine Tochter kümmern, die vorerst bei ihm bleiben durfte. Der Psychologin hatte er versprechen müssen, dass er Johanna gleich am Montag zur Psychotherapie bringen würde. Das Mädchen war darüber gar nicht begeistert gewesen, hatte sich aber gefügt, um bei ihrem Onkel bleiben zu dürfen. Am Dienstag wollte die Gutachterin des Jugendamtes nach Pöllau kommen, um sich ein Bild von den Lebensumständen zu machen. Danach würde sich entscheiden, ob Johanna bis zum Obsorgeverfahren bei ihm bleiben durfte.

Sandra gähnte. Nach der Anhörung, die ihr volle Aufmerksamkeit abverlangt hatte, machte sich nun wieder die Müdigkeit bemerkbar. Ihre Augen brannten, die Lider waren schwer. Sie hätte auf der Stelle einschlafen können. Dennoch versuchte sie sich weiterhin auf den Fall zu konzentrieren. »Was haben die Obduktionen denn ergeben?«, erkundigte sie sich bei Bergmann.

»Severin Faschingbauer hatte zahlreiche ältere Verletzungen, darunter einige verheilte Knochenfrakturen und die Keratoplastik nach einer Kolliquationsnekrose am rechten Auge, ausgelöst durch den Kontakt mit dem Rohrreiniger.«

»Kolli… was?«, fragte Miriam.

»Die Lauge hat das Augengewebe verflüssigt, konnte so tiefer eindringen und die Hornhaut zerstören.«

»Wahnsinn …« Miriams sonst so glatte Stirn warf Falten. »Der arme Bua.«

»Jutta hält es für sehr wahrscheinlich, dass einige seiner älteren Verletzungen auf Misshandlungen zurückzuführen sind. Seine Oberarme weisen wenige Tage alte Hämatome auf, die eindeutig von Händen verursacht wurden, die fest zugepackt haben. Allerdings können die Abdrücke unmöglich von seinem Vater stammen, dafür sind sie zu klein. Von der Größe her passen sie zu den Fingern seiner Mutter.«

»Das deckt sich mit Johannas Aussage, dass Gudrun Faschingbauer ihren Sohn über Jahre hinweg misshandelt hat«, bestätigte Sandra.

»Wie kann man seinen Kindern nur so etwas antun?«, murmelte Miriam.

»Die Psychologin ist der Auffassung, dass die Mutter an einer Borderline-Persönlichkeitsstörung gelitten hat. Auch wenn die feindlich-bestrafende Variante bei dieser Erkrankung normalerweise weitaus weniger häufig auftritt als die tröstend-fürsorgliche. Gudrun Faschingbauer scheint beide abwechselnd eingesetzt zu haben, um ihre Mitmenschen zu manipulieren«, sagte Sandra und seufzte unwillkürlich. Ähnliches hatte sie mit der eigenen Mutter lange genug mitgemacht.

»Wo wir schon mal bei Gudrun Faschingbauer sind: Jutta konnte trotz der Schussverletzung ein Gliom am Stirnlappen der Frau ausmachen. Es könnte sich schon seit Jahren oder Jahrzehnten dort befunden haben, vorausgesetzt, es ist gutartig und langsam gewachsen.«

»Möglicherweise war dieser Gehirntumor der Auslöser für ihren Jähzorn und die Gewaltausbrüche«, überlegte Sandra laut. »Ob sie davon etwas gewusst hat? Oder ihre Familie?«

»Ob oder ob nicht, ändert auch nichts mehr. Genauso wenig, ob der Tumor gut- oder bösartig war. Beides bringt uns leider kein Stück weiter«, sagte Bergmann.

»Und der Mann?«, fragte Sandra.

»War bis zum Kopfschuss kerngesund. Keines der Opfer weist typische Abwehrverletzungen auf«, fuhr Bergmann fort. »Allerdings haben sich eine ganze Menge Hautpartikel unter den Fingernägeln des Buben befunden.«

»Er kann sich ja selbst gekratzt haben«, meinte Miriam.

»Warten wir die DNA-Analysen ab. Kratzspuren gibt es an ihm jedenfalls keine, auch nicht bei den Eltern. Überhaupt konnte Jutta keine Verletzungen feststellen, die von der Tat stammen, außer eben der tödlichen. Der Herzmuskel des Buben ist durch das Projektil regelrecht zerplatzt«, sagte Bergmann.

Wenigstens war er auf der Stelle tot und hat nicht lange leiden müssen, dachte Sandra. Höchstwahrscheinlich hatte Severin die Schüsse auf seine Eltern gehört, aber deren Tod nicht mehr mitbekommen. Anders als seine Schwester, die ein Trauma erlitten hatte, das sie wohl ihr Leben lang begleiten würde. Nicht selten entwickelten Überlebende von Gewaltverbrechen und Katastrophen Schuldgefühle und warfen sich vor, dass andere Menschen gestorben waren, während sie dem Tod entrinnen konnten. Derlei Selbstvorwürfe führten nicht selten zu chronischen psychischen Erkrankungen, die im besten Fall mit Medikamenten behandelt, im schlimmsten Fall mit Alkohol und Drogen betäubt wurden. War man erst einmal in diese Spirale der Selbstzerstörung geraten, gab es nur sehr schwer wieder ein Entrinnen.

»Was die Eltern anbelangt«, fuhr Bergmann fort »Die Mutter hatte noch Sex, ehe sie wenige Stunden später getötet wurde. In ihrer Vagina wurde Sperma sichergestellt. Allerdings kein Scheidensekret am Penis ihres Mannes«, berichtete Bergmann. »Deinem Bericht zufolge könnte natürlich auch der Zwillingsbruder mitgemischt haben«, meinte Bergmann.

»Der hat angegeben, das letzte Mal vor drei Tagen im Beisein seines Bruders mit seiner Schwägerin sexuell verkehrt zu haben.«

»Ganz schön abartig«, murmelte Bergmann.

»Seit wann bist du so prüde?«, entkam es Sandra.

»Zwei Kerle und eine Frau? Noch dazu Zwillingsbrüder? Das würde dir gefallen? Hätte ich dir gar nicht zugetraut«, erwiderte Bergmann.

Da war sie, die längst fällige dumme Bemerkung. Einmal mehr ärgerte sich Sandra über sein dreckiges Grinsen und den anzüglichen Blick, wenngleich sie sich eingestehen musste, dass sie beides mit ihrer Frage provoziert hatte.

Miriam grinste in sich hinein. Was den Humor anbelangte, waren sie und Bergmann sich wie so oft einig.

»Wir müssen Bernhard Faschingbauers Aussage wohl oder übel hinnehmen, wenn wir keine vollständige DNA-Sequenzierung durchführen lassen wollen«, kehrte Sandra zum Fall zurück.

»Die können wir uns getrost sparen. Eine einfache DNA-Analyse sollte reichen, um eine Vergewaltigung durch den Täter auszuschließen«, entschied Bergmann.

Ein Sexualdelikt hatten sie noch gar nicht in Betracht gezogen. Möglich war es, dass der Täter sein weibliches Opfer vergewaltigt hatte.

»Das muss er dann aber getan haben, nachdem der Mann schon tot war«, meinte Miriam.

»Unmöglich. Vergiss nicht, dass Johanna vom ersten Schuss aufgewacht und zum Schlafzimmer gelaufen ist«, wandte Sandra ein. »In weiterer Folge hat sie den vollständig bekleideten Täter samt Motorradhelm auf ihre Mutter schießen sehen. Eine Vergewaltigung müsste demnach schon früher stattgefunden haben. Wenn überhaupt …«

»Dann hat der Mann geschlafen, während seine Frau neben ihm vergewaltigt worden ist?«, war Miriam skeptisch. »Es gibt doch gar keine Anzeichen für eine Vergewaltigung an ihrer Leiche.«

»Vielleicht war es ja gar keine Vergewaltigung, sondern einvernehmlicher Sex zu dritt, der aus dem Ruder gelaufen ist«, spekulierte Sandra.

Bergmann sah sie an. »Das würde auch erklären, warum es keine Einbruchspuren gibt«, sagte er.

»Genau. Der Besucher könnte nach einem flotten Dreier gewartet haben, bis das Ehepaar eingeschlafen ist, sich danach angezogen und sie erschossen haben«, spekulierte Sandra weiter. »Aber warten wir erst mal die DNA-Ergebnisse ab.«

»So oder so: Bernhard Faschingbauer scheidet als Täter aus. Auch, falls er später, als er zugibt, etwa am Nachmittag vor dem Tod seiner Schwägerin noch mit ihr Sex hatte. Die fehlenden Schmauchspuren entlasten ihn«, sagte Bergmann.

»Er könnte aber jemanden mit der Tötung der Familie beauftragt haben«, warf Miriam ein.

»Fragt sich nur, warum er das hätte tun sollen«, erwiderte Bergmann. »Ich sehe kein Motiv für einen Auftragsmord.«

»Vielleicht hat er die Dreiecksbeziehung mit seinem Bruder und der Schwägerin nicht länger ertragen und keinen anderen Ausweg gesehen, als sie gewaltsam zu beenden«, mutmaßte Miriam.

»Und um nach deren Tod seine mutmaßliche Tochter für sich alleine zu haben«, spann Sandra ihren Gedanken weiter.

»Bei dieser Gelegenheit hat er gleich auch seinen Neffen töten lassen? Also, ich weiß nicht«, zweifelte Bergmann.

»Vielleicht hat Severin den Auftragskiller gesehen und musste deshalb sterben«, gab sich Miriam hartnäckig.

»Nichts gegen deine blühende Fantasie«, sagte Bergmann. »Aber das erscheint mir dann doch an den Haaren herbeigezogen.«

Miriam zuckte mit der Schulter.

»Lässt die Obduktion keine Rückschlüsse auf den Täter zu?«, fragte Sandra.

»Na ja, die Schusswinkel lassen darauf schließen, dass er nicht besonders groß ist. Höchstens 1,80 Meter. Eher 1,75 oder kleiner.«

»Auch das deckt sich mit Johannas Aussage«, sagte Sandra. »Er soll nicht viel größer als sie sein, also etwas über 1,70.« Die Körpergröße des Mädchens entsprach exakt ihrer eigenen.

Bergmann gähnte, was Sandra prompt ansteckte. »Wenn er beim Schießen in die Knie gegangen ist, könnte er maximal zehn Zentimeter größer sein«, sagte er.

»Also suchen wir einen Motorradfahrer zwischen 1,70 und 1,80 Meter«, sagte Sandra.

Bergmann nickte. »Ich check noch rasch meine E-Mails und mach dann Schluss für heute. Den Obduktionsbefund könnt ihr euch am Montag zu Gemüte führen. Jutta hat ihn mir für 8 Uhr versprochen. Dann sollte uns auch die erste Spurenauswertung vorliegen. Um neun ist Team-Meeting. Gib allen Bescheid, Miriam. Fährst du mich nach Hause, Sandra?« Bergmann klimperte mit den Augen.

»Ich möchte noch das Protokoll schreiben, damit ich wenigstens morgen meine Ruhe habe und endlich einmal ausschlafen kann«, sagte sie.

Bergmann wandte seinen Blick wortlos von ihr ab und seinem PC zu.

Sandra schrieb das E-Mail an Schnuderl, um kurze Zeit später den Namen von Bernhard Faschingbauers Exfreundin zu erfahren. Die aktuelle Wohnsitzadresse und die Telefonnummer von Susanne Lichtenegger, die in Hartberg lebte, hatte sie rasch herausgefunden. Sie hinterließ ihr eine

Nachricht auf der Mobilbox und bat sie um Rückruf am kommenden Montag.

Bergmann und Miriam hatten sich längst in den Feierabend verabschiedet, als Sandra kurz vor halb sieben die Vernehmungsprotokolle auf den Server stellte. Danach griff sie zum Hörer und wählte Pauls Durchwahl. Schon wieder meldete sich nur ein Anrufbeantworter.

## 4.

Paul hatte die Ärmel seines weißen Hemdes aufgekrempelt und wusch Salatblätter, als Sandra die Küche betrat. Sie hatte ihn vorhin auf seinem Handy erreicht, während er im Supermarkt einkaufen gewesen war. Inzwischen wusste er, dass sich außer Milch, Joghurt und Weißwein meist nicht sehr viel in ihrem Kühlschrank befand. Es sei denn, sie füllte diesen extra auf, um für sie zu kochen, was eher selten vorkam. Viel häufiger lud Paul sie zum Essen ein. Dass er die Besorgungen von sich aus wie selbstverständlich erledigt hatte, gefiel Sandra. Ebenso, dass er kein Tamtam machte, weil sie fast eine Stunde später als angekündigt zu Hause war, wie es bei ihrem Exfreund Julius zu befürchten gewesen wäre. Paul hatte an diesem Abend erstmals den Reserveschlüssel für ihre Wohnung benutzt, den sie ihm schon vor einigen Wochen gegeben hatte. Und obwohl Sandra hundemüde war, freute sie sich, dass er hier war und für sie kochte.

»Hallo, Liebling«, begrüßte sie ihn und umfasste ihn von hinten. Paul drehte seinen Kopf zur Seite und ließ sich von ihr auf die Wange küssen. Gleichzeitig bemerkte Sandra, wie sich sein Körper verspannte.

»Soll ich das Salat-Dressing machen?«, fragte sie und ließ von ihm ab.

»Gerne. Wenn du möchtest.« Er stellte das Sieb mit dem Krauthäuptelsalat in der Abwasch ab und wandte sich der leeren Teigschüssel zu.

Sandra wusch sich die Hände. Dann suchte sie alle Zutaten zusammen, die sie für ein Dressing benötigte, und vermengte diese in der Salatschüssel. Das Kürbiskernöl würde erst vor dem Servieren hinzukommen.

Paul rührte unterdessen den Nockerlteig an. »Wie war dein Nachmittag?«, erkundigte er sich.

»So weit ganz okay. Anstrengend. Diese Jugendpsychologin hat ziemlich genervt. Das Mädchen hat sich voll auf mich eingeschossen. Sie hat mich sogar gefragt, ob sie bei mir wohnen darf, wenn sie nicht bei ihrem Onkel bleiben kann. Der im Übrigen gar nicht ihr Onkel ist, sondern ihr Vater. Was er behauptet, sie aber nicht weiß.«

»Wie bitte? Klingt verwirrend.«

»Möchtest du ein Glas Morillon?«

»Bitte.«

Sandra goss den Weißwein in zwei Gläser und erzählte weiter, während Paul routiniert seine Handgriffe abspulte. Es war eine Wohltat, ihm auch Berufliches anvertrauen zu können, ohne befürchten zu müssen, dass er es nicht für sich behalten würde wie Julius, der Radioreporter, der demnächst eine andere heiratete.

»Die hatten also eine Dreiecksbeziehung«, hakte Paul nach, als sie zu essen begannen. Die Eiernockerl waren wunderbar flaumig geraten, was an dem Mineralwasser lag, das er unter den Teig gemischt hatte.

»Findest du das schlimm?«

Paul sah sie kauend an und zuckte mit den Schultern. »Was sollte schlimm daran sein, wenn alle Beteiligten damit einverstanden waren? Sind doch alle erwachsen.«

Prüde war Paul nicht. Das wusste Sandra längst. Auch wenn er sich vor dem Sex meist drückte. Sie gab sich einen Ruck. »Könntest du dir das denn vorstellen? Eine Frau mit zwei Männern im Bett?«

Paul schluckte den Bissen hinunter, legte Messer und Gabel am Tellerrand ab und wischte sich mit der Serviette den Mund ab. »Ist es das, was du dir wünschst? Zwei Männer?«

Jetzt bloß nichts Falsches sagen, dachte Sandra, sonst stand sie wieder als die Sexbesessene da.

Paul sah sie mit schmalen Lippen an, während sie einen Schluck Wein trank.

»Ich würde mir vor allen Dingen wünschen, dass wir beide öfter Sex miteinander haben«, sagte sie dann.

Paul senkte den Blick und nahm sein Besteck wieder auf. »Du weißt doch, dass mir Sex nicht so wichtig ist.«

»Aber mir, Paul. Wir müssen das irgendwie in den Griff bekommen. Kannst du dich nicht wenigstens ab und zu bemühen? Mir zuliebe?«

»Das habe ich doch. War nicht gerade berauschend, oder?«

»Liegt es an mir?«, fragte Sandra zurück.

Paul schüttelte kauend den Kopf. »Ganz bestimmt nicht. Du bist eine ausgesprochen attraktive Frau.«

»Woran liegt es dann?«

»Ausschließlich an mir.«

»Warst du schon mal beim Arzt deswegen?«

»Es ist nicht organisch«, versicherte ihr Paul.

Wenn seine Unlust psychische Ursachen hatte, konnte ihnen vielleicht eine Sexualtherapie helfen. Aber was, wenn Paul asexuell war? Wenn er zwar zu einer liebevollen Beziehung fähig war, aber einfach kein Bedürfnis nach Sex hegte? Ja, vielleicht sogar eine Abneigung dagegen? Im Geiste formulierte Sandra noch ihren nächsten Satz, als Paul fortfuhr.

»Vielleicht ist es wirklich eine gute Idee, einen zweiten Mann ins Bett zu holen, der dich befriedigt. Einen Versuch wäre es wert.« Aus seinem Mund klang das, als sei diese Lösung die normalste von der Welt.

»Und du würdest dabei zusehen, wie ich es mit einem anderen Mann treibe?«

»Warum nicht? Vielleicht lerne ich ja etwas. Der Gedanke gefällt mir immer besser. Ja, ich finde ihn sogar erregend.«

Damit hatte Sandra nicht gerechnet. »Ehrlich? Wie soll er denn aussehen unser Traummann?«, fragte sie, als sie ihre Sprache wiedergefunden hatte.

»Das überlasse ich dir. Du hast ja einen exzellenten Männergeschmack, wie man sieht.« Paul lächelte sie an, wie er sie noch nie zuvor angelächelt hatte. Er stand auf und öffnete seinen Gürtel, während er sich ihr näherte. »Könntest du mir bitte einen blasen?« Seine Hosen fielen zu Boden, während er die Augen schloss.

Sandra war von seinem unerwarteten Verhalten völlig überrumpelt. Dennoch überlegte sie nicht lange. Wenn er schon so höflich fragte … Ihre Müdigkeit war vergessen. Und Eiernockerln konnte man schließlich auch kalt essen.

# KAPITEL 3

*Montag, 14. April*

## 1.

»Der freie Sonntag hat dir gutgetan. Du siehst nahezu fantastisch aus«, meinte Bergmann auf dem Weg vom Büro zum Besprechungsraum.

Dasselbe konnte man von ihm nicht unbedingt behaupten, fand Sandra. Sein Schmuddellook hatte ihr noch nie gefallen. Die Haare waren zerzaust und ergrauten allmählich, ebenso die Bartstoppeln. Die Jeans des Chefinspektors waren, wenig standesgemäß, zerschlissen und verlangten dringend nach einer Wäsche. Das Hemd hatte vermutlich noch nie ein Bügeleisen gesehen, seitdem er es gekauft hatte. Und das war bestimmt schon eine Weile her. Krawatten verweigerte Bergmann prinzipiell, selbst bei hochoffiziellen Anlässen. Wenigstens trug er heute ein einigermaßen ansehnliches dunkelgraues Sakko. »Nahezu«, wiederholte Sandra die Einschränkung seines Kompliments, falls es überhaupt als solches gemeint gewesen war.

»Nobody is perfect«, sagte Bergmann.

»Ich bemühe mich wenigstens. Und ich bin endlich wieder einmal ausgeschlafen.« Der Sex mit Paul hatte nicht sehr lange gedauert. Eigentlich war alles schon wieder vorbei gewesen, nachdem sie ihn oral befriedigt hatte. Der Rest fiel unter Kuscheln. Aber immerhin. Am Sonntagnachmittag hatte ihr Andrea frische goldblonde Strähnchen ins hellbraune Haar gefärbt, was ihrem Teint schmeichelte, Bergmann aber bestimmt nicht bemerkte. Typisch Mann. Dabei war der Chefinspektor ansonsten gar kein so schlechter Beobachter.

»Paul ist mir vorhin über den Weg gelaufen. Was hast du bloß mit dem Kerl angestellt?«

Sandra antwortete nicht, was Bergmann nicht davon abhielt, fortzufahren.

»Ich sage es ja nur ungern, aber der Mann wird immer fescher.« Er grinste anzüglich.

Sandra überging auch diese Bemerkung, wenngleich sie ihm insgeheim zustimmte.

»Na ja, damit ist es bestimmt auch bald einmal wieder vorbei«, gab er sich selbst eine Antwort.

Sandra hätte ihn am liebsten angebrüllt, dass er endlich sein loses Mundwerk halten solle, beherrschte sich aber weiterhin. Warum nur versuchte Bergmann ständig, in ihrem Privatleben herumzuschnüffeln? Was hatte er davon? Fand er das witzig? Oder wie?

Wenigstens ging ihre Taktik diesmal auf. Da sie nicht reagierte, verlor er die Lust, sie zu ärgern. Nicht auszumalen, wenn er gewusst hätte, dass sie und Paul beim Sonntagsbrunch das Internet nach Männern durchforstet hatten, die sich für einen Dreier anboten. Ausgerechnet auf jenem Cybersexportal, das Sandra durch Bergmanns private Ausschweifungen während ihres ersten gemeinsamen Falles kennengelernt hatte, waren sie fündig geworden. Ein Dunkelhaariger, der sich Dreamboy82 nannte, gefiel ihnen beiden. Den hatten sie gleich angeschrieben. Geantwortet hatte er ihnen allerdings noch nicht.

Am frühen Nachmittag war Paul aufgebrochen, um seine Töchter abzuholen, denen er versprochen hatte, sie ins Kino auszuführen. Sandra wäre gerne mitgekommen, um die beiden endlich kennenzulernen. Doch Paul meinte, es sei noch zu früh dafür. Vor allem die ältere Luisa habe die Scheidung ihrer Eltern noch immer nicht verwunden und sei schrecklich eifersüchtig. Er wolle daher nichts überstürzen. Mal wieder, hatte Sandra gedacht. Die Nacht verbrachten die Mädchen bei ihrem Vater. Normalerweise hätte er sie montagmorgens zur Schule gebracht, so aber fuhren sie gemeinsam in die Osterferien. Selbstverständlich ohne die Kindesmutter, hatte Paul ihr versichert.

Bergmann betrat den Besprechungsraum unmittelbar vor Sandra. Ein Kollege der Tatortgruppe war gerade damit beschäftigt, die Präsentationstafel mit Tatortfotos zu bestücken. Die anderen anwesenden Mitarbeiter der SOKO Faschingbauer plauderten miteinander oder dösten vor sich hin. Miriam Seifert und Stefan Baumgartner platzten eine Minute nach neun als Letzte bei der Tür herein. Stefan entschuldigte sich für sie beide.

»Das nächste Mal vielleicht ein Frühstückssemmerl weniger essen«, sagte Bergmann und erntete einige Lacher.

Sandra fand es unmöglich, dass er Stefan wegen einer zweiminütigen Verspätung vor allen Kollegen bloßstellte. Oder war dem Chefinspektor gar nicht aufgefallen, dass der junge Mann in den vergangenen Monaten einiges Gewicht zugelegt hatte, seitdem er mit Miriam liiert war? Stefan schien die taktlose Bemerkung nichts anzuhaben, während die bildhübsche Blondine Farbe aufzog. Dabei hatte sie ihre Modelmaße behalten. Sandra hoffte, dass das private Verhältnis der beiden nicht eines Tages ihr berufliches trüben würde. Nur ungern hätte sie auf einen der beiden jüngsten

Ermittler im Team verzichtet. Im Zweifelsfall jedoch auf Stefan. Es sei denn, Miriam wurde schwanger. Aber dafür blieben der 23-Jährigen noch etliche Jahre Zeit, während Sandras biologische Uhr immer lauter tickte.

Bergmann erteilte Siebenbrunner als Erstes das Wort. Der hatte den Tathergang anhand der bisher ausgewerteten Spuren am Tatort so gut wie möglich rekonstruiert. Abgeschlossen sei die Arbeit der Kriminaltechniker aber noch lange nicht, betonte er. Während seines Vortrages projizierte er mittels Laptop und Beamer entsprechende Fotos und Skizzen auf die Leinwand. Einiges, was er von sich gab, deckte sich mit den Schlüssen, die Sandra selbst schon am Tatort gezogen hatte. Die vorliegenden Fakten sprachen dafür, dass Walter Faschingbauer als erstes Opfer im Schlaf mit einem aufgesetzten Schuss in die linke Schläfe getötet worden war. Abgesehen davon, dass man bei ihm keine Schmauchspuren hatte feststellen können, hätte sich der Rechtshänder mit der linken Hand in diesem Winkel niemals in den Kopf schießen können, erläuterte Siebenbrunner anhand der Computersimulation. Die Streiflicht-Topometrie hatte ein dreidimensionales Modell des Körpers mit seinen biomechanischen Eigenschaften erzeugt. Diese zeigten, wie beweglich der Mann gewesen war. Um den Schusskanal definieren zu können, wurde das Gehirn nach der Entnahme exakt vermessen. Den Rest erledigte das Computerprogramm.

»Gudrun Faschingbauer ist vom Schuss auf ihren Mann aufgewacht und hochgeschreckt«, fuhr Siebenbrunner fort, während die Computersimulation einem 3D-Plan des Schlafzimmers wich, in dem das Ehepaar Faschingbauer ermordet worden war. »Bei den ersten beiden Schüssen, die der Täter auf die Frau abgefeuert hat, ist er am Fußende des

Bettes gestanden. Ihr Körper wurde auf das Bett zurückgeschleudert. Das erklärt Form und Verteilung der Blutspritzer in der Umgebung. Den letzten Schuss hat er aus unmittelbarer Nähe, direkt neben der Frau stehend abgegeben. Dieser Kopfschuss war laut Obduktionsbefund tödlich.« Siebenbrunner aktivierte die nächste Seite seiner Präsentation.

Das neue Foto zeigte den toten Severin Faschingbauer, dessen operiertes Auge Sandra sofort auffiel. Das Lid hing deutlich stärker herab, war fast geschlossen. Das Oberteil seines hellblauen Pyjamas war tiefrot gefärbt, sodass die kleinen farbigen Autos auf dem Baumwollstoff nur noch auf den Ärmeln und der Hose zu erkennen waren. Sandra schluckte und wandte ihren Blick von der Leinwand ab.

»Severin Faschingbauer muss von den Schüssen auf seine Eltern ebenfalls aufgewacht und aufgestanden sein«, fuhr Siebenbrunner fort. »Er wurde in seinem Kinderzimmer aus etwa anderthalb Metern Entfernung frontal ins Herz getroffen.« Wieder folgte ein 3D-Plan, der die Stellung des Täters und des Opfers im Raum zeigte. »Unter den Fingernägeln der Leiche konnten wir Hautspuren sicherstellen. Die DNA-Analyse liegt uns aber erst in einigen Tagen vor. Das bringt uns zu den daktyloskopischen Spuren.« Die Leinwand zeigte den Anwesenden einige vergrößerte Fingerabdrücke. »Die Vergleichsuntersuchung hat wenig überraschend jede Menge Übereinstimmungen mit den Familienmitgliedern ergeben, Bernhard Faschingbauer eingeschlossen. Jedoch keinen einzigen brauchbaren Fingerabdruck an jenen Stellen, an denen man es hätte erwarten dürfen. Der Täter muss den Waffenschrank und die darin befindlichen Waffen allesamt feinsäuberlich abgewischt haben, ebenso die Tatwaffe. Mit Fuß- oder Schuhabdrücken verhält es sich ähnlich. Bisher haben wir nicht eine brauchbare Täterspur. Einbruchsspuren ebenfalls negativ.«

»Die Tochter hat in der Zeugenbefragung ausgesagt, die Eltern könnten vergessen haben, die Haustür abzusperren. Vielleicht verhielt sich das beim Waffenschrank ebenso«, wandte Sandra ein. »Es gibt auch noch eine andere Möglichkeit, wie der Täter ins Haus gelangt sein könnte. Die Eltern haben ihn als Besucher ins Haus gelassen«, bezog sie sich auf die Spermaspuren, die laut Obduktionsbefund an Gudrun Faschingbauers Leiche sichergestellt worden waren. »Möglichweise, um mit ihm sexuell zu verkehren. Dabei könnte es zu einem Streit gekommen sein, der in der Folge zu der Bluttat führte«, sagte Sandra.

Nicht nur Siebenbrunner sah sie verständnislos an. Offenbar hatten die meisten Kollegen noch keine Zeit gefunden, das Vernehmungsprotokoll zu lesen beziehungsweise mögliche Tatszenarien anzudenken.

Sandra erläuterte ihre Theorie und berichtete von der Dreiecksbeziehung, die bei der Zeugenbefragung ans Tageslicht gekommen war. »Es ist durchaus vorstellbar, dass das Ehepaar Faschingbauer in der Tatnacht einen anderen Mann als Bernhard Faschingbauer für sexuelle Handlungen zu sich nach Hause eingeladen hat. An der Leiche von Walter Faschingbauer hat sich nämlich kein Scheidensekret befunden. Und Bernhard Faschingbauer scheidet als Täter bekanntlich aus.«

»Es soll Menschen geben, die nach dem Koitus duschen«, erwiderte Siebenbrunner im üblichen arroganten Tonfall.

Sandra hatte alle Mühe, sich einen bissigen Kommentar zu verkneifen. Schwer vorzustellen, dass überhaupt jemand freiwillig mit Siebenbrunner intim war. »Warten wir die Ergebnisse der DNA-Analyse ab«, blieb sie sachlich.

»Darf ich jetzt fortfahren, Frau Kollegin?«, fragte er.

Sandra deutete mit einer nonchalanten Geste an, dass er weitermachen sollte. Wenn es nötig war, konnte auch sie sich arrogant geben.

Miriam grinste Sandra an, während ein neues Foto auf der Leinwand erschien. »In diesem Schuppen neben dem Wohnhaus haben wir die beiden Autos der Opfer sichergestellt. Ein Kia Sportage, Baujahr 2010 und ein VW Golf, 6er-Reihe, ebenfalls Baujahr 2010«, erklärte Siebenbrunner.

Wahrscheinlich hatte Gudrun Faschingbauer in diesem Jahr die Erbschaft ihrer Tante angetreten, überlegte Sandra.

»Auch dieses Motorrad hat sich dort befunden: eine Suzuki GSF 1200 Bandit, Baujahr 2001. Den Spuren in und auf den Fahrzeugen und im Schuppen werden wir uns als Nächstes widmen. Außerdem der Auswertung der Reifenspuren, die sich in unmittelbarer Umgebung des Hauses befanden. Es gibt einige brauchbare Reifenspuren direkt vor dem Haus. Zwei von zweispurigen, eine von einem einspurigen Fahrzeug. Und Traktorspuren.«

»Könnten die einspurigen Abdrücke von der Suzuki im Schuppen stammen?«, fragte Stefan.

»Könnten sie, müssen sie aber nicht. Das werde ich Ihnen voraussichtlich in einigen Stunden mitteilen können. Von meiner Seite war's das fürs Erste.« Siebenbrunner beendete seine Präsentation und fuhr den Laptop herunter. Der Kollege neben ihm schaltete den Beamer ab.

Sandra meldete sich erneut zu Wort. »Für diejenigen, die das Vernehmungsprotokoll noch nicht gelesen haben: Johanna Faschingbauer will nach der Tat gehört haben, wie ein Motorrad vom Haus weggefahren ist.«

»Ich frage mich ja nur, wie sie das in der Truhe hören konnte«, meinte Siebenbrunner. Demnach hatte er das Protokoll ja doch gelesen.

»Es liegt bei Ihnen, die akustischen Gegebenheiten zu überprüfen«, sagte Sandra. »Vermutlich wissen Sie aber auch, dass die Zeugin einen Motorradhelm am Kopf des Täters gesehen hat.«

»Auf die Aussagen eines traumatisierten Kindes würde ich nicht allzu viel geben«, sagte Siebenbrunner.

»Das lassen Sie mal schön uns entscheiden, Herr Kollege«, ging Bergmann dazwischen. »Kümmern Sie sich lieber um die Reifenspuren, damit wir weiterermitteln können.«

In seltenen Momenten wie diesem schätzte Sandra die Kaltschnäuzigkeit des Chefinspektors. »Das detaillierte Vernehmungsprotokoll finden Sie am Server«, schloss sie ihre Zusammenfassung ab.

»Wir gehen also weiterhin von einer Beziehungstat aus, wobei der Täter allem Anschein nach geplant vorgegangen ist«, übernahm Bergmann. »Nicht nur, was die Morde, auch, was die Beseitigung seiner Spuren im Haus anbelangt. Panik, wie sie in einer solchen Situation durchaus angebracht gewesen wäre, war von seiner Seite augenscheinlich nicht im Spiel.«

»Er hatte nur eine relativ kurze Zeitspanne zur Verfügung, um seine Spuren zu beseitigen«, gab Sandra dem Chefinspektor recht. »Wie lange genau, wissen wir nicht. Die Zeugin kann sich nicht erinnern, wie viele Minuten sie in ihrem Versteck ausgeharrt hat. Aber zwischen dem frühestmöglichen Tatzeitpunkt und der Meldung der Tat liegt nicht einmal eine Stunde.«

»Ich weiß ja nicht, wie Sie das sehen, Siebenbrunner«,

sagte Bergmann. »Aber ich denke, der Täter hat sich von vornherein mit Bedacht am Tatort bewegt, um möglichst keine Spuren zu setzen. Er ist in kein Blut getreten, hat so wenig wie möglich angefasst, vermutlich hat er Handschuhe getragen. Und er hatte einen Helm auf. Nach einer Affekthandlung sieht mir das nicht aus.«

»Dann hätte er sein Sperma aber auch nicht an der Leiche hinterlassen«, konterte Siebenbrunner in Richtung Sandra.

Dieser Punkt ging an ihn, musste die sich insgeheim eingestehen. Vorausgesetzt, der Täter hatte wirklich jeden seiner Schritte geplant.

»Das wird sich zeigen. Auf alle Fälle ist er ziemlich abgebrüht«, sagte Bergmann.

»Ich halte ihn zudem für überdurchschnittlich intelligent«, fügte Sandra hinzu.

»Intelligent?«, wiederholte Siebenbrunner herablassend. »Der Täter überschätzt sich doch komplett. Er hat angenommen, dass wir ihm die vorgetäuschte Inszenierung am Tatort abkaufen und von einem erweiterten Suizid ausgehen. Dabei hat er die Tatwaffe auf der falschen Seite abgelegt. Einem überdurchschnittlich intelligenten Mann würde wohl kaum ein so grober Fehler unterlaufen.« Siebenbrunner lachte hämisch.

Wenn Selbstüberschätzung ein Zeichen für mangelnde Intelligenz war, war der Leiter der Kriminaltechnik mit Abstand ihr dümmster Kollege, dachte Sandra und verkniff sich abermals einen Kommentar. »Die Kollegen vor Ort konnte er immerhin täuschen«, erwiderte sie stattdessen.

»Wer rechnet schon mit einem solchen Kapazunder wie Ihnen?«, fragte Bergmann. Sein spöttischer Tonfall ließ Siebenbrunners Grinsen gefrieren. »Miriam, Stefan, was habt ihr?«, sprach er die jungen Kollegen an.

»Die Rufdaten der Handybetreiber sollen heute oder morgen einlangen, Chef. Ebenso die Kontoauszüge der Opfer«, antwortete Stefan.

»Die Kontakte aus ihren Telefonbüchern haben wir fast alle durchgerufen«, ergänzte Miriam. »Hier ist eine Liste mit denjenigen, die kein Alibi für die Tatnacht haben. Die Ausständigen und die Alibis der anderen müssen wir noch überprüfen. Ebenso die E-Mails der Opfer und ihre Webseitenbesuche.«

»Was ist mit den letzten Gästen der ›Waldstubn‹?«, fragte Bergmann.

»Die Daten der Gäste, die in der Tatnacht zuletzt in der ›Waldstubn‹ waren, stehen auch auf dieser Liste«, ergänzte Stefan. »Alle vier Männer behaupten, direkt nach Hause gefahren zu sein. Ihre Aussagen decken sich so weit. Ein paar Minuten auf oder ab. Aber Uhren gehen ja nicht immer alle gleich. Und nicht jeder achtet bewusst auf die Zeit, wenn er nach Hause fährt. Also ich zumindest nicht.«

»Solltest du aber. Für den Fall, dass du mal in einen Mordfall verwickelt wirst«, meinte Bergmann und kassierte neuerlich einige Lacher aus den Reihen der Kollegen. »Sind Motorradfahrer unter den Befragten?«, fügte er hinzu.

»Haben wir nicht nachgefragt. Dass der Täter ein Motorradfahrer ist, haben wir zum Zeitpunkt unserer telefonischen Erhebungen noch nicht gewusst«, sagte Stefan.

»Aber zwei von denen sind Jäger mit Schusswaffen, steht bei den Namen dabei. Allerdings sind keine Handfeuerwaffen auf die beiden zugelassen, nur Gewehre.«

»Gut. Dann checkt mal, ob es Zulassungen für Motorräder für diese Männer gibt«, sagte Bergmann. »Sandra, wir werden uns diese Herrschaften nochmals persönlich vornehmen.«

»Wir wissen jetzt übrigens auch, mit wem Walter Faschingbauer am Nachmittag vor seiner Ermordung den letzten Termin gehabt hat«, fuhr Miriam fort. »Er hat sich mit einem gewissen David Maierhofer in Pöllau getroffen, einem Versicherungsmakler. Wir konnten diesen Herrn aber noch nicht erreichen.«

»Okay, bleibt an ihm dran. Noch was?«, fragte Bergmann in die Runde.

»Ja«, sagte Miriam. »Außer den am Tatort sichergestellten Schusswaffen war auch noch eine Walther TPH Kaliber 6,35 Millimeter auf Walter Faschingbauer registriert.«

»Und die ist nirgendwo aufgetaucht?« Bergmann sah Siebenbrunner an.

Der zuckte mit den Schultern. »Auch wenn es sich um eine der kleinsten Handfeuerwaffen handelt, hätten wir diese mit Sicherheit gefunden, hätte sie sich im Haus befunden«, stellte er klar. »Es gab auch kein entsprechendes Reservemagazin oder passende Patronen im Waffenschrank.«

»Vielleicht befindet sich die Waffe im Schützenverein«, meinte Sandra. »Die haben doch sicher einen Panzerschrank für die ordnungsgemäße Waffenverwahrung.«

»Es würde mich sehr wundern, wenn die Waffe dort auftaucht«, sagte Siebenbrunner.

»Und warum?«, fragte Sandra. Seine Überheblichkeit war nahezu unerträglich.

»Haben Sie noch nie etwas vom sogenannten ›Walther Bite‹ gehört?«

Irgendetwas klingelte bei Sandra. Etwas, das ganz weit hinten in ihrem Gedächtnis verschüttet war und das sich zu Siebenbrunners großer Freude momentan nicht abrufen ließ.

Der leitende Kriminaltechniker legte eine seiner verhassten Kunstpausen ein, die Überlegenheit demonstrieren sollten. Sandra fühlte sich wie auf der Schulbank, auf der sie offenbar schon zu lange nicht mehr gesessen war.

»Diese Waffe eignet sich nicht für Sportschützen«, kam Miriam seiner Lektion zuvor. »Bei längeren Schussfolgen kommt es leicht zu Hautabschürfungen an der Hand, weil der Abstand zum Schlitten so gering ist«, erklärte sie. »Ein Nachteil aller kleinen Walther Handfeuerwaffen, deshalb ›Walther Bite‹. Also nichts für den Schießstand, eher was zur Selbstverteidigung.«

Siebenbrunner nickte. »Da sehen Sie mal, Frau Mohr.«

Miriam schaute sie an, als würde sie ihre Aussage am liebsten wieder zurücknehmen wollen.

»Sehen Sie lieber zu, dass Sie die Spuren schleunigst auswerten, damit wir weiterermitteln können«, ermahnte ihn Bergmann noch einmal. »Gibt es sonst noch etwas?«, wandte er sich an die Runde.

Sandra hob ihre Hand. »Ich konnte die Identität der Exfreundin von Bernhard Faschingbauer klären. Ihr Name ist Susanne Lichtenegger. Sie ist Lehrerin in Hartberg.«

»Lehrerin, wie schön.« Bergmann setzte ein Lächeln auf.

Wer von seiner persönlichen Abneigung gegen diesen Berufsstand nichts ahnte, hätte glatt das Gegenteil glauben können. Schlimmer als Lehrer fand der Chefinspektor, der eine Klosterschule besucht hatte, nur noch katholische Priester.

Seit ihren Mordermittlungen im Mürzer Oberland waren ihr seine Aversionen bekannt. »Ich konnte die Frau noch nicht erreichen. Wahrscheinlich ist sie gerade in den Osterferien«, sagte sie.

»Bleib an ihr dran. Wir suchen also nach einem Motorradfahrer, der ein Tatmotiv gehabt hat«, sagte Bergmann. »Und der zu dieser Jahreszeit mit dem Motorrad fährt. 1,70 bis 1,80 Meter Körpergröße, normalgewichtige Statur. Noch irgendwelche Fragen, Anmerkungen, Beschwerden? Für Wünsche ist dann der Osterhase zuständig …« Ein letztes Mal schweifte sein Blick über die versammelte Kollegenschaft. »Gut, meine Damen und Herren. An die Arbeit.« Der Chefinspektor erhob sich als Erster.

## 2.

Der Sturm von Samstagnacht war sonntags zum Wind abgeflaut. Inzwischen hatte er sich vollständig gelegt. Dennoch war es noch immer viel zu kalt für diese Jahreszeit. Dass Osterferien waren, kümmerte Sandra nicht weiter. Sie hatte Dienst, während Paul mit seinen Töchtern in Schladming Skifahren war. Ausgerechnet dort, wo ein betrunkener Snowboardfahrer ihren Exfreund Julius auf der Piste gerammt hatte, was zu seiner Querschnittlähmung und schlussendlich zum Ende ihrer Beziehung geführt hatte. Wobei diese höchstwahrscheinlich auch ohne den Unfall nicht viel länger gehalten hätte. Sandra und der jüngere Journalist hatten einfach nicht zueinandergepasst. Außer in sexueller Hinsicht. Bis zu diesem Unfall eben. War der wirklich erst vor 14 Monaten passiert? Inzwischen war so viel geschehen, dass ihr die Zeitspanne wie eine halbe Ewigkeit vorkam. Sandra seufzte.

»Ist was?« Bergmann blickte von seinem Smartphone hoch.

»Nein, nein …« Sie setzte den Blinker, um das Verlassen des Kreisverkehrs anzuzeigen.

»Mir kannst du es ruhig sagen.«

Sandra schüttelte den Kopf und verdrehte die Augen. Der Letzte, mit dem sie über ihr Privatleben sprechen wollte, saß neben ihr auf dem Beifahrersitz. Ob Dreamboy82 schon auf ihr E-Mail geantwortet hatte, schoss es ihr durch den Kopf. Unwillkürlich musste sie schmunzeln.

»Irgendetwas ist doch mit dir …« Bergmann musterte sie argwöhnisch von der Seite.

»Ach ja? Was soll denn mit mir sein?«

»Versteh einer euch Weiber«, sagte er und widmete sich wieder seinem Smartphone.

»Hast du ein Problem mit uns?«, konterte Sandra belustigt, um im nächsten Augenblick ihre Frage zu bereuen. Bergmanns Frauengeschichten kümmerten sie nach wie vor nicht.

Diesmal war er es, der seufzte. Erneut ließ er das Smartphone auf seinen Schoß sinken. »Allerweil ich hätte nur *ein* Problem.«

»Ach so … Zu viele Frauen?«

»Zu wenig Zeit.«

»Du Ärmster …«

»Mach dich nur lustig über einen alten Mann.«

Sandra lachte auf. »Ach, daher weht der Wind … Midlife Crises?«

»Schon möglich …«

»Sascha, bitte. Du bist vor zwei Monaten 40 geworden. Ein Mann im besten Alter …«

»Findest du? Laut Statistik liegt mein halbes Leben hinter mir.«

»Und die andere Hälfte vor dir. Na ja, beinahe … Also hör schon auf zu lamentieren.«

»Danke, Frau Doktor Mohr. Das war wieder einmal Seelenbetreuung auf allerhöchstem Niveau.«

»Keine Ursache.« Sandra grinste und folgte der Straße, die an der Schlossmauer entlang bis zum Hauptplatz führte. Eigentlich war Schloss Pöllau gar kein Schloss. Das ehemalige Augustinerstift wurde lediglich so genannt, wusste sie. Außerdem, dass es eine weltweit angesehene Musikschule beherbergte und Sitz der örtlichen Musikkapelle war – einer der besten in Österreich. Zudem bot der Freskensaal einen stimmungsvollen Rahmen für allerlei festliche Anlässe. Sandra hatte selbst schon einmal den traditionellen Schlossball hier besucht, der alljährlich am Rosenmontag gefeiert wurde. Sogar Bergmann war die bauliche Ähnlichkeit mit dem Petersdom in Rom aufgefallen, als er die barocke Pfarrkirche am Stiftsareal das erste Mal von der Landstraße aus gesehen hatte. Sandra hatte ihm erklärt, dass man die Pöllauer Kirche wegen ihrer prachtvollen Kuppel auch als Steirischen Petersdom bezeichnete.

»Schaust du mal, wo Nummer zehn ist?«, fragte sie ihn, als sie den Hauptplatz erreichten.

Bergmann versenkte sein Smartphone in der Innentasche seiner Jacke und blickte suchend aus dem Fenster. Einmal mehr fragte sich Sandra, warum die handelsübliche Frauenbekleidung dieses praktische Detail vermissen ließ. Liebend gern hätte sie noch öfter darauf verzichtet, eine Handtasche mit sich zu tragen. Im Außendienst nahm sie ohnedies keine mit. Entsprechend vollgestopft waren die wenigen Außentaschen ihrer Jacke meist. Dabei hatte sie stets nur das Allernötigste mit.

»Nummer zehn. Das Hellgraue mit den rotbraunen Fensterläden …« Bergmann zeigte auf das Haus zu seiner Rechten, in dessen Erdgeschoß eine Bäckerei mit Kaffeehaus betrieben wurde.

Sandra setzte zurück und stellte den Wagen auf einem der freien Schrägparkplätze in der Kurzparkzone, unweit der Mariensäule am Hauptplatz, ab. Vermutlich war auch diese prunkvolle Muttergottes-Statue, wie so viele in Österreich, zum Schutz oder aus Dankbarkeit errichtet worden. Entweder weil man die Pest oder aber die Türken gefürchtet beziehungsweise besiegt hatte. Manchmal auch alles zusammen.

Wenig später drückte sie den Klingelknopf an der Gegensprechanlage, der mit dem Namen »Maierhofer« beschriftet war. Ein junger Mann öffnete ihnen die Bürotür im ersten Stock. Sein blond gelocktes, stufig geschnittenes Haar war vor allem im Nacken etwas länger, was Sandra spontan an einen Beachboy oder Surfer denken ließ. Der gebräunte Teint verstärkte diesen Eindruck noch. Seine Körpergröße schätzte sie auf etwa 1,75 Meter.

»Vielen Dank, dass Sie sich so rasch bei uns gemeldet haben«, sagte sie, nachdem sie sich und Bergmann vorgestellt hatte.

David Maierhofer bat die Kriminalbeamten herein. »Eh klar.« Der 23-jährige Sonnyboy führte sie in sein Büro.

Der lichtdurchflutete Altbauraum war ebenso modern eingerichtet wie das Vorzimmer und vermutlich auch der Rest der Wohnung. »Voll arg, was da passiert ist. Der Walter war einer meiner Kunden. Mögen Sie einen Kaffee?«

»Voll arg« fand Sandra für einen Dreifachmord dann doch etwas untertrieben. Während sie noch überlegte, ob die joviale Ausdrucksweise mangelnder Empathie entsprang oder nur seiner jugendlichen Diktion entsprach, zögerte Bergmann nicht, das Kaffeeangebot anzunehmen.

»Für Sie auch?«, sprach Maierhofer Sandra direkt an.

»Nein danke. Für mich nichts«, lehnte sie ab.

Maierhofer bot ihnen Platz auf seiner feuerroten Ledergarnitur an, während er die Espressomaschine auf dem Sideboard einschaltete.

Erst jetzt fiel Sandra auf, dass er schwarze Socken, jedoch keine Schuhe trug. »Soweit wir wissen, waren Sie offenbar der Letzte, der Walter Faschingbauer lebend gesehen hat«, kam sie zur Sache. Außer seiner Familie und dem Täter. »Worum ging es denn bei Ihrem Termin am vergangenen Freitag?«

Der junge Mann beim Sideboard hatte ihnen den Rücken zugewandt. Er drehte sich um, während zwei Espressi gleichzeitig in die Tassen liefen. »Es ist um seine Erlebensversicherung gegangen, die er sich vor Ende der Ablaufzeit ausbezahlen lassen wollte, damit die Bank sie nicht auch noch pfändet. Die Versicherung war seit einem guten Jahr stillgelegt, weil sich der Walter die Prämienzahlungen nicht mehr leisten hat können. Milch und Zucker?«

»Nur Zucker«, antwortete Bergmann.

Maierhofer stellte beide Tassen auf dem gläsernen Couchtisch ab und ließ sich in den Fauteuil fallen. Sein rechtes Bein legte er im spitzen Winkel über den linken Oberschenkel.

Sandra bemerkte das kleine Loch in seinem Socken. »Herr Faschingbauer war also in finanziellen Nöten«, griff sie seine Aussage auf, während Bergmann den Zucker aus der kleinen bedruckten Papierstange in den Kaffee rieseln ließ.

»Und wie … Seine Häuser sind alle mit Hypotheken belastet. Die Bank hat ihm den Kredithahn zugedreht. Ihm ist das Wasser bis zum Hals gestanden. Eigentlich war er konkursreif, aber seine Frau, die Gudrun, wollte nichts davon wissen. Deshalb hat sich der Walter dann auch noch von einer anderen, privaten Quelle was geborgt. Da hat es zuletzt wohl auch Probleme gegeben, weil er nicht fristgerecht zurückzahlen konnte.«

»Ein privates Darlehen? Hat er den Namen seines Geldgebers genannt?«

Maierhofer zuckte mit der Schulter. »Er hat nur von einem privaten Investor gesprochen.«

»Dann wissen Sie auch nicht, wie hoch die Kreditsumme war?«

»Nein, tut mir leid. Auch das hat er mir nicht verraten. Vielleicht weiß sein Bruder ja mehr darüber. Am besten fragen Sie den Bernhard.«

»Hat Ihr Termin am Freitag hier stattgefunden oder woanders?«, fragte Sandra.

»Hier in meinem Büro.«

»Und wann ist Walter Faschingbauer wieder gegangen?«

»Um drei viertel vier. Das weiß ich deshalb so genau, weil ich um 16 Uhr noch eine Verabredung hatte.«

»Auch hier?«

»Nebenan in meiner Wohnung.« Maierhofer deutete hinter sich auf die weiß lackierte Doppelflügeltür. »Es gibt noch ein Wohnzimmer mit Küchenzeile, ein Schlafzimmer und ein privates Bad. Mehr brauche ich als Single nicht.«

»Wie lange hat Ihre Verabredung gedauert?«

»Wir waren zusammen beim Frühjahrskonzert in der Naturparkarena. Gegen viertel eins war ich wieder zu Hause.«

»Wer ist ›wir‹, wenn ich fragen darf?«

Maierhofer nahm einen Schluck Kaffee. »Muss ich darauf antworten?«, fragte er schließlich. »Ist doch meine Privatsache. Oder verdächtigen Sie mich etwa?«

»Nein, Sie müssen nicht antworten. Schon gar nicht, wenn Ihre Aussage Sie belasten würde«, sagte Sandra.

»Momentan holen wir lediglich Erkundigungen ein. Wenn ein Tatverdacht gegen Sie bestünde, hätten wir Sie zur Vernehmung ins LKA vorgeladen.«

»Das lässt sich aber jederzeit nachholen«, mischte sich Bergmann ein.

»Also gut, ich hatte Besuch von einem Mädchen, mit dem ich abends beim Konzert war. Heimgekommen bin ich aber allein.«

Sandra notierte sich den Namen des Mädchens, das zu Hause bei den Eltern in Pöllauberg wohnte.

»Nicht, dass Sie glauben, ich hab was mit der Verena. Sie ist noch keine 14, also viel zu jung für mich. Sie hat nur einen Fahrer und erwachsene Begleitperson gebraucht, damit sie länger fortgehen darf. Und weil sie gewusst hat, dass ich auch zum Frühjahrskonzert gehe, hat sie halt mich gefragt. Ich schwör Ihnen, zwischen uns läuft nichts.«

»Sie brauchen uns nichts zu schwören«, erklärte Sandra. »Solange Sie Ihre altersbedingte Überlegenheit nicht für sexuelle Handlungen missbrauchen, können Sie tun und lassen, was Sie beide möchten, sofern sich der Erziehungsberechtigte damit einverstanden erklärt. Auch nach 21 Uhr, wenn das Wohl der unmündigen Person nicht gefährdet ist.«

»Aber ich möchte ja gar nichts von der Verena«, protestierte Maierhofer. »Ich bin ihr Tennislehrer. Ich arbeite nebenbei im Freizeitzentrum und trainiere dort den Nachwuchs. Von dem her kenne ich viele Mädchen und Buben aus der Gegend.«

»Kennen beziehungsweise kannten Sie auch die Kinder der Familie Faschingbauer?«

»Die Johanna besser als ihren Bruder. Sie war im vorigen Sommer bei mir im Tenniscamp. Ihrem kleinen Bruder bin ich ein paarmal beim Walter zu Hause begegnet. Da war er aber noch in der Volksschule. 2011 oder 2012 muss das gewesen sein, nachdem der Umbau der Häuser abgeschlossen war. Ich hab mich damals um alle Versicherungen für den Walter gekümmert: Autos, Betriebs-, Lebensversicherung, was man halt so alles braucht.«

»Und wie war die Familie Faschingbauer so? Haben sie sich untereinander gut vertragen, oder gab es in Ihrer Anwesenheit auch mal Streit?«

Maierhofer druckste herum, ehe er antwortete. »Man soll ja nicht schlecht über Tote reden, aber die Gudrun hat schon anständig rumspinnen können. Der Walter hat mir leidgetan mit der Trutschn. Er konnte ihr nie was recht machen.«

»Und wie hat seine Frau ihre Kinder behandelt?«

»Auf alle Fälle war sie die Strengere von beiden.«

»Gab es zwischen Ihnen und Gudrun Faschingbauer auch einmal Meinungsverschiedenheiten?«

»Nein. Ich hab die Geschäfte ausschließlich mit dem Walter abgewickelt und mich ansonsten, so gut es geht, rausgehalten.«

»Und mit ihm hatten Sie keinen Streit?«

»Mit dem Walter? Nein. Der war der friedlichste Zeitgenosse, den ich kenne. Den ham fast alle mögen. Aber seit er mit der Gudrun verheiratet war, sind einige Freundschaften den Bach runtergegangen.«

»Sagen Sie uns bitte noch, wann Sie Ihre Begleitung in der Tatnacht nach Hause gebracht haben?«

»Kurz vor Mitternacht hab ich die Verena vor ihrem Elternhaus abgesetzt. Sie hat ihrem Vater versprochen, dass sie spätestens um 24 Uhr wieder daheim ist. Daran hab ich mich gehalten.«

»Und anschließend sind Sie alleine nach Hause gefahren?«

»Ja.«

»Mit dem Auto?«

Maierhofer nickte. »Sicher.«

»Besitzen Sie auch ein Motorrad?«

Der junge Mann schüttelte den Kopf und strich sich eine blonde Locke aus dem Gesicht. »Früher hab ich mal eine Vespa gehabt. Aber nicht besonders lang. Hat mich einmal bös aufg'stellt. Ich war ein halbes Jahr lang ziemlich lädiert, hab ewig keinen Sport mehr treiben können. Voll scheiße war das. Ich steig höchstens noch auf mein Mountainbike.«

»Aber Sie haben einen A-Führerschein.«

»Nein. Nur den Mopedausweis von damals. Keine Ahnung, wo der ist.«

»Können Sie mit Schusswaffen umgehen? Waren Sie beim Bundesheer? Sind Sie in einem Schützenverein? Oder vielleicht Jäger?«, fragte Sandra.

Dass weder eine Waffenbesitzkarte noch ein Waffenpass auf David Maierhofer ausgestellt waren, hatte Miriam inzwischen ebenfalls in Erfahrung gebracht.

»Beim Bundesheer war ich. Seither hab ich aber keine Schusswaffe mehr angerührt.«

»Vielen Dank, Herr Maierhofer. Bemühen Sie sich nicht. Wir finden allein hinaus.« Sandra erhob sich.

Bergmann folgte ihr aus der Wohnung.

»Was meinst du?«, fragte er im Wagen.

»Der Bursche scheint mir kein Tatmotiv gehabt zu haben. Aber vielleicht dieser Investor, von dem er gesprochen hat. Walter Faschingbauer könnte sich Geld vom Täter geliehen und nicht rechtzeitig zurückgezahlt haben.«

»Könnte ein Tatmotiv sein«, gab Bergmann ihr recht.

»Aber dass einer deshalb gleich drei Menschen hinrichtet …«

»Warum nicht? Wenn der Streit eskaliert ist … Es ist schon aus wesentlich geringeren Gründen als finanziellen getötet worden«, gab Bergmann zu bedenken.

»Stimmt leider.«

»Ich ruf mal Miriam an, ob die Bankauskunft schon eingelangt ist. Vielleicht findet sich der Geldgeber auf den Kontoauszügen.«

»So rasch? Das würde mich aber wundern …« Sandra sollte recht behalten.

»Lass uns in der ›Waldstubn‹ was essen und Bernhard Faschingbauer zu diesem Privatkredit befragen«, schlug Bergmann vor.

»Gute Idee. Ich möchte ohnehin wissen, wie es Johanna geht.«

»Du hast einen Narren an der Kleinen gefressen, nicht wahr?« Bergmann grinste.

»Unsinn«, erwiderte Sandra.

»Lass die Emotionen lieber beiseite«, riet er ihr.

»Sagst ausgerechnet du?«

»Warum nicht ich?«

»Josefine Haselbacher«, erinnerte Sandra den Chefinspektor an die junge Schönheit im Steirischen Vulkanland, die ihn bei ihrem letzten Mordfall im vergangenen Herbst um den Finger gewickelt hatte.

»Das war doch etwas völlig anderes.«

»Ach so. Natürlich …« Dass er mit der Gerichtsmedizinerin ein Verhältnis hatte, wohl auch. Aber egal. Solange Bergmann sie mit seinen Gefühlen nicht behelligte. Außerdem war sie inzwischen selbst mit einem Kollegen liiert. Also schwieg sie lieber.

# 3.

Die beiden LKA-Ermittler standen vor der verschlossenen Gasthaustür. Sandra hatte nicht daran gedacht, dass Montag war. Jener Wochentag, an dem zahlreiche steirische Wirtshäuser Ruhetag hatten. Viele von ihnen auch am Dienstag. Am Land sperrten manche im Winter überhaupt nur an den Wochenenden auf. Außer in den Regionen mit Wintertourismus. Sie griff zu ihrem Handy und wählte Bernhard Faschingbauers Nummer. Während das Freizeichen ertönte, blickte sie zum Tatort hinauf. Siebenbrunners weiß gewandete Truppe war dort oben noch immer am Werken. Der Wirt meldete sich am Telefon. Wenig später sperrte er die Tür auf.

»Wir haben noch ein paar Frage an Sie«, wiederholte Sandra, was sie bereits telefonisch angekündigt hatte. »Es dauert bestimmt nicht lange.«

»Kommen Sie weiter. Ich koch grad für mich und die Johanna. Möchten S' was mitessen?«

»Wenn es Ihnen keine Umstände macht, gerne«, sagte Sandra.

»Was gibt's denn?«, fragte Bergmann nach.

»Mostsuppe mit Hirschbirnknödel. Und nachher Schnitzel mit Erdäpfelsalat. Das isst die Johanna am liebsten. Sie hat zwar keinen großen Appetit, aber vielleicht kommt der ja mit dem Essen.«

Auch Bergmann nahm das Angebot an und bestellte ein alkoholfreies Bier für sich, Sandra ein Soda Zitron.

»Setzen Sie sich an den Stammtisch. Ich geb nur rasch der Johanna Bescheid und bring dann die Suppe.«

Johanna trug Schwarz, was sie noch erwachsener und blasser als zuletzt erscheinen ließ. Ihre Jeans und der Pulli mussten neu sein, überlegte Sandra. Im Kasten des Mädchens war ihr keine schwarze Kleidung aufgefallen. Sie lächelte Johanna an und stellte ihr Bergmann vor. Johanna sah den Chefinspektor nur kurz an, ehe sie sich zu ihnen an den Tisch setzte. Ihr Onkel oder mutmaßlicher Vater brachte die Suppe. Er selbst kehrte gleich wieder in die Küche zurück, um die Schnitzel herauszubacken.

»Hübsch siehst du aus, Johanna. Warst du einkaufen?«, sprach Sandra sie auf die Kleidung an. Die Frage nach ihrem Befinden erschien ihr angesichts der Situation unpassend. Was sollte das Mädchen schon darauf antworten?

»Der Onkel Bernie war am Vormittag mit mir in Hartberg. Ich hab was Schwarzes zum Anziehen gebraucht … Mahlzeit«, sagte Johanna mit ihrer leisen, chronisch heiseren Stimme und griff zum Suppenlöffel.

»Fehlt dir sonst noch etwas? Sollen wir dir von oben etwas bringen lassen?«, fragte Sandra.

»Ja, meine Kuscheltiere hätte ich gern, wenn das geht.« Johanna blickte von ihr zu Bergmann. »Und meinen PC.«

Der Chefinspektor sah kurz von seiner Suppe hoch. Eine Augenbraue wanderte nach oben.

»Ein paar bestimmte oder alle deine Kuscheltiere?«, fragte Sandra. Gewiss waren an die 50 kleinere und größere Stofftiere in ihrem Schlafzimmerregal versammelt, schätzte sie. Zur Spurensicherung wurden diese vermutlich nicht mehr benötigt.

»Kann ich alle haben?«

»Ich frage dann mal oben beim Chef der Tatortgruppe nach. Aber ich denke, das geht schon in Ordnung. Auf alle

Fälle wird er sich später bei dir melden.« Sandra widmete sich wieder der Mostsuppe, die ihr hervorragend schmeckte.

Johanna bedankte sich und löffelte ebenfalls weiter. Bergmanns Teller war so gut wie leer.

Beim Hauptgang leistete ihnen der Wirt Gesellschaft. Das Schnitzel war genauso geraten, wie es sein sollte. Nicht zu dünn, nicht zu dick, in knusprige, goldbraune Panier gehüllt, die Wellen schlug. Auch der Erdäpfelsalat war ein Gedicht. Nur höchst ungern riskierte Sandra, sich und den anderen den Appetit mit ihrer Fragerei zu verderben. Aber deswegen waren sie schließlich hergekommen, erst in zweiter Linie, um hier Mittag zu essen.

»Was ich weiß, hat der Reithofer Gernot dem Walter kurz vor Weihnachten eine größere Summe geborgt. Wie viel, müssen Sie den Gernot fragen. Von mir hat mein Bruder im letzten Dezember auch einen Tausender bekommen. Mir war völlig klar, dass ich das Geld nicht so rasch wiedersehen werde. Wenn überhaupt jemals«, antwortete Faschingbauer.

Dass sein Gasthaus so viel abwarf, um ab und zu seinem Bruder finanziell unter die Arme greifen zu können, wunderte Sandra nicht mehr, nachdem sie die exzellente Küche genossen hatte. Vorausgesetzt, die Preise waren angemessen kalkuliert, sodass sich nicht nur Ausflugs- und Feriengäste, sondern auch Einheimische einen regelmäßigen Wirtshausbesuch leisten konnten. Vielleicht würde sie später noch einmal mit Paul zum Essen herkommen, wenn der Fall abgeschlossen war und hier nicht mehr geraucht wurde. Momentan verpestete erfreulicherweise niemand die Luft mit Zigarettenqualm. Auch Bergmann machte keinerlei Anstalten, sich nach dem Essen eine anzuzünden, wie er es früher zu ihrem Leidwesen immer getan hatte. Die

Zigarette, die er in der Tatnacht geraucht hatte, war wohl nur ein Ausrutscher gewesen, glitt Sandra gedanklich ab.

»Es waren 5.000 Euro«, unterbrach Johanna ihre Überlegungen. »Der Gernot war letzte Woche bei uns und ist den Papa ziemlich angegangen, dass er sein Geld endlich zurückhaben möchte. Ich bin gerade von der Schule heimgekommen und hab mir im Vorzimmer die Schuhe ausgezogen, darum konnte ich ihn im Büro hören. Er hat ziemlich umanand'plärrt.«

Der steirische Ausdruck aus dem Mund des Mädchens kam unvermittelt.

»Hast du sonst noch etwas gehört, was die beiden miteinander gesprochen haben?«, fragte Sandra.

»Der Papa hat zu leise gesprochen. Den hab ich nicht verstehen können. Aber der Gernot hat dann noch gesagt, er wird schon dafür sorgen, dass er sein Geld wiederbekommt. Wenn es sein muss, mit Gewalt. Dann ist er aus dem Büro gestürmt, an mir vorbei und weggefahren.«

»Mit dem Auto?«

»Ich glaube schon.«

»Weißt du, ob er auch Motorrad fährt?«

Johanna zuckte mit den Schultern.

»Was ich weiß, nicht«, ergriff Faschingbauer wieder das Wort. »Aber hundertprozentig sicher bin ich mir nicht. Vielleicht steht ja noch ein altes Greibl in irgendeinem Schuppen herum, das fahrtüchtig ist. Wie beim Walter oben.«

Diesen Herrn, der das Opfer angeblich bedroht hatte, galt es dringend zu überprüfen. Sein Name stand ohnehin auf ihrer Liste, erinnerte sich Sandra. »Ist das derselbe Gernot Reithofer, der in der Tatnacht bis zur Sperrstunde hier am Tisch gesessen ist?«, vergewisserte sie sich. Erst vor Kurzem hatte eine Namensgleichheit dafür gesorgt, dass irrtümlich die falsche Frau für tot erklärt worden war. Allerdings hatte der Fehler nicht beim LKA gelegen, sondern bei der Bezirkshauptmannschaft, die beim Eintrag ins zentrale Melderegister eine quicklebendige Namensvetterin mit der Verstorbenen verwechselt hatte.

»Genau der«, bestätigte Faschingbauer.

Bergmanns Blick verriet Sandra, dass er ungefähr das Gleiche dachte wie sie. Konnte dies der entscheidende Hinweis auf den Täter gewesen sein? War der Fall wirklich so einfach gestrickt? Hatte Siebenbrunner recht mit seiner Annahme, dass der gesuchte Dreifachmörder nicht besonders intelligent war? »Wissen Sie, ob einer Ihrer letzten Gäste in der Tatnacht mit dem Motorrad gekommen ist?«, fragte Sandra.

Faschingbauer legte sein Besteck auf dem Teller ab und überlegte kurz. »Weiß ich leider nicht. Wenn, dann am ehesten der Schantl Patrick. Obwohl ich mir kaum vorstellen kann, dass der bei einem solchen Sturm und dem Zapfen auf sein Motorradl steigt.«

»Noch eine letzte Frage«, sagte Sandra. »Auf Ihren Bruder war noch eine Kleinkaliber-Pistole registriert, die wir bisher nicht finden konnten. Eine Walther PTH 6,35 Millimeter.«

»Johanna, weißt du was davon?«, wandte sich der Wirt an seine Nichte.

»Ich weiß nur, dass der Papa eine solche Waffe besessen hat. Aber wo die jetzt ist? Keine Ahnung …«

»Wann hast du sie zum letzten Mal gesehen?«, fragte Sandra.

»Weiß ich nicht. Mir ist auch nicht aufgefallen, dass sie fehlt.«

Konnte es sein, dass der Täter die Waffe mitgenommen hatte? Und wenn, warum ausgerechnet diese, fragte sich Sandra. Andererseits, warum nicht?

Die Ermittler bedankten sich für das vorzügliche Essen und bezahlten die wohlfeile Rechnung. Anschließend traten sie den kurzen Spaziergang zum Tatort an. Oben angekommen, wandte sich Bergmann an den erstbesten Kollegen im weißen Overall. »Und? Wie schau ma aus? Wo ist euer Häuptling?«

Der Angesprochene grinste. »Drüben in der Scheune«, antwortete er prompt.

Sandra folgte Bergmann zum Nebengebäude, in dem neben einigen Landmaschinen die beiden Autos und das Motorrad des toten Ehepaars untergebracht waren. Noch einmal stellte er dieselbe Frage, diesmal dem Leiter der Tatortgruppe. Den Indianerrang ließ er allerdings weg.

»Die verwertbaren Reifenspuren rund ums Wohnhaus haben wir inzwischen, soweit es uns möglich war, abgeglichen. Die der Autos stimmen mit den Reifenprofilen des Kia Sportage beziehungsweise mit einem unserer Vans überein«, sagte Siebenbrunner.

»Aber geh … Was Sie nicht sagen«, ätzte Bergmann über die Unaufmerksamkeit der Tatortgruppe, die eine neue Spur gesetzt hatte.

Sandra wollte nicht in der Haut des Kollegen stecken, dem dieser Lapsus passiert war. Bestimmt würde ihm Siebenbrunner gehörig den Kopf waschen, falls dieser nicht gleich rollte.

Siebenbrunner überging die spitze Bemerkung des Chefinspektors. »Zwei der Reifenspuren, direkt vor dem Haus, lassen sich noch nicht zuordnen. Eine stammt von einem M&S-18 Zoll-Reifen, wie er auf Kleinwägen montiert ist.

Könnte sich um einen Michelin handeln. Des Weiteren haben wir einen relativ guten Abdruck eines Enduroreifens entdeckt, der nicht von der 1200er im Schuppen sein kann. Dem Profilabdruck nach kommt der Reifen für fast alle Maschinen der 1000er-Klasse in Betracht. Ich tippe auf Dunlop, wobei uns das noch nichts über die Fahrzeuge verrät. Zwei tiefere Spuren stammen vom Traktor, die sind aber älter. Das werden wir alles noch genauer überprüfen. Näheres folgt demnächst. Kann ich jetzt weitermachen?«

»Einen Moment«, hielt Sandra ihn auf. »Benötigen Sie die Stofftiere aus dem Kinderzimmer des Mädchens noch? Und den PC?«

»Nein. Es sei denn, wir sollen die Festplatte überprüfen.«

»Nicht nötig«, entschied Bergmann. »Lassen Sie die Sachen heute noch ins Gasthaus hinunterbringen.« Er wandte sich ab, um mit Sandra zum Auto zurückzukehren. »Sag mal: Ist die Kleine nicht schon ein bisschen zu alt für Stofftiere? So kindlich wirkt sie gar nicht mehr auf mich«, wunderte er sich unterwegs.

»Wieso denn? Wenn ihr Herz daran hängt …« Sandra drückte den Knopf am Autoschlüssel, der die Türen entriegelte. Beide Ermittler stiegen in den Dienstwagen. »Vergiss nicht, dass sich Johanna in einer seelischen Ausnahmesituation befindet. Sie hat niemanden mehr außer ihrem Onkel. Oder Vater. Je nachdem …«

Bergmann nickte. »Sarah hat auch viel zu viele von diesen Staubfängern. Aber die ist ja auch erst sieben«, kam er auf seine Tochter zu sprechen. Dass sie in Wahrheit ein Kuckuckskind war, das ihm seine Exfrau untergejubelt hatte, spielte inzwischen kaum noch eine Rolle. Wenngleich Bergmann damals die Entdeckung dieses Geheimnisses völlig aus der Bahn geworfen hatte, erinnerte sich Sandra.

»Ist deine Stauballergie eigentlich zurückgekehrt?«, fragte sie und fuhr los.

»Nein. Auch meine Katzenhaarallergie hat sich nicht wieder zurückgemeldet. Trotzdem mag ich diese Viecher nicht.« Bergmann rümpfte die Nase. »Sind mir viel zu unberechenbar.«

»Nimmst du denn deine Tropfen noch?«, erkundigte sich Sandra nach dem Heilpflanzenextrakt, das ihm eine blinde Kräuterheilerin gegen seine Allergien gegeben hatte.

»Nein. Aber ich habe sie mir für mögliche Rückfälle aufgehoben.«

»Vielleicht hilft es ja auch, dass du zu rauchen aufgehört hast«, bemerkte Sandra spitz.

»Wohl kaum … Sag mal: Ist deine Johanna eigentlich Kettenraucherin? Oder warum klingt ihre Stimme so verrucht? Als würde sie täglich 60 Tschick rauchen und zwölf Schnäpse saufen«, lenkte Bergmann von sich selbst ab.

»*Meine* Johanna?«

»Na ja, sie sieht aus wie eine jüngere Ausgabe von dir. Sag bloß, das ist dir noch nicht aufgefallen.«

»Findest du?« Bergmann hatte die Ähnlichkeit also auch bemerkt. Sandra erklärte ihm den Grund für Johannas chronische Heiserkeit.

# 4.

Der erste Zeuge auf der Liste, dem Miriam telefonisch einen Polizeibesuch für diesen Nachmittag angekündigt hatte, war Patrick Schantl. Sein Hof lag in Oberneuberg, gute zwei Kilometer vom Tatort entfernt. Die Frau des Landwirts war gerade mit dem Abwasch fertig, als die beiden Kriminalpolizisten aus Graz zusammen mit ihrem Mann die Küche betraten. Monika Schantl trocknete ihre Hände in der Schürze ab, ehe sie diese auszog und an einen Haken an der Küchentür hängte. Ihre Bewegungen waren fahrig. »Mich brauchen S' eh ned, oder?«, fragte sie die beiden Polizisten aus Graz, die auf der Eckbank Platz nahmen. »Ich muss nämlich der Mama ihr Essen bringen und bin schon recht spät dran. Sie hat die Grippe erwischt.«

»Nachdem Sie meiner Kollegin das Alibi Ihres Mannes für die Tatnacht bereits telefonisch bestätigt haben, brauchen wir Sie vorläufig nicht mehr, danke«, sagte Sandra. »Oder ist Ihnen inzwischen noch etwas eingefallen, das Sie uns mitteilen möchten?«

Die schlanke Frau mit den kurz geschnittenen blonden Haaren verneinte. Sie griff nach dem Korb auf der Arbeitsfläche und verabschiedete sich. Mit ihr und dem Essen für die kranke Mutter verschwand auch die Hektik, die sie in der Küche verbreitet hatte.

Sandra lehnte sich zurück und sprach den Landwirt an, der im Gegensatz zu seiner Frau die Ruhe in Person zu sein schien. »Besitzen Sie ein Motorrad, Herr Schantl?«

Der Mann nickte. »A 1000er Kawasaki.«

»Waren Sie in der Tatnacht damit unterwegs?«, fragte Sandra.

Einen Moment lang wirkte Schantl irritiert. »Na ja … Ja … Normalerweis fahr ich um diese Jahreszeit ja ned mit der Maschin. Aber mei Auto ist an dem Abend nimmer ang'sprungen.«

»Hat denn Ihre Frau nicht auch einen Wagen, mit dem Sie hätten fahren können?«

»Den hat s' selber braucht, um mit ihren Freundinnen zum Frühjahrskonzert zu fahren.«

»In die Naturparkarena?«

»Ja genau. Und ich hab mich derweil mit meinen Freunden im Wirtshaus troff'n.«

»Sie sind also bei diesem Sturm mit dem Motorrad zur ›Waldstubn‹ gefahren.«

»Wie ich kurz nach sechs von hier weg bin, war's ja no ned so schlimm. Erst auf der Heimfahrt hat's dann anständig blasen. Mir is ganz schön schirch word'n. Zum Glück hab i's ned weit von der ›Waldstubn‹ nach Haus. Und es is ja a nix passiert.«

»Was hatten Sie denn an diesem Abend an?«, fragte Sandra.

Der große, bullige Mann überlegte kurz, ehe er antwortete. »Jeans, ein blaues Polohemd und drüber an dicken blauen Pulli mit Zopfmuster, den mir die Frau g'strickt hat.«

»Und die Farbe Ihrer Jacke?«

»Dunkelblau.«

Ein sehr dunkles Blau konnte leicht auch für Schwarz gehalten werden, überlegte Sandra.

»Welche Schuhe haben Sie getragen?«

»Schwarze Stiefel.«

»Mit Silberspangen?«

Schantl verneinte. »Ganz normale mit Zipp und einer Gummisohle.«

»Besitzen Sie ein Paar Stiefel mit einer Silberspange an den Fersen?«

»Silberspange? Da bleibt doch nur der Dreck pick'n.«

»Kennen Sie jemanden, der solche Stiefel trägt?«

Patrick Schantl schüttelte den Kopf.

»Welchen Motorradhelm hatten Sie auf?«

»Na, meinen ... A so: an weißen Vollvisierhelm von MT. In der Mitte is a schwarzer Ralleystreifen drauf. Und an den Seiten steht in schwarzer Schrift ›Speed‹.«

Einen solchen Helm hatte Johanna nicht erwähnt, erinnerte sich Sandra. »Sie haben die ›Waldstubn‹ in der Tatnacht als einer der beiden letzten Gäste um 23.45 Uhr zusammen mit Gernot Reithofer verlassen. Ist das richtig?«

»Ja, um drei viertel zwölfe. Die beiden anderen sind nur ein paar Minuten vor uns gangen, höchstens a Viertelstund vorher. Nachdem die letzte Partie fertig war.«

»Welche Partie?«

»Bauernschnapsen. Der Gernot und ich ham an dem Abend g'wonnen. Er hat dann no a Schnapsl und i an Espresso bestellt. Wenn i mit dem Motorradl unterwegs bin, trink i fast nix.«

»Und Sie sind direkt vom Wirtshaus nach Hause gefahren?«

»Ja.«

»Dann waren Sie also nicht noch oben bei Walter Faschingbauer?«

»Was hätt i denn dort soll'n, mitten in der Nacht?«

Ein Schäferstündchen mit dem Ehepaar Faschingbauer einlegen, ging es Sandra durch den Kopf. »Erinnern Sie sich, ob oben im Haus Licht gebrannt hat? Oder ist Ihnen sonst irgendetwas Außergewöhnliches aufgefallen? Geräusche vielleicht?«, fragte sie.

»Mir ist gar nix aufg'fall'n. Außer dem depperten Sturm.«

»Sind Sie in den letzten Tagen mit dem Motorrad beim Haus von Walter Faschingbauer gewesen? Haben Sie ihn vielleicht besucht?«

Schantl verneinte. »Ich war schon ewig nimmer beim Walter oben. Wenn, dann ham wir uns in der ›Walstubn‹ troffen. Oder im Schützenverein. Is aber schon a Weil her, dass er sich dort blicken hat lassen.«

»War er am Freitag in der ›Waldstubn‹?«

Schantl verneinte.

»Wann haben Sie zuletzt jemanden von der Familie gesehen? Außer dem Wirt ...«

Schantl überlegte kurz. »Die Letzte, die ich g'sehn hab, war die Johanna. Das muss am Freitag vor einer Woche g'wesen sein. Sie hat in der ›Waldstubn‹ im Service ausg'holf'n, weil die Jacqueline, die Kellnerin, krank war.«

»Gehen Sie jeden Freitag ins Wirtshaus?«

»So gut wie jeden.«

»Hatte Walter Faschingbauer Schulden bei Ihnen?«, wollte Sandra wissen.

»Bei mir?« Schantl lachte auf. »Wo denken S' denn hin? I bin doch selber neger. Was glauben S', wos ma mit Woaz und Bauwoaz heutzutag noch verdienen kann?«

»Dennoch sollten Sie Ihr Wording überdenken«, sagte Bergmann.

Kannte er die beiden steirischen Ausdrücke für Mais und Weizen etwa noch immer nicht, wunderte sich Sandra.

»Was soll i?«, fragte Schantl nach, der seinerseits den Chefinspektor nicht verstanden hatte.

»›Neger‹ sagt man schon lange nicht mehr. Pleite, bankrott, abgebrannt … Suchen Sie sich ein Synonym aus, das politisch korrekt ist.«

Dass ausgerechnet Bergmann die Wortwahl des Zeugen bekrittelte, hätte Sandra beinahe einen Lacher gekostet. Wo er doch selbst eine verbale Entgleisung nach der anderen lieferte. Die meisten, um sie zu ärgern.

Bei Schantl kam der Vorschlag nicht besonders gut an. »Wissen S', wie wurscht mir das is?«, erwiderte er seelenruhig. »I pfeif drauf, was politisch korrekt is. Bei uns sag ma immer no, was Sache is, und lassen uns von kan des Wort verbieten«, meinte er.

Ja, die Bewohner des Pöllauer Tals waren für ihre Eigenheiten bekannt. Selbst die Kirchenvertreter verhielten sich nicht immer ganz so friedfertig, wie es andernorts üblich war. Der Pfarrer von Pöllauberg hatte es wie schon sein Vorgänger landesweit zu einiger Berühmtheit gebracht. In der Kleinen Zeitung hatte Sandra erst kürzlich gelesen, dass er in eine Trauung geplatzt war, die ein Kollege in seinem Gotteshaus abgehalten hatte. Die Musiker sollte er lautstark als Sünder bezeichnet und ihnen kurzerhand Hausverbot für die Kirchen in Pöllauberg und Pöllau erteilt haben. Das Lied ›Auf uns‹ von Andreas Bourani, das auf Wunsch des Brautpaares in seinen Heiligen Hallen erklungen war, hielt der Herr Pfarrer angeblich für Gotteslästerung. Zum Glück für die Frischvermählten hatte sich der Vorfall erst beim Auszug aus der Kirche ereignet.

»Herr Schantl«, fuhr Sandra fort. »Haben Sie etwas dagegen, wenn sich unsere Kriminaltechniker Ihr Motorrad ansehen? Möglicherweise wird es nach Graz überstellt und Ihnen erst in einigen Tagen wieder zurückgebracht.«

Schantl zuckte mit den Schultern. »Von mir aus. Ich brauch's momentan eh ned. Mein Auto fährt schon wieder.«

»Was Sie nicht sagen ...« Bergmann lächelte den Mann an, als wären sie Vertraute. »So schnell repariert? Geht doch nichts über einen kleinen Sonntagspfusch. Gell ja?«

Schantl blieb weiterhin gelassen. »Mein Cousin ist KFZ-Mechaniker. Der hat das Auto am Samstag privat repariert.«

»Selbstverständlich, ohne Geld dafür zu verlangen.« Bergmann grinste noch immer. »Ein Freundschaftsdienst quasi.«

»So is es, Herr Inspektor. Bei uns am Land helfen wir uns halt noch gegenseitig.«

»Ihr Glück, dass wir nicht von der Finanz sind.«

Sandra fragte sich, was Bergmann mit seinem Auftreten bezweckte, und notierte sich erst einmal die Daten des besagten Cousins. Falls nötig, würden sie auch dessen Aussage überprüfen. »Wissen Sie, von wem sich Walter Faschingbauer Geld geliehen hat?«, fuhr sie mit der Befragung fort.

Die Frage war Schantl sichtlich unangenehm. Mit seinem Fingernagel kratzte er einen unsichtbaren Fleck auf dem Tischtuch weg. »Von der Bank.«

»Und sonst? Von Freunden vielleicht? Oder Bekannten?«

Schantl zuckte erneut mit den Schultern und blickte zur Uhr über dem Türrahmen, deren Ticken nicht zu überhören war. »Schon möglich. Wissen tu i aber nix Genaueres ned.«

Sandra hätte schwören können, dass der letzte Satz nicht nur grammatikalisch falsch, sondern auch gelogen war. Viel eher vermutete sie, dass der Landwirt sich heraushalten und seinen Freund Reithofer nicht belasten wollte. »Wenn Ihnen noch etwas einfällt, können Sie uns gerne anrufen«, sagte sie und schob ihm ihre Karte zu. »Sie sollten uns nichts verschweigen, was uns helfen könnte, den Dreifachmord, der in Ihrer Nachbarschaft geschehen ist, aufzuklären, Herr Schantl.«

»Von uns war das ganz bestimmt keiner.«

»Sondern?« Bergmanns Tonfall war an Süffisanz nicht zu überbieten.

»Na, einer von auswärts halt.«

»Ein Tourist, ein Zuagraster oder so jemand, meinen Sie?«

»Was fragen S' mich das? Ist doch ihr Job, den Wahnsinnigen z'finden.«

»Ein geistig abnormer Rechtsbrecher von auswärts also«, sagte Bergmann und erhob sich. »Vielen Dank für diesen wertvollen Hinweis.«

Sandras mahnenden Blick nahm der Chefinspektor nicht mehr wahr. Er hatte sich bereits abgewandt und strebte auf die Tür zu.

»Was sollte das eben?«, fragte sie Bergmann draußen.

»Was genau meinst du?«

»Na, habe ich wieder mal deinen Humor nicht verstanden oder weshalb musstest du den Mann so provozieren? Was hast du dir davon versprochen?«, fragte Sandra, während sie die Wagentür öffnete.

Die Beifahrertür flog lauter als sonst ins Schloss. »Was ich mir davon versprochen habe?«, wiederholte Bergmann ihre Frage.

Sandra startete den Motor.

»Dass dieser Bauer sein Maul aufmacht. Mich kotzt die selbstgefällige Hinterfotzigkeit dieser Gscherten allmählich an. Hinter verschlossenen Türen verdreschen sie ihre Kinder, treiben es kreuz und quer miteinander und schießen sich gegenseitig über den Haufen. Nach außen hin spielen sie die intakte Gemeinschaft, in der einer den anderen unterstützt. Völlig selbstlos und uneigennützig, versteht sich. Solange es nur einer von ihnen ist. Alles gute Menschen, die bestimmt auch noch sonntags in die Kirche gehen.«

Sandra setzte den Blinker und fuhr los. »Dort können sie ihre Sünden wenigstens beichten«, meinte sie.

»Aber uns gegenüber mauern sie und schweigen sich aus. Das ist so was von verlogen. Zum Kotzen …«

»Ja, eh … Aber du kannst das doch nicht verallgemeinern. Außerdem gibt es doch auch in der Stadt …«

»Sagst ausgerechnet du, die genau aus denselben Gründen vom Land in die Stadt geflüchtet ist«, unterbrach Bergmann sie.

»Na, schön …« Sandra musste schmunzeln. »Dann verstehst du mich also endlich.«

»Nur zu gut.«

»Dass ich das noch erleben darf«, murmelte Sandra.

»Du könntest noch viel mehr mit mir erleben, *Liebling*.«

Da war sie, die nächste verbale Entgleisung. Das Schmunzeln verging Sandra schlagartig. Auch ohne diesen verhassten Kosenamen, mit dem Bergmann sie gerne zur Weißglut brachte, hätte sein Vorschlag eindeutig zweideutig geklungen. Selbst wenn er diesen nicht ernst meinte, was zu hoffen war. Sandra schluckte den aufkeimenden Ärger hinunter. »Danke, Sascha«, bemühte sie sich um Gelassenheit. »Aber nein, danke!« Ihr sarkastischer Tonfall sollte keine Zweifel mehr offen lassen.

Bergmann blickte aus dem Seitenfenster und seufzte. »Ob es jemals wieder Frühling wird?« Auf einmal klang er schwermütig.

»Anzunehmen«, meinte Sandra knapp. Obgleich die dunkelgrauen Wolken am Himmel weitere Schneefälle befürchten ließen.

»Ach, wenn es nur das Wetter wäre …« Bergmann seufzte erneut, starrte weiterhin aus dem Fenster.

Schon wieder ein Anfall von Midlife-Crisis? Sandra fragte nicht nach, um zu vermeiden, dass sie der Chefinspektor womöglich noch in seine privaten Sorgen einweihte. »Der Nächste auf unserer Liste ist Gernot Reithofer«, wechselte sie rasch das Thema.

»Der Geldgeber, der Faschingbauer bedroht haben soll«, erinnerte sich Bergmann laut.

Sandra nickte. »Genau der.«

»Aktuell ist er wohl der Einzige auf unserer Liste ohne Alibi.«

»Und wenn er nicht Motorrad fährt, stehen wir wieder ganz am Anfang.«

»Dort vorne geht's zu seinem Obsthof.« Bergmann zeigte zum Schild an der Abzweigung.

## 5.

Sandra parkte den Audi neben der Produktionshalle und sah sich nach dem Hofladen um. Laut Miriam waren die Büroräume des Obsthofes ebenfalls hier untergebracht. Bergmann entdeckte das gesuchte Hinweisschild als Erster und strebte auf den Ladeneingang zu.

Der Verkaufsraum war unbesetzt, als die Ermittler ihn betraten. Die Glocke, die beim Öffnen der Tür ertönte, lockte die Verkäuferin aus einem Hinterzimmer. Bergmann hielt eine kleine Flasche mit Hirschbirn-Cider in der Hand und studierte das Etikett.

»Kann ich Ihnen helfen?«, fragte die dunkelhaarige junge Frau, die einen grobmaschigen bordeauxroten Wollschal, eine überlange graue Strickjacke, Handschuhe ohne Fingerkuppen und dazu eine Mütze, ebenfalls in Bordeauxrot trug. Besonders warm war es zwar nicht hier drinnen, dennoch wäre das dicke Gewand wohl zu viel des Guten gewesen, hätten ihre Stimme und die rote Nase nicht verraten, dass sie schwer verkühlt war.

Bergmann stellte die Cider-Flasche zurück auf den Verkaufstisch und steckte die Hände in seine Jackentaschen.

»Wir haben einen Termin mit Herrn Gernot Reithofer«, sagte er.

Sandra stellte sich selbst und den Chefinspektor vor.

»Ah, ja«, krächzte die Verkäuferin. »Der Chef erwartet sie schon. Gengan S' ruhig auffi.« Mit der einen Hand zeigte sie zur Wendeltreppe im angrenzenden Raum, die durch einen Mauerdurchbruch zu sehen war. Mit der anderen fischte sie ein gebrauchtes Taschentuch aus ihrer Westentasche, um sich lautstark zu schnäuzen.

Sandra hatte zwar nichts angefasst, dennoch verspürte sie augenblicklich den Drang, sich die Hände zu waschen, um etwaige Viren zu beseitigen, ehe sie sich noch ansteckte. Zügig flohen die Ermittler in Richtung Wendeltreppe.

Oben angekommen, fanden sie sich in einem großflächigen Dachzimmer mit drei Schreibtischen wieder. Einer war unbesetzt, am nächsten saß ein junger Mann, der telefonierte. Ganz hinten im Raum erhob sich ein anderer Mann und kam auf sie zu. Der Firmenchef wirkte sportlich. Auch aus der Nähe betrachtet, sah er um einige Jahre jünger aus als der Zeuge, den sie unmittelbar vor ihm befragt hatten. Dabei waren beide Männer gleich alt.

Gernot Reithofer bat sie zum Besprechungstisch hinter einer Schrankwand, die den Raum teilte. »Ich geb ja zu, dass ich dem Walter gegenüber bei meinem letzten Besuch laut geworden bin«, räumte er ein, nachdem Sandra ihn mit Johannas Zeugenaussage konfrontiert hatte. Freilich ohne den Namen des Mädchens zu erwähnen.

Reithofer konnte sich auch so vorstellen, wer ihn belauscht hatte. »Ich wollte meine 5.000 Euro wiederhaben. Die Rückzahlungsfrist war immerhin schon zwei Wochen vorher abgelaufen. Aber deswegen bring ich bestimmt nicht meinen alten Freund, seine Frau und den Kleinen um. Das wär ja absurd.«

»Es hat sie niemand beschuldigt. Aber leider haben Sie für die Tatnacht kein Alibi«, sagte Sandra.

Reithofer zuckte mit den Schultern. »So ist es nun mal. Die Bettina, meine Lebensgefährtin, war bis gestern bei einer Lebensmittelmesse in Deutschland und ich von Freitag auf Samstag allein zu Haus. Meine Tochter hat mit einer Freundin das Frühjahrskonzert besucht und anschließend bei ihr übernachtet. Die Verena ist erst am Samstag zu Mittag nach Hause gekommen. Bis dahin kann ich Ihnen leider mit keinem Alibi dienen.«

»Ihre Tochter heißt Verena Reithofer?«

»Verena Valeskini. Sie trägt den Nachnamen ihrer Mutter. Die Bettina und ich sind nicht verheiratet. Warum?«

Sandra und Bergmann tauschten Blicke aus. Anscheinend hatte ihnen David Maierhofer ein Märchen aufgetischt, und Verena Valeskini hatte ihren Vater belogen.

»Waren Sie in der Tatnacht noch oben bei Walter

Faschingbauer, nachdem Sie sich gegen 23.45 Uhr vor dem Wirtshaus von Patrick Schantl verabschiedet haben?«

»Wo denken Sie hin? Ich weck doch nicht mitten in der Nacht die ganze Familie auf. Es hat ja auch gar nichts mehr zu besprechen gegeben mit dem Walter. Ich hab die Angelegenheit schon am vergangenen Freitag einem Inkassobüro übergeben.«

Sandra notierte sich die Kontaktdaten, um Reithofers Aussage überprüfen zu können. Dass es unter professionellen Schuldeneintreibern auch windige Zeitgenossen gab, deren Geschäftspraktiken sich am Rande der Legalität bewegten, war kein Geheimnis. Mord und Totschlag zählten üblicherweise aber nicht zum Repertoire. Einen Schuldner, dessen Hab und Gut verpfändet war, zu beseitigen, ergab außerdem keinen Sinn. Die Chancen auf Einbringung von Forderungen sanken nach dessen Ableben, da weitere Einnahmen endgültig ausfielen. Drei Morde im Affekt waren bei einem Profi eher auszuschließen. In all den Jahren bei der Mordgruppe war Sandra kein solcher Fall untergekommen. Noch nicht einmal in der einschlägigen Fachliteratur. Reithofer war hingegen emotional beteiligt und war damit eher anfällig für eine Affekthandlung.

»Es tut mir ja eh voll leid, dass ich zu solchen Maßnahmen greifen musste, aber mir ist erst vor Kurzem meine Maschin eingegangen, die muss ich dringend ersetzen. Ich brauch jetzt jeden Cent«, fuhr Reithofer fort.

»Was denn für eine Maschine?«, hakte Sandra nach. Bestimmt meinte er kein Motorrad. Oder etwa doch?

»Ein Motorrad?«, sprach Bergmann ihren Gedanken aus.

Reithofer zeigte sich überrascht. »Aber nein. Das wäre ja vergleichsweise günstig. Eine Bandpresse fürs Obst. Die ist schon wesentlich kostspieliger. Zurzeit muss die alte Packpresse wieder herhalten. Aber die schafft die Mengen nicht.«

»Bekommen Sie von Ihrer Bank denn keinen Kredit für solche Investitionen?«

»Oh ja. Mein Unternehmen steht nicht so schlecht da. Trotzdem hab ich momentan einen Liquiditätsengpass. Ein großer Kunde ist kürzlich in Konkurs gegangen. Es sind Forderungen offen, die ich voraussichtlich zu 40 Prozent in den Wind schreiben kann. Meine Lebensgefährtin arbeitet auch bei mir in der Firma. Wir haben keine andere Einnahmequelle, die uns helfen würde, diesen Engpass zu überbrücken. Aber ich bin zuversichtlich, dass wir alles wieder in den Griff bekommen.«

»Wo ist Frau Valeskini jetzt?«

»Auf einem Auswärtstermin.«

»Und Sie fahren beide nicht Motorrad?«

»Nein. Die Zeiten sind längst vorbei.«

»Sie sagten vorhin, dass sie die Familie Faschingbauer nicht aufwecken wollten. War es denn finster oben im Haus?«

Reithofer überlegte kurz. »Ich glaub schon. Jedenfalls ist mir kein Licht aufgefallen.« Die Frage nach einem Geräusch verneinte er.

»Sie waren schon lange mit Walter Faschingbauer befreundet?«

»Ich bin mit den Faschingbauer-Zwillingen zusammen in die Schule gegangen. Wir sind alle derselbe Jahrgang und ham uns immer recht gut verstanden. Sonst hätt ich dem Walter ja nicht mit einem Kredit ausgeholfen. Er hat mir voll leidgetan.«

»Wegen seiner Schulden?«

»Und wegen seiner Frau. Ich sag's Ihnen ganz offen: Die Gudrun hat unsere Freundschaft in den letzten Jahren immer stärker belastet. Die feine Dame aus Graz hat sich hier einfach nicht anpassen wollen. Der Walter hat nach ihrer Pfeife tanzen müssen. Jeder in ihrer Umgebung. Nur, dass sich das außer ihrer Familie auf Dauer niemand gefallen hat lassen. Nach und nach hat sie mit ihrer überheblichen Art und ihren Zornausbrüchen alle seine Freunde vergrault und ihn auch noch mit ihren überzogenen Ansprüchen in den Ruin getrieben.«

»Und die Kinder?«

»Wenn Sie mich so fragen: Die Johanna und der Severin waren auch arm dran mit ihrer Mutter. Von dem her ist es kein Wunder, dass die beiden zu Außenseitern geworden sind. Meine Tochter ist 13. Genauso alt wie die Johanna, aber die wollt mit der nie was zu tun haben. Soweit ich weiß, hat das Madl nicht eine einzige Freundin. Dafür hat sie sich im letzten Sommer an den Tennislehrer rangeschmissen. Und das mit gerade mal zwölf Jahren. Ausgerechnet an den Schwarm aller Mädchen. Damit hat sie sich nicht gerade beliebter gemacht. Ihr scheint das aber völlig wurscht zu sein. Auch, dass seither über sie und den David getratscht wird, weil die beiden angeblich was ham miteinander. Na ja … Solange er nicht meiner Tochter an die Wäsch geht. Dann gnade ihm nämlich Gott …«

Offensichtlich hatte Reithofer keine Ahnung, mit wem seine Tochter beim Konzert gewesen war. Dass sie anschließend bei einer Freundin übernachtet hatte, bezweifelte Sandra stark.

»Man kann als Vater einer Tochter gar nicht genug aufpassen«, warnte Bergmann. Offenbar hegte er denselben Verdacht wie Sandra.

»Zum Glück kann ich meiner Tochter voll und ganz vertrauen«, erwiderte Reithofer.

Vermutlich täuschte er sich gründlich. »Und Severin Faschingbauer war auch ein Außenseiter?«, wechselte Sandra das Thema, bevor Bergmann mit der Tür ins Haus fallen konnte. Ehe nicht bewiesen war, dass David Maierhofer die Tatnacht mit der unmündigen Verena Valeskini verbracht hatte, musste man ihren Vater nicht mit diesem Verdacht konfrontieren.

»Der Severin war das klassische Opfer. Ein richtiges Kregegerl, wie man so schön sagt. Der ist ständig von den anderen gemobbt und verdroschen worden. Zuletzt hat er auch noch diesen schrecklichen Unfall g'habt und war nachher auf einem Aug blind.«

»Ja, davon haben wir gehört.«

»Vielleicht wär's für die Familie wirklich besser gewesen, von hier wegzuziehen und in Graz neu anzufangen.«

»War das denn eine Option?«

»Der Walter hat mir bei unserer letzten Unterhaltung erzählt, dass er ernsthaft überlegt, nach Graz zu übersiedeln. Seine Schwiegereltern hätten ihn in diesem Fall finanziell unterstützt, damit er und die Gudrun sich dort ein neues Leben aufbauen können. Es wär dem Walter aber ganz bestimmt nicht leichtgefallen, von hier wegzuziehen. Er ist sehr an seinem Hof g'hängt, obwohl der eh längst der Bank g'hört. Und an seinem Zwillingsbruder sowieso. Die beiden waren ganz eng miteinander. Daran hat nicht einmal die Gudrun was ändern können.«

»Dann wusste Bernhard Faschingbauer von den Plänen seines Bruders?«

»Eben nicht. Der Walter hat mich gebeten, ja nichts davon zu erwähnen. Vor niemandem. Er wollt's dem Bernhard erst sagen, wenn sie sich endgültig zu diesem Schritt entschlossen ham. Er hat nämlich befürchtet, dass ihm sein Bruder allein schon diese Überlegung übel nehmen könnt.«

Was, wenn Bernhard Faschingbauer doch von den Plänen erfahren hatte und es deshalb zum nächtlichen Streit zwischen den Brüdern gekommen war? Dann hätte der Wirt ein Tatmotiv gehabt, überlegte Sandra. Immerhin hätte er mit einer Übersiedlung nicht nur seinen Bruder und seine Geliebte verloren, sondern vor allem auch Johanna, die er für seine Tochter hielt. Die fehlenden Schmauchspuren entlasteten ihn jedoch. »Können Sie mit Waffen umgehen, Herr Reithofer?«

»Ehrlich gesagt, nein. Ich war Zivildiener beim Grünen Kreuz, zusammen mit dem Bernhard. Der greift auch keine Waffen an.« Er holte tief Luft, ehe er fortfuhr. »Wissen Sie, mein Vater hat sich erschossen. Der Bernhard und ich haben ihn tot im Schuppen gefunden. Damals waren wir neun …«

Sandra stellte noch ein paar Routinefragen, dann verabschiedeten sie sich von Gernot Reithofer. »Darf ich Ihre Toilette benutzen?«, fragte Sandra ihn abschließend.

»Die Wendeltreppe hinunter, dann rechts.«

Sandra fühlte sich bedeutend wohler, nachdem sie sich gründlich die Hände gewaschen hatte. Bergmann hatte die Gelegenheit ebenfalls genützt. Bisher waren sie beide sämtlichen Grippewellen entronnen. Auch der aktuellen, die vermutlich auf die viel zu niedrigen April-Temperaturen zurückzuführen war. Die konnten von einem Tag auf den anderen in frühsommerliche Höhen schnellen, wie in den vergangenen Jahren. Dann war der Winter schlagartig vorüber und die Natur holte ihren Entwicklungsrückstand rasch auf.

»Schau an, schau an«, holte Bergmann sie draußen aus ihren Gedanken. »Deine Johanna hat's anscheinend faustdick hinter den Ohren.«

»Johanna? Ich glaube viel eher, dass Verena Valeskini mit diesem Gerücht von ihrer eigenen Affäre mit dem Tennislehrer ablenken will. Findest du nicht, dass sich David Maierhofer bei seiner Befragung höchst verdächtig verhalten hat?«

»Inwiefern?«, fragte Bergmann.

»Er hat ohne jeden Anlass sofort einmal abgestritten, dass er mit seiner jungen Konzertbegleiterin ein sexuelles Verhältnis hat.«

»Vielleicht ist er ja nur ein gebranntes Kind. Begehrten Männern wird doch häufig unterstellt, dass sie mit allen möglichen Frauen etwas haben. Meistens steckt viel weniger dahinter. Manchmal auch gar nichts …«

»Sprichst du aus Erfahrung?« Grinsend startete Sandra den Motor.

»Na ja, du glaubst doch auch immer, dass ich mit allen möglichen Frauen ein Verhältnis habe.«

»Zumindest, dass du gerne eines hättest.«

»Am allerliebsten nur mit dir, *Liebling*.«

Schon wieder driftete die Unterhaltung in eine völlig falsche Richtung. Kopfschüttelnd blickte Sandra auf die Fahrbahn. »Könntest du bitte bei der Sache bleiben?«

»Aber das bin ich doch. Darum dreht sich schließlich alles im Leben, oder nicht?«

Sandra holte tief Luft und blies sie hörbar wieder aus. Auf diesem Niveau mit Bergmann weiterzudiskutieren, war zwecklos. »In einem Punkt muss ich dir recht geben«, kehrte sie zum Fall zurück. »Mädchen in diesem Alter schwärmen schon mal für ihren Lehrer, einen Star oder sonst wen. Da entstehen schnell Gerüchte, die das volljährige Objekt der Begierde ziemlich rasch um Kopf und Kragen oder zumindest um seinen guten Ruf bringen können. Selbst, wenn gar nichts dahintersteckt. Aber Maierhofer geht doch bestimmt nicht mit einer 13-Jährigen aus, um von seiner angeblichen Affäre mit einem anderen Mädchen im selben Alter abzulenken?«

»Das wäre vielmehr kontraproduktiv«, bestätigte Bergmann. »Viel wahrscheinlicher ist es, dass er auf blutjunge Mädchen steht, auch wenn er das abgestritten hat. Auf alle Fälle werden wir ihn vorladen und ihm diesmal anständig auf den Zahn fühlen.«

»Was den Verlauf der Tatnacht anbelangt, hat er uns offenbar angelogen. Es sei denn, er hat die Kleine nach dem Konzert wirklich vor ihrer Haustür abgesetzt, und sie war danach noch bei ihrer Freundin, um bei ihr zu übernachten.«

»Das glaubst du doch nicht wirklich? Wie wäre das Mädchen denn dorthin gekommen? Mitten in der Nacht?«

»Zu Fuß. Falls diese Freundin in ihrer Nähe wohnt. Oder mit dem Fahrrad.«

»Bei diesem Scheißwetter?«

»Unwahrscheinlich«, stimmte Sandra ihm zu. »Nächste Frage: Warum hat Maierhofer seine Konzertbegleitung überhaupt erwähnt, wenn sie ihm nicht als Alibi für die Tatnacht dient?«

»Eben deshalb«, sagte Bergmann.

»Weshalb?« Sandra verstand nicht.

»Na, er musste doch annehmen, dass ihn einige Bekannte mit ihr zusammen beim Konzert gesehen haben, die uns davon erzählen, wenn wir sie befragen. Die halbe Bevölkerung scheint an diesem Abend in der Naturparkarena gewesen zu sein.«

»Dass er mit dem Mädchen unterwegs war, muss aber wirklich nichts bedeuten.«

»Dann lass uns herausfinden, ob die Kleine die Nacht bei ihrem Sportsfreund verbracht hat. Wenn, ist er jedenfalls fällig«, sagte Bergmann.

»Selbst wenn Verena Valeskini bei David Maierhofer übernachtet hat, muss es nicht zwangsläufig zum Sex zwischen den beiden gekommen sein.«

Bergmanns Blick verriet Sandra, dass er daran am allerwenigsten glaubte. Früher hätte sie ihm recht gegeben. Seit sie mit Paul zusammen war, wusste sie jedoch, dass nicht jeder Mann nur das eine im Sinn hatte. Ihrer zum Beispiel. Leider. »Andererseits«, fuhr sie fort, »wenn sie die Tatnacht miteinander verbracht haben, hätte er ein Alibi.«

Bergmann nickte. »Eines, das ihn hinter Gitter bringen könnte.«

»Motorrad fährt er auch nicht«, warf Sandra ein.

»Das könnte doch genauso gut eine Lüge gewesen sein«, sagte Bergmann.

Wieder musste ihm Sandra zustimmen.

Der Chefinspektor griff nach seinem Handy, um Miriam anzurufen. Erst einmal wollte er wissen, ob David Maierhofer wirklich keinen A-Führerschein besaß beziehungsweise ob nicht vielleicht doch ein Motorrad auf ihn zugelassen war. Wobei man sich ja auch privat eines ausborgen konnte, möglicherweise sogar ohne Fahrerlaubnis. Außerdem sollte sich Miriam um eine Vorladung kümmern. Verena Valeskini wollte er erst befragen, nachdem ihr Tennislehrer seine Aussage gemacht hatte, falls dies dann überhaupt noch nötig war. Wenigstens, wenn es um den Schutz von Minderjährigen ging, hatte Bergmann das Herz am richtigen Fleck.

## 6.

Sandra schaltete den Fernseher ein, um gedanklich endlich abschalten zu können. Ihr Weinglas und den Teller stellte sie am Couchtisch ab. Erschöpft ließ sie sich aufs Sofa sinken. Ein Brot mit Ziegenkäse und Paprikastreifen, dazu ein Glas Sauvignon Blanc reichten ihr als Abendessen. Das Schnitzel, das sie mittags in der ›Waldstubn‹ verdrückt hatte, war nicht gerade klein gewesen. Nach der Arbeit hatte sie zwar eine große Joggingrunde gedreht, dennoch war sie nicht besonders hungrig. Dafür kreisten ihre Gedanken noch immer um die Ermittlungen.

Die Befragungen der beiden Stammtischgäste, die das Wirtshaus in der Tatnacht kurz vor Gernot Reithofer und Patrick Schantl verlassen hatten, waren ohne neue Erkenntnisse geblieben. Beide Männer sagten aus, weder Motorrad zu fahren, noch war ihnen etwas aufgefallen, das den Kriminalisten weiterhalf. Oder sie gaben nichts davon preis, wie Bergmann ihnen unterstellte. Besonders gesprächig waren die beiden wirklich nicht. Allerdings bestätigten auch sie das Bild der Familie Walter Faschingbauer, die in den letzten Jahren unter Geldmangel, vor allem aber unter der Mutter Gudrun gelitten hatte. Anscheinend war die Frau nirgendwo beliebt gewesen. Dabei war niemand, mit dem die Ermittler bisher über sie gesprochen hatten, auf die Idee gekommen, die Ursachen für ihr fragwürdiges Verhalten in einer Krankheit zu suchen. Mancherorts schrieb man derlei Probleme lieber einem schlechten Charakter als einer psychischen Erkrankung zu, obwohl diese meist gut behandelbar waren.

Selbst wenn der Gehirntumor der Auslöser für die psychische Störung der Frau gewesen war, hätte man diesen vielleicht operativ entfernen und damit die pathologische Ursache beseitigen können. Doch derlei Spekulationen halfen niemandem mehr.

Vor der Rückfahrt in die Landeshauptstadt hatten Sandra und Bergmann noch einen Abstecher nach Hartberg unternommen, um auf Verdacht bei Susanne Lichtenegger vorbeizuschauen. Die Exfreundin von Bernhard Faschingbauer hatte sich noch immer nicht bei ihnen gemeldet. In ihrer Wohnung trafen sie niemanden an. Eine Nachbarin bestätigte ihnen schließlich, was Sandra längst vermutet hatte. Die Lehrerin war über die Osterferien verreist. Angeblich sei dies die beste Zeit, um auf La Gomera Wale und Delfine zu beobachten, wusste die ältere Dame zu berichten. Außerdem, dass Susanne Lichtenegger bereits etliche Stunden vor dem Dreifachmord nach Wien gereist war, um am nächsten Tag in aller Herrgottsfrüh in Schwechat ein Flugzeug zu besteigen. Ihre Mobilbox hörte die Lehrerin im Ausland offenbar nicht ab. Sie nahm auch keine Gespräche von unbekannten Anrufern entgegen. Entweder um Roamingkosten zu vermeiden oder um eine digitale Auszeit zu nehmen, vermutete Sandra. Als Täterin schied sie so oder so aus, falls sie ihre Reise wie geplant angetreten hatte.

Kauend zappte sich Sandra durch die TV-Kanäle. Nichts als Krimis, stellte sie fest. Aber keiner, den sie sich anschauen konnte, ohne dass sich ihr die Haare aufstellten. Lieber ließ sie nebenbei eine Quizshow laufen und fuhr ihren Laptop hoch.

Beinahe wäre ihr der Bissen im Hals stecken geblieben, als sie die neue Nachricht in ihrem Posteingang entdeckte, gesendet von Dreamboy82. Ihre Herzfrequenz verdoppelte sich gefühlsmäßig. Erst einmal trank sie einen Schluck Wein, dann begann sie zu lesen.

*liebes duograz!*

Ein originellerer Nickname war Paul und Sandra nicht eingefallen.

*euer e-mail hat mich neugierig gemacht.*

Na bitte, wer sagt's denn, freute sich Sandra.

*nein, das ist kein fakefoto in meinem profil, das bin ich wirklich ;-)*

Wie schön, dachte Sandra.

*ich schick noch ein paar intimere fotos von mir, damit ihr euch schon mal auf unser heißes date zu dritt einstimmen könnt.*

Sandra schluckte.

*wann wollen wir uns denn treffen? und wo?*
*bei mir zuhause geht's leider nicht.*

Entweder lebte er in einer Lebens- oder Wohngemeinschaft. Oder mit 31 Jahren noch immer bei seiner Mama.

*wie wär's bei euch? oder in einem swingerklub?*

In einem Swingerklub? Auf diese Idee waren Sandra und Paul nicht gekommen. Es wäre ja auch hochnotpeinlich gewesen, dort womöglich einem Bekannten zu begegnen. So groß war Graz nämlich auch wieder nicht. Nicht auszumalen, was im LKA los wäre, wenn jemand davon Wind bekam. Bergmann würde Sandra bis ans Ende ihrer Tage damit aufziehen. Nein, ihre Liebesnacht zu dritt musste so diskret wie möglich ablaufen. Am besten in einem Hotel weit weg von Graz, das sie und ihr potenzieller Lover getrennt voneinander betraten. Damit es nicht auffiel, würden sie zwei Zimmer beziehen und sich später in einem von beiden treffen. So hatten Paul und Sandra sich das ausgedacht. In den eigenen Wohnungen sollte ihr einmaliges »Sexperiment« keinesfalls stattfinden, waren sie sich einig.

*ich freue mich auf eure antwort.*
*xox euer dreamboy82*

Noch einmal griff Sandra zu ihrem Weinglas. Dann öffnete sie eines der drei Fotos im Anhang. »Bist du narrisch«, entkam es ihr beim Anblick des ersten. Schon das Profilbild auf der Plattform hatte erkennen lassen, dass der Mann gut gebaut war. Auf diesem gewagten Nacktfoto in der Dusche konnte man aber nicht nur seinen durchtrainierten Körper, sondern auch sein bestes Stück in voller Pracht bewundern. Die Wassertropfen auf der Glaswand, die ihn von der Kamera des Fotografen trennte, verbargen kaum etwas.

Sandra nahm einen weiteren Schluck Wein, ehe sie auch die anderen Fotos betrachtete. Beide hätten aus einem Feuerwehrkalender stammen können, wäre der Florianijünger mit dem Feuerwehrhelm nicht splitterfasernackt darauf abgebildet gewesen.

Sandra war heiß geworden. Sie zog ihre Weste aus und legte sie beiseite. Sollte sie sich wirklich darauf einlassen, mit einem wildfremden Mann zu schlafen, nur um ihr Liebesleben in Schwung zu bringen? Andererseits, warum nicht? Schließlich wollte Paul es auch. Und der Mann auf dem Bildschirm war, zumindest optisch, jede Sünde wert.

Ja, ja und nochmals ja, schien jede Faser ihres Körpers inzwischen zu schreien. Entschlossen griff sie zu ihrem Handy.

Paul meldete sich beim zweiten Läuten. »Sandra, das war Gedankenübertragung. Gerade wollte ich dich anrufen. Wie geht es dir? Du bist hoffentlich nicht mehr im Dienst?«

»Nein, ich bin längst zu Hause. Für heute reicht's mir. Ich war joggen und esse gerade eine Kleinigkeit. Wie geht's dir?« Sie biss von ihrem Käsebrot ab, anstatt das zu tun, wonach ihr momentan viel eher der Sinn stand. Telefonsex wäre die nächstbeste Lösung gewesen. Aber keine, die für Paul infrage kam. Schon gar nicht, wenn er sich in der Nähe seiner beiden Töchter aufhielt.

»Alles bestens bei uns. Chiara war den ganzen Tag in der Skischule. Luisa und ich waren zusammen auf der Piste. Sie fährt schon recht brav, meine Große. Und die Kleine stellt sich auch nicht so ungeschickt an«, berichtete er stolz.

»Wie ist das Wetter bei euch?«

»Durchwachsen. Morgens war es bedeckt, mittags war die Sonne heraußen. Und momentan schneit es. Typisches Aprilwetter eben …«

»Bei uns ist es noch immer grau in grau. Und viel zu kalt. Na, egal … Sag, sind die Kinder gerade bei dir?«

»Nein, die sind nebenan in ihrem Zimmer und spielen, bis ich sie gleich ins Bett stecke. Ich sitze vor dem Fernseher bei einem Glas Rotwein und denke an dich. Schade, dass du nicht hier bist. Du fehlst mir.«

Sandra hätte nichts dagegen gehabt, gemeinsam mit ihm und seinen Töchtern in den Skiurlaub zu fahren, aber das war ja nie zur Debatte gestanden. »Du mir auch«, sagte sie und meinte es genauso. »Ich habe übrigens eine Überraschung für dich.«

»Ach ja? Was ist es denn?«

Sandra räusperte sich und sprach unbewusst leiser weiter. »Unser Dreamboy hat sich gemeldet.«

»Ach … Und wie ist dein Eindruck von ihm? Willst du es noch immer wagen?«

Sandra grinste. »Mehr denn je … Wenn du möchtest, leite ich dir gleich sein E-Mail samt Fotos weiter. Aber pass auf, dass deine Töchter sie nicht zu sehen bekommen. Sie sind alles andere als jungendfrei«, warnte sie ihn.

»Jetzt bin ich aber neugierig.«

»Er möchte wissen, wann und wo wir uns treffen. Kommst du wie geplant am Freitagabend zurück?« Sandra wusste, dass Pauls Exfrau rechtzeitig zur Osterspeisenweihe am Karsamstag mit den Kindern bei ihren Eltern in Kärnten sein und dort die restlichen Osterfeiertage verbringen wollte. Zumindest war das der letztgültige Plan gewesen.

»Ja, es bleibt bei Freitag. Voraussichtlich bin ich schon am frühen Nachmittag wieder in Graz.«

»Dann könnten wir doch übers Osterwochenende zusammen wegfahren und ihn am Samstag treffen.«

»So eilig hast du es auf einmal? Schaut er denn wirklich so fantastisch aus?«

»Nein.« Sandra legte eine Pause ein. »Noch viel besser.«

Paul lachte. »Schick mir mal das Mail weiter. Ich melde mich dann gleich noch mal bei dir.«

Sandra musste keine drei Minuten warten, bis Paul sie zurückrief. Die Faschingbauer-Morde waren vorerst aus ihren Gedanken verschwunden, dafür ging ihr das bevorstehende Abenteuer nicht mehr aus dem Sinn. Blieb zu hoffen, dass Dreamboy82 zu Ostern noch keine anderen Pläne hatte.

# KAPITEL 4

*Mittwoch, 16. April*

## 1.

Als Sandra die Jalousien in ihrem Schlafzimmer hochzog, wurde sie von der Frühlingssonne begrüßt. Sie blinzelte in den wolkenfreien Himmel. »Na bitte, geht doch«, murmelte sie vor sich hin. Sie streckte sich durch und gähnte. Ihr nächster Gedanke galt dem bevorstehenden Osterwochenende, was ihre Laune gleich noch mal hob.

Dreamboy82 hatte ihren Vorschlag angenommen und ihr für alle Fälle seine Handynummer gemailt. Ihre Nummer und die von Paul behielt sie aus Sicherheitsgründen für sich, ebenso ihre Namen. Und das würde auch so bleiben. Als Kriminalbeamtin wusste Sandra, wie man verdeckt ermittelte. Dass ihr das in ihrem Privatleben jemals zugutekommen würde, hätte sie bis vor Kurzem nicht gedacht. Die E-Mail-Adresse, die sie eigens für diesen Zweck angemeldet hatte, verriet genauso wenig über ihre Identität wie der falsche Name, unter dem sie zwei Zimmer in einem Hotel im Apfelland reserviert hatte. Und eine Ballonfahrt, auf die sie sich schon freute. Vorausgesetzt, die sonnigen Wetterprognosen fürs Wochenende hielten, was sie versprachen. Selbstverständlich stieg Sandra ausschließlich über einen kostenlosen Anonymisierdienst ins Internet ein, damit ihnen niemand so leicht auf die Schliche kam, falls es denn jemand darauf anlegte. Auch wenn sie nichts Illegales taten. Sicher war sicher.

Mit einem Lächeln auf den Lippen füllte sie den Wasserkocher zur Hälfte an. Vorfreude war wahrlich die schönste Freude, dachte sie. Während ihr meistbenutztes Küchengerät seiner Arbeit nachging, wählte sie einen Beutel aus der umfangreichen Teekollektion. Wie fast jeden Morgen ließ sie ihren Tee ziehen, während sie sich duschte. Viel Zeit blieb ihr danach nicht mehr, wollte sie pünktlich zum Teammeeting in der Straßganger Straße eintreffen.

Eine Minute vor acht betrat Sandra den Briefingraum im LKA, in dem sich bereits die Kolleginnen und Kollegen der SOKO Faschingbauer aus den involvierten Abteilungen eingefunden hatten. Eine gute Stunde später waren alle auf dem neuesten Ermittlungsstand.

Die DNA-Analysen waren nach wie vor ausständig. Dafür hatten Siebenbrunners Leute inzwischen die Reifenspuren vom Tatort in der Zeil bei Pöllau ausgewertet. Die des Personenkraftwagens stammten vom Fiat des Briefträgers, der die Post der Faschingbauers wie an jedem Wochentag auch am vergangenen Freitag zugestellt hatte.

Einen Volltreffer hatten die Kriminaltechniker beim Abgleichen des einspurigen Abdrucks gelandet. Die gesuchten Reifen befanden sich auf dem Motorrad von Patrick Schantl. Wann genau der Landwirt diese Spur am Tatort hinterlassen hatte, ließ sich zwar nicht genau feststellen, von einer Ewigkeit, die nach seiner Aussage zwischen seinem letzten Besuch bei Walter Faschingbauer und dem Dreifachmord lag, konnte aber mit Sicherheit keine Rede sein.

Seine Kawasaki war zweifelsfrei nach der letzten Schneeschmelze am Tatort vorgefahren. Und die lag laut Auskunft von Bernhard Faschingbauer höchstens eine Woche zurück. Diese Diskrepanz und das an sich schon wackelige Alibi einer Ehefrau genügte der Staatsanwaltschaft für einen Hausdurchsuchungsbefehl bei Patrick Schantl.

Was Johanna Faschingbauer anbelangte, so konnte sich Siebenbrunner nach entsprechenden Versuchen am Tatort noch immer nicht erklären, wie das Mädchen das Motorrad wegfahren gehört haben konnte, wenn sie sich in der Bauerntruhe im Flur versteckt hatte. Das zu klären, lag nunmehr bei Sandra und Bergmann, die nach einem frühen Mittagessen in der Kantine nach Pöllau aufbrachen.

## 2.

Als die LKA-Ermittler in Oberneuberg eintrafen, blockierten zwei Streifenwagen die Hofeinfahrt. Einer der uniformierten Beamten diskutierte gerade mit Patrick Schantl, der offenbar mit dem Traktor wegfahren wollte.

»Stellen Sie den Motor ab, Herr Schantl«, rief Bergmann dem Landwirt vom Auto aus zu. Mit der Hand wachelte er vor seiner Nase herum, als könne er dadurch den Dieselgeruch vertreiben.

Schantl kletterte auf den Traktor, um den Motor abzustellen. »Was woll'n S' denn überhaupt von mir?«, fragte er, als er wieder abstieg.

Sandra zog die Bescheide der Staatsanwaltsschaft aus der Tasche und erklärte ihm, dass demnächst sein Haus und Hof durchsucht werden würden. »Wir haben Reifenspuren von Ihrem Motorrad am Tatort gefunden«, konfrontierte sie ihn mit dem neuesten Ermittlungsergebnis.

»Na und? I hab ja gar ned abg'stritten, dass i beim Walter war. Nur halt ned in der Tatnacht.«

»Sie haben ausgesagt, dass Ihr letzter Besuch vor einer Ewigkeit war. Und das, Herr Schantl, kann nicht stimmen. Es ist höchstens eine Woche her, dass Sie mit dem Motorrad vor dem Hof in der Zeil waren. Bezeichnen Sie das als eine Ewigkeit?«

»Und woher wollen Sie das so genau wissen? Hat mich leicht wer beobachtet? Oder was?«

»Die Analyse der Reifenspuren lässt keine Zweifel offen«, sagte Sandra und wandte sich in die Richtung, aus der sich Motorengeräusche näherten. Schon tauchte der erste Kastenwagen der Tatortgruppe auf der Zufahrtsstraße auf. »Fahren Sie jetzt bitte Ihren Traktor weg, damit unsere Kollegen zufahren können. Sie werden die Hausdurchsuchung vornehmen.«

»Nach was suchen Sie überhaupt?«

»Nach möglichen Hinweisen und Spuren«, blieb Sandra vage.

»Sie können aber auch gleich ein Geständnis ablegen. Das verkürzt das Verfahren und dürfte im Fall eines Schuldspruches das Strafausmaß für Sie erheblich reduzieren«, sagte Bergmann.

»Was? Von was reden Sie eigentlich? I hab mir nix zu Schulden kommen lassen.«

»Sie haben uns aber auch nicht die Wahrheit gesagt«, meinte Sandra.

»Das müssen S' mir erst einmal beweisen.«

»Haben wir bereits, Herr Schantl. Sonst hätte uns der Staatsanwalt nicht die nötigen Papiere ausgestellt«, meldete sich Bergmann noch einmal zu Wort.

Der Landwirt blickte von Sandra zu Bergmann und wieder zurück. »Na gut, i bring mal den Traktor in Schuppen z'ruck.«

Sandra sah dem alten 15ener-Steyr nach, der lautstark tuckernd in der Scheune verschwand.

Der penetrante Geruch, den der Dieselmotor neuerlich verbreitete, ließ Bergmann hüsteln. »Widerlich«, schimpfte er.

Sandra grinste in sich hinein. Fürs Landleben war der Chefinspektor wahrlich nicht geschaffen. Dabei rochen die Autoabgase in der Stadt um nichts besser. »Ich fahr schnell den Wagen weg«, sagte sie.

Sandra folgte den beiden Streifenwagen bis vors Haus, die Wagen der Tatortgruppe fuhren ihr nach. Bergmann spazierte die wenigen Meter zu Fuß. Dort angekommen, sprach er Siebenbrunner an. »Schaut euch nach schwarzer Männerkleidung um, vor allem nach schwarzen Stiefeln mit silberfarbener Fersenspange und einem schwarzen Motorradhelm. Außerdem nach der Walther, die vom Tatort verschwunden ist. Computer, Speichermedien, Kontoauszüge, Ordner et cetera gehen auch mit zur Auswertung.«

Die Kriminaltechniker verschwanden einer nach dem anderen im Haus, während der Landwirt mit festen Schritten auf die beiden Ermittler zukam. Er musste an die 1,95 Meter groß sein, schätzte Sandra. Die ballistischen Berechnungen sprachen für einen kleineren Täter, rief sie sich in Erinnerung. Auch Johanna hatte angegeben, einen kleineren Mann gesehen zu haben, der auf ihre Mutter schoss.

»Und wenn ein anderer mit meinem Motorradl gefahren ist?«, fragte Schantl.

»Haben Sie es jemandem geborgt?«, fragte Sandra zurück.

Patrick Schantl schüttelte den Kopf, zuckte ratlos mit den Schultern.

»Wer könnte denn damit gefahren sein? Vielleicht Ihre Frau?« Kinder hatte der Landwirt keine.

»Die Moni? Nie im Leben. Die steigt ja no ned amol bei mir hinten auffi.«

»Am besten kommen Sie jetzt mit uns nach Graz. Dort werden wir Sie noch einmal ausführlich vernehmen«, entschied Bergmann.

Schantl seufzte. »Also gut, meinetwegen: I war am letzten Donnerstag mit dem Motorradl beim Hof vom Walter in der Zeil. Mein Auto is scho damals ned ang'sprungen.«

»Am 10. April also«, rechnete Sandra zurück. »Und was wollten Sie bei ihm?«, fragte sie.

»I war ned beim Walter. Der war an dem Vormittag gar ned daham.«

»Hochinteressant«, fand Bergmann. »Hatten Sie vielleicht ein Panscherl mit seiner Frau? Oder was wollten Sie sonst dort? Herrschaftszeiten, so reden Sie endlich«, fuhr er den Landwirt an. Allzu lange würde es nicht mehr dauern, bis dem Chefinspektor endgültig der Kragen platzte, befürchtete Sandra.

»Um Gottes willen, mit der hab ich ganz g'wiss nix am Huat g'habt. I bin verheiratet und wollt nur … Die Gudrun war a ned daham, und ihre Kinder warn in der Schul.« Schantl druckste herum.

»Was wollten Sie dann dort?« fragte Sandra.

»I hab an Brief fürn Walter in Briefkasten einig'wurf'n. Anonym.«

»Haben Sie ihn etwa erpresst?«

»Was? Aber geh … Ich wollt ihn nur informieren, was seine Tochter so treibt.«

»Was treibt sie denn?«, fragte Sandra nach.

»I hab die Johanna zufällig im Internet g'sehn«, erzählte Schantl. Seine Augen fixierten die Kappen seiner verdreckten Arbeitsschuhe, die Sandra auf mindestens Größe 46 schätzte. »Nackert … Das wollt ich ihn nur wissen lassen«, fügte er kleinlaut hinzu.

Sandra glaubte, sich verhört zu haben.

Bergmann fixierte Schantl aus zusammengekniffenen Augen. »Zufällig, so, so … Habe ich Sie richtig verstanden? Sie sind im Internet rein zufällig auf pornografisches Material einer Minderjährigen gestoßen, ohne aktiv danach gesucht zu haben?«, meinte er noch schärfer als zuvor.

Sandra fand ihre Sprache wieder. »Sind Sie sicher, dass es sich dabei um Johanna Faschingbauer gehandelt hat? Nicht um ein anderes Mädchen, das ihr ähnlich sieht?«

»I bin mir hundertprozentig sicher. I kenn die Johanna, seit sie auf der Welt is.«

Sandra schluckte. »Was genau haben Sie gesehen? Und auf welcher Seite?«, fragte sie nach. Vielleicht hatte jemand ein Nacktfoto von Johanna im Internet gepostet, um sie im wahrsten Sinn des Wortes bloßzustellen. Sogenannte Sexting-Vorfälle passierten heutzutage gar nicht mal so selten. Jugendliche fotografierten sich nackt und verschickten die Bilder, um zu flirten oder Mut zu beweisen. Erst vor Kurzem war Sandra eine Studie des Vereins Saferinternet untergekommen. Jeder dritte Schüler im Alter zwischen 14 und 18 gab an, schon einmal solche Fotos erhalten zu haben. Immerhin 16 Prozent der Befragten hatten Nacktbilder von sich selbst verschickt. Jugendliche verhielten sich oftmals sehr leichtsinnig in Sozialen Netzwerken, ohne zu bedenken, dass nichts, was dort auftauchte, jemals in Vergessenheit geriet. Auch nicht, was später vermeintlich gelöscht wurde.

»Die Johanna hat si aus'zogen, dann in einen Haufen Stoffviecher g'legt, mit g'spreizten Beinen. Nur ihre Stutzn hat's no ang'habt. Ja, und dann hat sie sich's vor laufender Kamera selbst besorgt.«

Die Erwähnung von Johannas Kuscheltieren machte Sandras Hoffnung schlagartig zunichte, dass es sich um einen Irrtum handeln könnte.

»Und Sie haben ihr beim Strippen und Onanieren zugeschaut. Verdammt, das Mädchen ist erst 13, und Sie wussten das!« Bergmann war auf 180.

Erneut senkte Schantl seinen Blick. »I hab eh ned bis zum Schluss zug'schaut …«

Bergmann holte tief Luft.

Gleich würde er explodieren, wusste Sandra. Möglichst sanft fasste sie ihn am Ärmel und signalisierte ihm mit ihrer Mimik, dass er sich beruhigen sollte.

Tatsächlich wandte sich der Chefinspektor ab. Die Luft entwich hörbar aus seinem Mund. Sein Blick wanderte zum wolkenlosen Frühlingshimmel, die Fäuste verschwanden in den Jackentaschen, ehe er sich wieder umdrehte.

»Sie haben also Johanna Faschingbauer in diesem Pornofilm erkannt«, sagte Sandra.

»Das war kein Pornofilm, das war so a Live-G'schicht mit der Webcam, Sie wissen scho …«

Sandra wusste nicht so genau. Bergmann offenbar schon. Vorerst hatte er genug gehört. Er winkte einen der Uniformierten herbei. »Bringen Sie den Herrn hier ins LKA. Fingerabdrücke, DNA, Schmauchspuren. Das volle Programm.

Anschließend wird er dort auf seine Vernehmung warten. Sandra, kommst du?«

Bergmann saß als Erster im Wagen. »Mir sind die vielen Stofftiere, die das Mädchen unbedingt wiederhaben wollte, ja gleich seltsam vorgekommen«, sagte er, als Sandra losfuhr.

Die nickte, wenngleich sie grundsätzlich noch immer nichts außergewöhnlich daran fand, dass eine 13-Jährige an ihrer Stofftiersammlung hing. Manche Leute sammelten weitaus merkwürdigere Dinge. Etwa Leichenteile, die die Ermittler in ihrem letzten Serienmordfall im Vulkanland beschäftigt hatten. Im aktuellen Fall hatte der Chefinspektor wohl mehr Gespür bewiesen als sie, musste sie sich insgeheim eingestehen. Dass sich Johanna freiwillig pornografischen Aktivitäten im Internet hingab, bezweifelte sie aber. »Meinst du, dass sich Johanna ihre Stofftiere und den PC von uns bringen hat lassen, um dort weiterzumachen, wo sie aufgehört hat?«, fragte sie.

»Was weiß denn ich? Ich könnte kotzen!« Bergmann schlug mit der flachen Hand auf die Konsole vor sich ein. »Wie können sich diese Wichser bloß an Kindern aufgeilen?«

Sandra seufzte. Ihr war auch schleierhaft, was Erwachsene an Minderjährigen erotisch fanden. Viele, die sich auf diesen einschlägigen Plattformen herumtrieben, hatten noch nicht einmal ein Unrechtsempfinden. Dabei hatten sie oft eigene Kinder, die kaum einer von ihnen in derselben Situation hätte sehen wollen. War diesen Leuten denn nicht klar, dass die Nachfrage das Angebot bestimmte und dass sie für diesen Kindesmissbrauch mitverantwortlich waren?

Patrick Schantl mochte vielleicht nicht der gesuchte Dreifachmörder sein. Wenn ihm der absichtliche Konsum von Kinderpornografie nachgewiesen werden konnte, kam er dennoch nicht ungeschoren davon. Dafür würden die Kollegen der Abteilung LKA 6 IT-Beweissicherung schon sorgen.

## 3.

Sandra war die Freude über den ersten Frühlingstag, der um halb drei Uhr nachmittags beinahe sommerlich anmutete, vergangen. Je näher sie der ›Waldstubn‹ kamen, desto mehr schnürte sich ihr der Magen zu. Die beiden Autos auf dem Parkplatz und die Uhrzeit ließen sie vermuten, dass das Mittagsgeschäft im Gasthaus so gut wie vorüber war.

Ihr Herz klopfte bis zum Hals, als sie und Bergmann die Gaststube betraten. Ihr graute davor, Johanna mit ihren mutmaßlichen Sexcam-Aktivitäten im Netz zu konfrontieren. Das Mädchen hatte so viel durchgemacht. Wie es aussah, noch viel mehr, als Sandra je vermutet hätte. Was würde Bernhard Faschingbauer sagen, wenn er davon erfuhr? Oder wusste er längst Bescheid? Immerhin war sein Zwillingsbruder in einem anonymen Brief informiert worden. Hatte dieser ihn vor seinem Tod womöglich noch eingeweiht und zurate gezogen? Oder hatte gar einer der beiden Männer Johanna zu sexuellen Handlungen vor einer Webcam genötigt? Unwahrscheinlich, fand Sandra. Ihr Verdacht ging viel eher in eine andere Richtung. Sonnenklar schien ihr bisher nur, dass eine 13-Jährige wohl kaum selbst auf eine solche Idee kam.

Der Wirt hantierte gerade mit der Espressomaschine, als er Sandra und Bergmann erblickte. »Für Sie auch Kaffee?«, fragte er, nachdem sie sich begrüßt hatten. »Vielleicht eine Mehlspeis dazu? Topfenstrudel wär noch ein frischer da. Und Spagatkrapfen. Oder möchten Sie lieber eine Brettljausn? Große Speisen gibt's leider erst wieder ab sechs.«

Bergmann bestellte einen doppelten Espresso, Sandra einen Kamillentee, wenngleich dieser den Knoten in ihrem Magen auch nicht auflösen können würde.

»Wir müssen noch einmal mit Ihnen reden«, sagte sie, als Faschingbauer ihre Getränke servierte.

»Ich geb nur rasch der Johanna Bescheid, dass sie sich um die Gäste kümmern soll. Die Jacqueline ist nämlich schon weg. Wir können dann in mein Büro gehen.«

Johanna begrüßte Sandra mit einem Lächeln. »Diese Psychotante vom Jugendamt war gestern da«, erzählte sie ungefragt. »Ich darf jetzt erst mal bei meinem Onkel bleiben. Danke.«

Sandra hatte zwar kaum etwas mit dieser vorläufigen Entscheidung zu tun, freute sich aber dennoch für das Mädchen. Bis sich der Grund für ihre Anwesenheit wieder in ihr Bewusstsein drängte. Möglicherweise würde die Dankbarkeit nicht lange währen. Erst einmal wollten sie mit dem Obsorgeberechtigten sprechen. Danach würden sie auch Johanna mit den Anschuldigungen konfrontieren. Auch wenn diese noch nicht verifiziert waren.

Bernhard Faschingbauer sah Sandra fassungslos an. Jegliche Farbe war aus seinem Gesicht gewichen. So bleich war er ihr nicht einmal in der Tatnacht vorgekommen. »Und Sie glauben im Ernst, dass ich was davon gewusst hab? Kein Wort hat mir mein Bruder erzählt. Und ehrlich g'sagt, hätt ich ihm das auch nicht geglaubt. Was für eine Plattform soll das überhaupt sein? Und wer hat das behauptet? Das ist doch bestimmt nur wieder eine von diesen bösartigen Lügeng'schichten, an denen nix dran ist.«

»Wie zum Beispiel welche noch?«, hakte Bergmann ein.

»Letztes Jahr ham s' verbreitet, dass die Johanna was mit dem Tennistrainer hat. Das stimmt überhaupt nicht. Sie ist noch Jungfrau. Dafür leg ich meine Hand ins Feuer.«

Wenn er sich die bloß nicht verbrannte, dachte Sandra. »Wie gesagt, momentan gibt es noch keine Beweise, aber wir müssen diesem Hinweis auf alle Fälle nachgehen«, sagte sie. »Immerhin hat sich Ihre minderjährige Nichte angeblich von einer Webcam beim Striptease und beim Masturbieren filmen lassen«, wiederholte sie die Zeugenaussage. Wenn diese der Wahrheit entsprach, waren sie dem Täter vielleicht ein gutes Stück näher gekommen. Wer immer Johanna dazu angestiftet hatte, hätte ein starkes Motiv gehabt, ihre Eltern, die davon Wind bekommen hatten, zu töten, bevor sie den Kindesmissbrauch anzeigen konnten. Der kleine Bruder konnte dem Täter als unfreiwilliger Tatzeuge in die Quere gekommen sein. Sandra und Bergmann waren auf der Fahrt übereingekommen, dass ihnen dieses Szenario bisher am wahrscheinlichsten erschien.

»Unsinn. Doch nicht die Johanna … Die tut so was nicht«, behauptete Faschingbauer weiterhin. Ganz sicher schien er sich aber nicht zu sein. Warum sonst sah er so aus, als würde er gleich in Tränen ausbrechen?

»Fragen wir sie doch am besten selbst«, schlug Sandra vor, um genau das zu vermeiden.

Ruckartig erhob sich der Gastwirt von seinem Stuhl, in den er zuvor immer tiefer versunken war. »Dann gemma«, sagte er wild entschlossen.

Johanna räumte gerade die Spülmaschine aus, als Faschingbauer an der Theke vorbeistürmte, direkt auf einen der beiden besetzten Tisch zu. »Darf ich bei Ihnen abkassieren?«, sprach er den Familienvater an. »Wir sperren jetzt zu.«

Auch die drei Gäste am anderen Tisch beglichen ihre Rechnungen und verließen das Lokal. Johanna machte sich daran, die Tische abzuwischen. Der Wirt hielt sie davon ab. »Leg den Fetzn weg und hock di her da«, sagte er.

Sein strenger Tonfall überraschte Sandra. Bisher hatte er das Mädchen ausschließlich mit Samthandschuhen angefasst. Wenigstens in ihrer Anwesenheit.

Johanna schien dagegen nicht besonders irritiert zu sein. Anzunehmen, dass bei der Arbeit öfter mal ein rauer Ton herrschte.

Als sie Johanna mit den Anschuldigungen konfrontierte, erstarrte ihr Gesicht zu einer emotionslosen Maske. Dafür widmeten sich ihre Finger einmal mehr den Fingernägeln, um den Nagellack abzukratzen. Wenngleich sich aus ihrem Gesichtsausdruck keinerlei Gefühlsregung ablesen ließ, schloss Sandra aus ihrer Reaktion, dass Patrick Schantl die Geschichte nicht frei erfunden hatte oder eine Verwechslung vorlag. Diese Hoffnung hatte sie ohnehin längst begraben.

Johanna schwieg zu den Vorwürfen. Auch noch, als Sandra auf eine Antwort wartete.

»Johanna«, sprach ihr Onkel oder Vater sie an. »Jetzt sag schon, dass das alles nicht wahr ist.«

Johanna starrte auf ihre ramponierten Fingernägel. »Oh ja, Onkel Bernie.«

»Aber … Was redest denn da?«, echauffierte sich Faschingbauer.

»Bitte, beruhigen Sie sich. Möchten Sie vielleicht ein wenig an die frische Luft hinausgehen?«, schlug Sandra vor.

»Verdammt noch mal, nein! Ich will jetzt sofort wissen, was hier los ist. Das kann doch nicht wahr sein …«

»Ich hab dir doch schon gesagt, dass es stimmt«, sagte Johanna noch leiser als sonst.

»Aber warum, Johanna? Warum tust du mir das an?« Der Wirt stützte die Ellbogen auf den Tisch auf und verbarg seine Tränen hinter beiden Händen.

»Ihnen? Fragen Sie sich doch lieber mal, wer Johanna das antut«, antwortete Sandra anstelle des Mädchens. »Du machst das doch nicht freiwillig? Oder?«

Johanna schüttelte den Kopf.

Faschingbauer blickte wieder auf, wischte sich verstohlen die Tränen ab. »Sie haben recht. Wer zwingt dich zu so was, Johanna?«, fragte er.

»Das kann ich euch nicht sagen. Sonst bringt er mich um.«

»Wie er deine Familie umgebracht hat?«, hakte Sandra ein.

Johanna zuckte mit den Schultern, die Miene noch immer versteinert.

»Ich schlage vor, wir fahren ins LKA. Dann erzählst du uns in aller Ruhe, wie es dazu gekommen ist, und wer dahintersteckt. Ich verspreche dir, wer immer es ist, er wird dir nichts tun. Dafür sorge ich. Bitte, vertrau mir …« In letzter Sekunde widerstand Sandra dem Drang, nach der Hand des Mädchens zu greifen.

Endlich schaute Johanna wieder auf, ihre Augen waren glanzlos. »Ich möchte allein mit Ihnen reden.«

»Das lässt sich einrichten.« Sandra wollte aufstehen.

»Aber nicht in Graz. Oben in meinem Zimmer«, fügte Johanna hinzu.

Sandra sank auf die Bank zurück, ihre Augen suchten

Bergmanns Blick. Seine Augenbraue hob sich. Kaum merklich deutete er mit einem Kopfnicken an, dass er einverstanden war. Auch Faschingbauer hatte nichts dagegen.

»In Ordnung, Johanna. Lass uns hinaufgehen«, willigte Sandra ein.

Das Zimmer, das Johanna zurzeit bewohnte, war mit einem alten Doppelbett ausgestattet, das zu einem guten Drittel von ihren Stofftieren besetzt war. An der gegenüberliegenden Wand stand eine antike Schminkkommode mit einem großen Spiegel, darauf ein Monitor und die Tastatur, darunter der PC. Neben der Tür ein alter Bauernkasten. In einem Herrgottswinkel wachte Jesus Christus am Holzkreuz über ein gerahmtes Schwarzweißfoto eines Hochzeitspaares. Die stark toupierte Frisur der Braut verriet Sandra, dass es in den 1960er-Jahren aufgenommen worden sein musste. »Deine Großeltern?«, fragte sie.

Johanna hatte sich zu den Stofftieren auf ihrem Bett gesellt. Sie nahm einen Schimpansen und drückte ihn fest an sich. »Die Eltern vom Papa. Sie sind bei einem Autounfall gestorben. Da war ich in der zweiten Klasse Volksschule.«

Wer immer ihr biologischer Vater war, ob nun Walter oder Bernhard Faschingbauer, ihre Großeltern blieben dieselben. Sandra zog den einzigen Stuhl beim Schminktisch näher ans Bett heran. »Fühlst du dich wohl hier, Johanna?«

Johanna nickte. »Der Onkel Bernie hat mir neue Möbel versprochen. Nach den Osterferien will er mit mir ins Möbelhaus fahren.« Sie war nun wieder erreichbar für Sandra, ihr Blick nicht mehr so matt wie vorhin in Gegenwart der Männer.

Sandra konnte gut nachvollziehen, dass ihr das Reden von Frau zu Frau leichterfiel. Gerade in ihrem so jungen

Alter, wo es um das heikle Thema Sex ging. Dass Johanna die Vorkommnisse bisher ohne Nervenzusammenbruch verkraftet hatte, war bewundernswert. Wobei man nicht ausschließen konnte, dass das dicke Ende noch folgen würde, auch wenn das Mädchen psychologisch betreut wurde. »Darf ich dir jetzt meine Fragen stellen?«

Johanna nickte, während sie am Plüschfell ihres Äffchens zupfte.

»Du hast ausgesagt, dass du dich in der Tatnacht in der Truhe im Flur versteckt hast, nachdem du den Täter im Schlafzimmer deiner Eltern von hinten gesehen hast.«

Wieder nickte Johanna.

»Wie hast du in der Truhe hören können, dass ein Motorrad vor eurem Haus wegfährt? Unsere Kriminaltechniker haben das getestet, aber dort drinnen keine Motorengeräusche von draußen wahrgenommen.«

»Die Truhe war die ganze Zeit einen Spalt weit offen, damit ich Luft kriege. Ich hab die Beine vom Lenni auf einer Seite eingeklemmt. Das hat der Mann zum Glück nicht gesehen.«

»Lenni ist dein Affe?«

»Ja. Ich hab ihn noch im Arm gehabt, als ich zum Schlafzimmer gegangen bin. Das hab ich wohl vergessen zu erzählen …«

»Ja, das hast du.«

»Sind Sie mir jetzt böse?«

»Aber nein, Johanna.« Es grenzte an ein Wunder, dass das Mädchen überhaupt so viel wahrgenommen und nicht alles verdrängt hatte, was in der Tatnacht vorgefallen war. Etliche auch weitaus ältere Menschen hätten nach einem dermaßen traumatischen Erlebnis eine Amnesie erlitten und sich an gar nichts mehr erinnert. Wenigstens eine Zeit lang nicht. »Erzählst du mir, wie du in diese Internet-Geschichte hineingeraten bist?«

»Setzen Sie sich zu mir aufs Bett? Bitte …«

Sandra zögerte. Eigentlich wollte sie Abstand bewahren. Andererseits konnte sie Johanna diesen Wunsch kaum ausschlagen. Die Situation musste für das Mädchen schrecklich sein. »Okay, wenn du möchtest.«

Johanna rückte in die Mitte des Bettes, um Sandra Platz zu machen. Kaum saß sie neben ihr, nahm das Mädchen ihre Hand und ließ sie nicht mehr los. »Es hat im letzten Herbst angefangen. Er wollte, dass ich mich vor ihm ausziehe, hat gemeint, ich trau mich das eh nicht. Wenn ich es doch mache, wollte er mir Geld geben, also hab ich es getan. Anfangs war es mir schon ein bisschen peinlich, so nackt vor ihm dazustehen, aber irgendwie hab ich es auch schön gefunden, wie er mich so angeschaut hat und … Er hat mir dann das Geld für ein neues Handy gegeben. Das hab ich mir schon so lange gewünscht. Meine Eltern hatten ja nie ein Geld für so was.«

»Du hast dich für ein neues Handy ausgezogen?«

»Nicht deswegen. Also nicht nur … Ich hab ihn voll gern und wollte ihn nicht enttäuschen. Er hat gemeint, ich bin wunderschön. Finden Sie mich auch schön?«

»Du bist ein ausgesprochen hübsches Mädchen … Hat er dich angefasst?«

»Nein. Er hat gesagt, ich bin noch zu jung dafür. Aber er wollte dabei zuschauen, wie ich es mir selber mache. Bis zum Schluss …«

Johanna rückte noch näher an Sandra heran. Ihr blieb fast nichts anderes übrig, als den Arm um die Schultern des Mädchens zu legen. »Hat er sich währenddessen selbst berührt?«, wollte sie wissen.

»Nein. Er hat nur zugeschaut und mich mit seinem Handy gefilmt. Zur Erinnerung an das schönste Mädchen auf der Welt, hat er gesagt. Und dass ich das Zeug zum Modeln hätte.« Offensichtlich hatte er Johanna gründlich um den Finger gewickelt. Dass sie mit ihren 13 Jahren reichlich naiv war, konnte man ihr nicht vorwerfen.

Sandra vermutete eher, dass dieses Video gedreht worden war, um es ins Netz zu stellen und damit Geld zu verdienen. Außerdem war Johanna dadurch erpressbar. Falls sie nicht mehr freiwillig mitmachen wollte, reichte die Drohung, das Video an ihre Eltern oder sonst wen weiterzuleiten. Und schon spurte sie wieder. »Hast du dich in den Mann verliebt?«, fragte sie.

Zögerlich nickte Johanna.

»Deshalb ist es nicht bei diesem einen Mal geblieben.«

»Wir haben uns zwei Tage später wiedergetroffen. Er hat große Angst gehabt, dass sie uns zusammen erwischen. Dann ist er mit dieser Sexcam-Idee gekommen, damit er mir von überall zuschauen kann.«

»Er war aber nicht der Einzige, der dir dabei zugesehen hat«, sagte Sandra. »Hat es dir denn nichts ausgemacht, dass dich wildfremde Männer angaffen und sich bei deinem Anblick selbst befriedigen?«

»Schon, aber ich hab dabei immer nur an ihn gedacht. Auch beim Chatten mit den Männern.«

»Hat er dich dafür bezahlt?«

»Ja. 30 Euro für jedes Mal.«

Er selbst hatte bestimmt ein Vielfaches für ihre Dienste kassiert, vermutete Sandra. »Und wie viel hat er damit verdient?«

»Ich weiß es nicht. Er kümmert sich um das Geld.«

»Und dich hat er bar bezahlt?«

Wieder nickte Johanna. »Ich hab ja noch kein eigenes Konto oder so was.«

»Wie viel hat er dir insgesamt gegeben?«

»Fast 2.500 Euro«, lautete die prompte Antwort.

Sandra pfiff durch die Zähne. Was für Johanna ein kleines Vermögen war, musste ein Bombengeschäft für ihren Zuhälter sein. Nichts anderes war ein Mann, der eine Minderjährige zu pornografischen Vorführungen anstiftete und sich daran bereicherte, in ihren Augen.

»Das meiste hab ich für den Papa gespart, damit wir nicht von hier wegziehen müssen«, fuhr Johanna fort.

»Du hast gewusst, dass deine Eltern überlegen, mit euch nach Graz zu übersiedeln?«

»Ja. Aber ich hab es niemandem sagen dürfen. Das Einzige, was ich tun konnte, war, Geld zu verdienen, damit wir nicht dorthin ziehen müssen.«

So schlimm war die steirische Landeshauptstadt nun wahrlich nicht, dass man sich hätte prostituieren müssen, um einem Leben dort zu entkommen, dachte Sandra. Im Gegenteil: Graz war eine ausgesprochen lebenswerte Stadt, der Schuldenstand der Eltern zudem so beträchtlich, dass Johanna diesen nicht einmal dann so rasch hätte tilgen können, wenn sie rund um die Uhr gestrippt und masturbiert hätte, rechnete Sandra überschlagsmäßig nach. Die Kontoauszüge belegten das ganze Ausmaß der Finanzmisere des getöteten Ehepaars. »Du wolltest wegen ihm hierbleiben, nicht wahr?«, fragte sie weiter.

»Ja«, gab Johanna zu. »Ich hab ihn voll lieb.«

Waren das Tränen, die da über ihre Wangen liefen? Sandra strich Johanna übers Haar. Verstohlen wischte sie sich mit dem Ärmel ihres Sweaters über Augen und Wangen.

»Ach, Johanna. Wein ruhig, wenn es dir guttut. Manchmal verliebt man sich eben in den Falschen«, seufzte Sandra. Eigentlich immer, bis man den Richtigen fand, fügte sie gedanklich hinzu. Blieb zu hoffen, dass das in ihrem Fall Paul Stadler war. Einmal abgesehen von ihren unterschiedlichen sexuellen Bedürfnissen lief es doch recht gut zwischen ihnen. Dieses einzige Manko würden sie demnächst in Angriff nehmen, schweifte sie kurz ins eigene Privatleben ab. »Leider merkt man das oft erst später«, fuhr sie fort. »Ich will jetzt gar nicht darüber urteilen, was du getan hast, Johanna. Aber was er von dir verlangt, ist illegal. Du bist erst 13. Mit so einer Geschichte kannst du dir deine ganze Zukunft verbauen.«

»Ich weiß, aber er hat mir geschworen, dass es keiner erfahren wird, solange ich mit niemandem darüber rede.«

»Du hast Angst vor ihm, nicht wahr?«

Johanna schwieg.

»Hat er dich bedroht, Johanna? Hat er dir wehgetan?«

»Er hat mich geschlagen, weil ich nicht mehr wollte, dass mir andere Männer dabei zuschauen und ich mit denen chatten muss. Außerdem hab ich Angst gehabt, dass einer dabei sein könnte, der mich erkennt und an meine Eltern verrät.«

Genau das war dann ja auch passiert. »Und er hat keine Angst davor gehabt? Er musste doch damit rechnen, dass es auch für ihn sehr unangenehm wird, wenn die Sache auffliegt.«

»Er hat gemeint, dass das sehr unwahrscheinlich ist und dass es kein Material von mir gibt, auf das man zugreifen kann. Ich war ja immer nur live online. Und das höchstens für 30 Minuten am Stück.«

»Aber jemand hätte deine Vorführungen mitschneiden können.«

Johanna zuckte mit den Schultern. »Das hab ich ihm auch

gesagt. Er hat gemeint, ich soll nicht so prüde sein und das Denken gefälligst ihm überlassen. Dann hat er mich verdroschen.«

»Einmal?«

»Öfters. Das letzte Mal vor ungefähr zwei Wochen.«

Er musste sich ziemlich sicher sein, nicht erwischt zu werden. Solange Johanna schwieg und spurte. Entweder verstand er es, seine schmutzigen Internetgeschäfte gekonnt zu tarnen, oder er war dümmer, als die Polizei erlaubt, und hatte bisher nur großes Glück gehabt, nicht erwischt zu werden. Was von beidem zutraf, würden die Netzwerkfahnder des LKA früher oder später herausfinden. Auf alle Fälle war er skrupellos genug, eine Minderjährige zu pornografischen Vorführungen zu nötigen, noch dazu, ohne ihre Identität zu schützen, während er anonym im Hintergrund agierte und sich finanziell bereicherte. »Hat er dir jemals gedroht, dich umzubringen? Oder deiner Familie etwas anzutun?«, fragte Sandra.

»Er hat ein paarmal gesagt, dass er mich umbringt, wenn ich jemandem was verrate. Aber das hätte ich eh nie getan. Ich schäme mich viel zu sehr dafür …«

»Schon gut, Johanna. Du bist kein schlechter Mensch, nur, weil du einen Fehler gemacht hast. Hauptsache, du hast daraus gelernt und machst ihn nie wieder.« Noch einmal streichelte Sandra über das feine Haar des Mädchens.

»Haben Sie so was auch schon mal gemacht?«

Sandra räusperte sich. »Das nun nicht gerade. Aber jede Menge anderen Unsinn … Weißt du, dieser Mann, der dich auf der Plattform erkannt hat …«

»Wer ist dieser Mann?«

»Das darf ich dir nicht sagen. Aber er hat deine Eltern informiert«, sagte Sandra.

»Was?« Johanna löste sich aus ihrem Arm. »Meine Eltern haben ganz bestimmt nichts davon gewusst. Die Mama hätte mich umgebracht.«

Stattdessen war die Mutter selbst gewaltsam ums Leben gekommen. Womöglich, weil sich ihre Tochter mit dem falschen Mann eingelassen hatte. War das Mordmotiv damit geklärt? Würden sie demnächst den Täter überführen können? Fragte sich nur, wo der anonyme Brief geblieben war. Weder hatten sie diesen im Postkasten noch im Haus oder beim Altpapier sichergestellt. Hatte Walter Faschingbauer ihn gelesen und anschließend vernichtet? Ohne seine Tochter darauf anzusprechen? Und wie hatte der mutmaßliche Dreifachmörder davon erfahren, dass seine illegalen Machenschaften demnächst aufzufliegen drohten?

»Du bist sicher, dass nur ihr zwei von der Sache gewusst habt?«, fragte Sandra nach. Abgesehen von den Hunderten, womöglich sogar Tausenden Männern, die der 13-Jährigen zugeschaut, mit ihr Sexchats geführt und dafür bezahlt hatten.

Johanna nickte und nahm erneut Sandras Hand. »Ganz sicher. Nur er und ich haben es gewusst. Und jetzt wissen Sie es, Ihr Kollege und der Onkel Bernie. Mögen Sie mich trotzdem noch?«

»Verrätst du mir seinen Namen? Ich verspreche dir, er wird dir nichts tun.«

»Kommt er ins Gefängnis?«, fragte Johanna.

»Das nehme ich an.«

Johanna rang sichtlich mit ihrer Antwort. Einerseits glaubte sie, den Mann zu lieben, andererseits wollte sie nicht länger tun, was er von ihr verlangte und wofür sie sich schämte. Vor allem aber hatte sie offensichtlich Angst vor ihm.

»Ob du ihn nun liebst oder nicht, er hat dich missbraucht, Johanna. Er hat dir Gewalt angetan und dein Leben bedroht. Er wird es immer wieder tun, solange du ihn deckst. Ist denn nicht schon genug Unheil geschehen? Ich mache mir große Sorgen um dich.« Den letzten Satz hatte Sandra gar nicht aussprechen wollen. Auch wenn er der Wahrheit entsprach, durfte sie sich emotional nicht so stark auf das Mädchen einlassen. Das war ihr auch ohne Bergmanns warnende Worte bewusst.

Johanna rollte zur Seite, ihr Kopf kam auf Sandras Schoß zu liegen.

»Johanna, bitte sag mir jetzt seinen Namen. Ich weiß doch ohnehin schon, um wen es sich handelt«, behauptete Sandra.

»Echt?« Johanna sah sie von unten an. »Woher?«

»Als Polizistin bin ich ganz gut im Kombinieren. Du solltest mir jetzt also lieber seinen Namen verraten. Deiner Familie nützt es zwar nichts mehr, aber tu es einfach dir selbst zuliebe. Bestimmt wirst du dich nachher besser fühlen.«

»Sagen Sie seinen Namen zuerst. Dann hab nicht ich ihn verraten …«

»Hör auf mit den Kindereien. Solange du seinen Namen nicht aussprichst, kann ich dich nicht vor ihm beschützen.«

Johanna seufzte, den Blick auf die alte Lampe an der Holzdecke über dem Bett gerichtet. Schweren Herzens nannte sie endlich jenen Namen, mit dem Sandra schon gerechnet hatte. »War er es auch, den du in der Tatnacht im Schlafzimmer deiner Eltern gesehen hast, als er auf deine Mutter geschossen hat?«

»Ich weiß es nicht. Ehrlich nicht.«

»Aber du kannst es auch nicht ausschließen?«

Johanna verneinte. »Sie haben recht gehabt«, fuhr sie fort.

»Womit?«

»Es geht mir jetzt besser.« Johanna lächelte sie tapfer an. Sandra stellte fest, dass sich der Knoten in ihrem Magen ebenfalls aufgelöst hatte. »Danke, dass du mir dein Geheimnis anvertraut hast. Wenn dir noch etwas am Herzen liegt oder es dir schlecht geht, kannst du mich jederzeit anrufen. Du hast ja meine Handynummer«, sagte sie und lächelte zurück. Es war höchste Zeit aufzubrechen.

»Können Sie noch mit meinem Onkel reden, damit er nicht böse auf mich ist und niemandem was davon erzählt? Ich schwöre, dass ich noch Jungfrau bin.«

»Ich spreche mit ihm. Und keine Sorge, er ist dir bestimmt nicht böse.«

»Danke. Sie sind so lieb.«

»Alles wird gut«, versprach Sandra lächelnd, ehe sie Johanna allein im Zimmer zurückließ. Wenngleich ihre Familie nicht mehr lebendig und zumindest die nähere Zukunft von der Vergangenheit überschattet sein würde, hielt sie das Mädchen für stark genug, um nicht zu zerbrechen. Irgendwann würde Johanna das alles hinter sich lassen und ein glückliches Leben führen, wünschte sie ihr von ganzem Herzen.

# 4.

Routiniert griff Bergmann durchs offene Fenster, um das Blaulicht auf dem Dach des zivilen Dienstwagens zu montieren.

Nachdem Sandra die Zufahrtsstraße verlassen hatte, folgte sie der L431, so schnell es die Strecke und der Verkehr zuließen. Währenddessen informierte sie Bergmann in aller Kürze über Johannas Aussage und den Verdacht, der sich für sie daraus ergab.

»Du glaubst, David Maierhofer hat befürchtet, dass Johannas Eltern Anzeige erstatten und dass er auffliegen würde, was er durch deren Ermordung verhindern wollte. Klingt so weit plausibel«, resümierte Bergmann. »Aber wie hat er von diesem Vorhaben überhaupt erfahren, wenn nicht durch Johanna? Unwahrscheinlich, dass Schantl weiß, dass Maierhofer sie zu diesen Sexspielchen genötigt und ihn gewarnt hat.«

»Das glaube ich auch nicht.«

»Kann es sein, dass dir die Kleine nicht die ganze Wahrheit erzählt hat?«, fragte Bergmann.

Sandra setzte den Blinker, um den Kreisverkehr an der zweiten Auffahrt zu verlassen. »Halte ich für unwahrscheinlich. Johanna hat mir ihr Herz ausgeschüttet, was ihr bestimmt nicht leichtgefallen ist. Sie hat mir den Schuldigen genannt, der sie missbraucht hat. Warum sollte sie den Täter decken, wenn es um die Ermordung ihrer Familie geht?«

»Keine Ahnung. *Du* verstehst dich doch so gut mit ihr. Sag mal, kann es sein, dass du befangen bist? Soll ich dich von dem Fall abziehen?«

»Blödsinn. Nur, weil mir das Mädchen leidtut? Vielleicht hat Walter Faschingbauer einfach den richtigen Riecher gehabt und ist deswegen am Freitagnachmittag zu David Maierhofer gefahren. Nicht um über die Lebensversicherung zu sprechen, sondern um ihn mit seinem Verdacht zu konfrontieren. Immerhin gibt es doch dieses Gerücht, dass Johanna ein Verhältnis mit Maierhofer hat«, sprach Sandra eine mögliche Erklärung aus, die ihr eben in den Sinn gekommen war.

Bergmann kratzte sich am unrasierten Kinn. »Kann schon sein«, stimmte er ihr zu. »Wenn Bernhard Faschingbauer von dem Gerücht gewusst hat, ist es höchstwahrscheinlich auch seinem Zwillingsbruder zu Ohren gekommen. Am Freitagnachmittag könnte das zum Streit zwischen den beiden Männern geführt haben. Maierhofer hat Faschingbauer nicht gleich getötet, weil dessen Frau vermutlich auch Bescheid wusste. Stattdessen hat er die erstbeste Möglichkeit genutzt, um nach dem Konzert beide zu eliminieren. Alibi hat er keines für die Tatzeit. Vorausgesetzt, er hat die Nacht nicht doch mit diesem anderen Mädchen verbracht.«

»Das werden wir demnächst herausfinden«, zeigte sich Sandra zuversichtlich.

»Solange wir nicht sicher sein können, dass Maierhofer der gesuchte Dreifachmörder ist, bleibt Patrick Schantl als Verdächtiger auf jeden Fall auch noch im Rennen«, meinte Bergmann.

Sandra bremste den Wagen am Pöllauer Hauptplatz ab. Augenblicke später drückte Sandra mehrmals den Klingelknopf an der Gegensprechanlage. Nichts regte sich. Ebenso erfolglos wählte sie zuerst die Büro-, dann die Handynummer von David Maierhofer.

»Los, fahren wir.« Bergmann wandte sich ab, um zum Auto zurückzukehren.

»Nach Graz zur Vernehmung?«

»Nein. Schantl soll ruhig noch eine Weile schmoren. Zuerst fahren wir zu diesem Mädchen.«

»Verena Valeskini?«

»Genau zu der.«

»Reithofer wohnt mit seiner Familie in Pöllauberg«, erinnerte sich Sandra. »Die Adresse weiß ich aber nicht auswendig.«

»Ich kläre die Adresse gleich mit Miriam ab. Außerdem geht die Fahndung nach David Maierhofer raus.«

Sandra kurvte einmal um den Hauptplatz herum, nahm die Straße zurück zum Kreisverkehr, um hernach denselben Weg wie zuvor in die Gegenrichtung einzuschlagen und über die Zeil nach Pöllauberg weiterzufahren.

## 5.

»Selbstverständlich können Sie mit meiner Tochter sprechen. Entsetzlich, was da passiert ist …«, sagte Theresia Valeskini, nachdem sie die beiden LKA-Ermittler in ihr Haus gebeten hatte. Die moderne Einrichtung mit den klaren Formen passte in das Gebäude mit den großen Glasflächen, das erst vor Kurzem im schlichten Bauhausstil errichtet worden war. »Ich geh mal hinauf und geb der Verena Bescheid. Bestimmt hat sie wieder diese Stöpsel in den Ohren. Ist mir ein Rätsel, wie man mit Musik Hausübungen machen kann. Aber solange ihre Noten so gut sind, soll es mir recht sein. Gott sei Dank hört sie am liebsten Schlager und nicht diese grausliche Klubmusik, von der man Herzrasen bekommt.«

»Na, Gott sei Dank.« Bergmann lächelte die hübsche dunkelhaarige Frau an.

Die lächelte zurück, ehe sie sich abwandte und aus dem großzügigen lichtdurchfluteten Raum verschwand, der ihrer Familie als Wohnzimmer, Esszimmer und Küche zugleich diente.

Sandra hätte es gefallen, in einem ähnlich geschmackvollen Heim zu wohnen. Wenn sie erst einmal selbst eine Familie hatte. Allerdings musste ihr Haus am Stadtrand oder zumindest in der Nähe von Graz stehen, was sie sich höchstens nach einem fetten Lottogewinn oder an der Seite eines sehr wohlhabenden Mannes würde leisten können. Mit keinem von beiden war jedoch zu rechnen. Sich gemeinsam mit Paul zu verschulden, kam für sie nicht infrage. Oft genug hatte sie im Freundeskreis miterlebt, wie Beziehungen auseinandergingen und Häuser oder Wohnungen weit unter ihrem Wert verkauft werden mussten, damit jeder seiner Wege gehen konnte.

Hatte Bergmann eben »Gott sei Dank« gesagt? Jetzt erst sickerte die Bedeutung seiner Worte in Sandras Bewusstsein. Theresia Valeskini war längst außer Hörweite. »Deine Zehennägel werden dir demnächst abfallen«, meinte sie schmunzelnd. Sonst behauptete Bergmann nämlich immer, seine Zehennägel würden sich aufrollen, sobald er Schlager- oder Volksmusikklänge vernahm. Dass der alte Schürzenjäger auf einmal Gefallen daran heuchelte, konnte nur am attraktiven Äußeren der zierlichen Frau liegen. Ironisch hatte seine Aussage jedenfalls nicht geklungen.

»Mit der Zeit gewöhnt man sich eben an alles. Na ja, nicht wirklich … Möglicherweise werden nur meine Zehennägel hier im Steirerland immer kräftiger«, erwiderte er grinsend. »Was es leider ein bisschen mühsam macht, sie zu schneiden.«

»Bitte … Erspar mir die ekelhaften Details.«

»Ekelhaft? Meine Zehen sind perfekt.«

Sandra fasste sich an den Kopf. Fehlte nur noch, dass Bergmann sich an Ort und Stelle die Schuhe und Socken auszog. »Sascha, reiß dich zusammen«, warnte sie ihn.

»Jawohl, *Liebling*.«

Bergmanns Grinsen verschwand erst wieder aus seinem Gesicht, als er Stimmen vernahm. An der Seite ihrer Tochter betrat die Hausherrin den Raum.

Verena Valeskini hatte ebenso dunkle Haare wie ihre Mutter, nur trug sie diese um einiges länger, zu einem Zopf geflochten. Nicht minder auffällig waren ihre veilchenblauen Augen und die Sommersprossen, die sie wie ihre Statur ebenfalls von der Mutter geerbt hatte. Verena war zierlicher und bestimmt zehn Zentimeter kleiner als Johanna. Dadurch wirkte sie etwas kindlicher. Vor allem aber war sie sehr nervös.

»Macht es Ihnen etwas aus, wenn wir Ihre Tochter allein befragen?«, wandte sich Sandra an die Mutter.

»Warum? Wir haben keine Geheimnisse voreinander.«

»Bitte, Frau Valeskini … Wir holen lediglich Erkundigungen ein. Selbstverständlich können Sie auch hierbleiben, aber ich denke, es wäre im Sinne Ihrer Tochter, wenn Sie uns kurz mit ihr allein lassen. Natürlich nur, wenn du das auch möchtest, Verena.«

Das Mädchen hatte Farbe aufgezogen. »Lass uns allein, Mama!« Der Ton der Mutter gegenüber war unerwartet scharf. Kein Bitte, kein Danke. Nichts dergleichen.

Teenager-Eltern hatten es wahrlich nicht leicht, dachte Sandra. Jetzt erst fiel ihr die Zahnspange des Mädchens auf. In ihrer Kindheit waren festsitzende Regulierungen noch die Ausnahme gewesen und hatten unter Gleichaltrigen für Hohn und Spott gesorgt. Ihre Schulkollegin Franziska musste noch dazu eine mit Kopfzug tragen und war damit zur Außenseiterin abgestempelt. Die blieb sie dann auch ihr Leben lang, bis sie sich schließlich erhängte, ausgerechnet als Sandra und Bergmann ihren ersten gemeinsamen Mordfall in der Steirischen Krakau lösten.

»Wie du möchtest«, antwortete die Mutter zerknirscht. »Ich geh dann mal wieder in den Garten arbeiten, solange die Sonne noch nicht ganz verschwunden ist.«

Sandra wartete, bis die Frau das Haus verlassen hatte. »Setzen wir uns an den Esstisch?«, fragte sie Verena.

Die nickte. »Von mir aus.«

»Du weißt, warum wir deine Mutter weggeschickt haben?«

Verena zuckte mit den Schultern. »Wegen der Morde in der Zeil?«, blieb sie vage.

Dabei wusste das Mädchen ganz genau, was der Grund für ihren Besuch war, spürte Sandra. Es machte einen ebenso intelligenten wie verunsicherten Eindruck. Das war ihre Chance, zur Wahrheit vorzudringen. »Ich will nicht lange um den heißen Brei herumreden. Du warst am vergangenen Freitag mit David Maierhofer unterwegs, nicht wahr?«, kam sie direkt zur Sache.

Verena atmete genervt durch. »Wir waren zusammen beim Frühlingskonzert in der Naturparkarena«, gab sie zu. »Aber da läuft nichts zwischen uns. Echt nicht.«

Genau wie David Maierhofer bestritt sie, ein Verhältnis zu haben, ehe sie noch danach gefragt worden war. Ob sich die beiden abgesprochen hatten, überlegte Sandra. »Warum hast du deinem Vater dann erzählt, dass du mit einer Freundin unterwegs bist?«

»Das war ja zuerst auch so ausgemacht. Aber die Jenny ist am Tag vor dem Konzert plötzlich krank geworden. Genau wie ihre große Schwester, die uns fahren wollte. Ich hab dann den David gefragt, ob er mich mitnehmen kann. Ist doch kein Verbrechen, oder?« Verena stand ansatzlos auf und ging in die Küche.

Bergmanns Augenbrauen verrieten Sandra, dass ihn das Benehmen des Mädchens ebenso erstaunte wie sie.

»Die Planänderung hast du deinem Vater aber verschwiegen«, fuhr Sandra fort.

Verena hatte ihnen den Rücken zugewandt, während sie sich Saft einschenkte. Die beiden Polizisten zu fragen, ob sie auch etwas trinken wollten, kam ihr nicht in den Sinn.

»Der Papa hätte mich bestimmt nicht gehen lassen, wenn ich es ihm gesagt hätte. Er mag den David nicht besonders.« Mit dem Glas in der Hand setzte sie sich wieder zu ihnen an den Esstisch.

»Und du? Magst du ihn?«, fragte Sandra, während das Mädchen trank.

»Ja. Aber nicht, wie Sie denken …«

»Wie denke ich denn?«

»Ist mir ehrlich gesagt wurscht«, lautete die nächste patzige Antwort.

»Ich denke, dass du die Nacht bei ihm und nicht bei deiner kranken Freundin verbracht hast«, sagte Sandra.

»Beides ist nicht wahr«, protestierte Verena lautstark. Dabei setzte sie ihr Glas so hart auf der Tischplatte auf, dass ein wenig vom Saft das Holz bekleckerte. Ihn wegzuwischen, hielt sie offenbar nicht für nötig. Ob es unschöne

Flecken gab, war ihr wohl egal. Weder hatte diese Gitschen Umgangsformen noch zeigte sie einen Funken von Respekt.

»Wo warst du dann?«, fragte Sandra weiterhin ruhig.

»Na, daheim. Der David hat mich kurz vor Mitternacht vor dem Haus abgesetzt.«

»Du hast von Freitag auf Samstag also zu Hause geschlafen?«

»Ja.«

Dass ihre Aussage der Wahrheit entsprach, bezweifelte Sandra, auch wenn sich diese mit jener von Maierhofer deckte. Offenbar hatte er das Mädchen gründlich gebrieft. »Warum hat uns dein Vater dann etwas anderes erzählt? Du sollst erst am Samstag zu Mittag wieder nach Hause gekommen sein.«

»Wahrscheinlich hat er gar nicht bemerkt, dass ich in der Nacht heimgekommen bin. Es war finster im Haus, er hat bestimmt schon geschlafen. Ich hab mich extra bemüht, leise zu sein, damit ich ihn nicht aufwecke. Am Samstag bin ich dann später aufgestanden.«

»Wann?«

»Ich schätze, um viertel oder halb zwölf. Den Papa hab ich später in der Küche getroffen, da hat er schon das Mittagessen für uns vorbereitet.«

Gewiss gab es Väter, die nicht darauf achteten, ob und wann ihre minderjährigen Töchter nach Hause kamen, überlegte Sandra. Gernot Reithofer zählte ihrer Einschätzung nach aber nicht zu ihnen. »Weißt du was, Verena? Am besten rede ich mit deinen Eltern.« So sympathisch ihr Johanna war, so unsympathisch fand sie diesen verwöhnten Wohlstandsfratz, der ihr noch dazu unverschämt ins Gesicht log.

»Aber wozu? Glauben Sie mir nicht?«, erboste sich Verena.

»Ehrlich gesagt, nein. Wir werden deinen Vater nach Graz vorladen.«

»Nein! Bitte, verraten Sie meinen Eltern bloß nicht, dass ich mit dem David unterwegs war«, änderte sich auf einmal ihr Tonfall.

Sandra sah die Panik in ihren Augen. »Dann solltest du uns jetzt aber die Wahrheit sagen. Am besten beginnst du damit, wann und wo du dich vor dem Konzert mit David Maierhofer getroffen hast. Oder du sagst einfach überhaupt nichts mehr. Wir werden ihn sowieso noch einmal ausführlich befragen.«

Verena warf ihren Zopf zurück und verschränkte die Arme auf der Tischplatte. »Na schön«, gab sie sich geschlagen.

Wieder erzählte sie dasselbe wie Maierhofer, was Sandras Eindruck der Absprache noch verstärkte. Oder tat sie dem Mädchen unrecht? In diesem Fall wäre Bergmann aber eingeschritten. Der hatte bisher kein Wort mit dem Teenager gewechselt, diesen jedoch keine Sekunde aus den Augen gelassen.

»Was habt ihr denn vor dem Konzert in seiner Wohnung gemacht?«, wollte Sandra wissen.

»Musik gehört, Pizza gegessen und geredet«, erzählte Verena. »Der David ist voll lieb, nicht so deppert wie die Buben in der Schule.«

»Und am Abend seid ihr dann zusammen in die Naturparkarena zum Konzert gefahren«, wiederholte Sandra die Aussage des Mädchens.

»Ja.«

»Gibt es denn keine Gerüchte, wenn ein junges Mädchen wie du mit einem erwachsenen Mann dort auftaucht?«

»Es hat doch gar niemand gesehen, dass ich mit dem David gekommen bin. Wir sind ja nicht deppert. Er hat mich vorher aussteigen lassen, damit es keine Gerüchte gibt. Ich bin das letzte Stück zu Fuß hingegangen.«

»Hast du nicht selbst einmal das Gerücht verbreitet, dass Johanna Faschingbauer mit David Maierhofer liiert ist?«

»Liiert? Was heißt das?«

»Na, dass die beiden ein Paar sind.«

Verena zuckte gleichgültig mit den Schultern. »Damals war ich eifersüchtig auf sie.«

»Also stimmt dieses Gerücht gar nicht?«

»Nein. Ich gefalle dem David sowieso viel besser als die Johanna mit ihren schiefen Zähnen und dem fetten Hintern.«

»Johanna ist doch nicht fett«, entkam es Sandra. Schiefe Zähne waren ihr auch keine aufgefallen. Die Eckzähne traten etwas stärker hervor, als es vielleicht der kieferchirurgischen Norm entsprach. Genau die aber waren es, die ihrem Gesicht Charakter verliehen.

»Na ja, dünn ist sie aber auch nicht gerade«, erwiderte Verena.

Als ob das Gewicht das Maß aller Dinge wäre. Kein Wunder, dass bereits Teenager an Magersucht litten. »Was war nach dem Konzert?«, kam Sandra auf die Geschehnisse der Tatnacht zurück.

»Der David hat mich am vereinbarten Ort wieder abgeholt, bei einem Gebüsch abseits der Halle, damit niemand sieht, wie ich in sein Auto einsteig.«

»Und wo seid ihr dann hingefahren?«

Verena seufzte. Mit dem Ärmel ihrer Wollweste wischte sie nun doch die Saftreste von der Tischplatte, griff zu ihrem Glas und leerte es in einem Zug. »Wieder zu ihm nach Hause«, gab sie schließlich zu und leckte sich den Saft von der Oberlippe.

»Also hast du die Nacht bei ihm verbracht?«

Verena nickte. »Das dürfen Sie aber wirklich niemandem verraten. Auch ihm nicht.«

»Warum denn ihm nicht? Er weiß es doch«, mimte Sandra die Unwissende.

»Ich hab dem David schwören müssen, dass ich keinem was sag. Es wäre uns ja auch nie einer draufgekommen. Wenn nicht diese dämlichen Morde passiert wären.«

Als Gott die Empathie verteilt hatte, hatte Verena es wohl verabsäumt, aufzuzeigen. »Es ist nicht besonders schön, seine Familie zu verlieren«, sagte Sandra. »Tut dir Johanna denn kein bisschen leid?«

Verena schwieg und sah genervt zur makellos weißen Decke hinauf.

»Bist du verliebt in David Maierhofer?«

Verenas Wangen erröteten zart. Einmal mehr zuckte sie mit den Schultern.

»Wart ihr die ganze Nacht zusammen? Oder hat er irgendwann die Wohnung verlassen?«, fuhr Sandra fort.

»Er war die ganze Nacht in der Wohnung. Auf alle Fälle, bis ich eingeschlafen bin. Das muss so gegen halb drei gewesen sein.«

»Hattet ihr Geschlechtsverkehr?«

»Nein, er hat mich nicht angerührt. Dafür bin ich ihm noch zu jung. Er will warten, bis ich 16 bin.« Auch das schien sie zu nerven.

»Und bis dahin?« Sandra suchte ihren Blick.

Wieder folgte Schulterzucken, begleitet von einem Schnauben.

»Er hat nicht von dir verlangt, dass du dich vor seinen Augen ausziehst und dich selbst befriedigst? Und er hat dich auch nicht dabei gefilmt?«

Sandra wusste sofort, dass sie ins Schwarze getroffen hatte. Sogar die Sommersprossen des Mädchens verblassten schlagartig. Leider war damit auch ihre Zuversicht dahin, dass sie mit der Fahndung nach David Maierhofer dem gesuchten Dreifachmörder auf den Fersen waren.

## 6.

Als Sandra und Bergmann das Verhörzimmer betraten, hockte Patrick Schantl auf einem der Stühle, die für ihn sichtlich zu klein geraten waren. Besonders bequem waren sie auch für normalwüchsige Menschen nicht, wusste Sandra. Aber der Komfort spielte bei Vernehmungen kaum eine Rolle. Oder eben doch. In den meisten Fällen ließen sich bessere Vernehmungsergebnisse erzielen, wenn sich Tatverdächtige unwohl fühlten und möglichst rasch wieder fortwollten. Das war, wie so vieles in der Kriminalistik, statistisch belegt.

Patrick Schantl schien aber weder das harte Sitzmöbel noch das grelle Neonlicht zu stören. Sein Doppelkinn ruhte auf der Brust, die Hände entspannt in seinem Schoß. Sein Schnarchen erfüllte den fensterlosen kleinen Raum, in dem es viel zu heiß und stickig war. Der Mann war allen Ernstes eingeschlafen, obwohl ihm ein Kriminalbeamter gegenübersaß, der ihn beaufsichtigte.

»Ich hab ihn vorhin schon über seine Rechte aufgeklärt. Mit der Vernehmung wollte ich noch auf euch warten«, flüsterte Stefan Baumgartner und schlug die Aktenmappe zu. Wenigstens hatte er die Wartezeit mit dem Studium der Akte und nicht mit Zeitunglesen überbrückt, was bei anderen Kollegen in ähnlichen Situationen schon vorgekommen war.

»Haben wir schon Ergebnisse aus der KPU?«, fragte Sandra in Zimmerlautstärke.

Schantl schnarchte weiter.

»Der Schmauchspurentest ist schon mal positiv«, antwortete Stefan.

»Na, bitte«, sagte Bergmann.

»Er ist aktives Mitglied im Schützenverein und Jäger«, erinnerte Sandra die beiden Männer.

»Hm ... Seine Festplatte haben die Spezialisten noch in der Reißen«, fuhr Stefan fort. »Die DNA-Probe ist schon unterwegs ins Labor. Wird aber noch eine Weile dauern, bis wir die Ergebnisse haben. Siebenbrunner hat mir den ersten DNA-Abgleich für kommenden Dienstag versprochen.«

»Am Dienstag erst?«, fragte Bergmann nach.

»Wegen dem Ostermontag.«

»Ach so, ja ... Scheißfeiertage«, kommentierte Bergmann. Diesmal verbrachte der Chefinspektor Ostern nicht mit seiner Tochter in Wien, sonst hätte er sich bestimmt darauf gefreut, überlegte Sandra. Wenigstens hatte er nichts dagegen, dass sie an den Feiertagen dienstfrei hatte.

»Sind seine Fingerabdrücke schon abgeglichen?«, fragte Bergmann weiter.

»Soll ich mal nachfragen?«, erwiderte Stefan.

»Mach das. Und sorg dafür, dass ich frischen Kaffee bekomme«, verlangte Bergmann nach seiner üblichen Koffeindosis. Kaum hatte er Stefans Platz eingenommen, schlug er mit der flachen Hand auf die Tischplatte.

Sandra erschrak, ebenso wie Patrick Schantl, der aus dem Schlaf hochfuhr und fast von seinem Stuhl gekippt wäre. »Was? Wo …? Jessas! I muass eing'schlaf'n sein«, sagte er und gähnte. »Is ja voll überheizt da.« Er fasste sich an den offenen Hemdkragen.

Wo er recht hatte, hatte er recht. In der Polizeidirektion lief die Heizung noch immer auf vollen Touren. Die Fernwärme wurde nach dem Kalender, nicht nach den Außentemperaturen an- beziehungsweise ausgeschaltet. Einige der Thermostate, die die Zimmertemperaturen in den Räumen regeln sollten, waren schon eine ganze Weile defekt.

Schantl richtete sich auf dem Stuhl auf und streckte seine Arme und das Kreuz durch.

Sandra und Bergmann nahmen den Landwirt, der Johanna im Internet entdeckt hatte, noch mal ins Verhör, was kaum neue Erkenntnisse brachte. Das Einzige, was Schantl reumütig zugab, war, dass er sich schon öfters Pornos mit jungen Frauen auf seinem PC heruntergeladen hatte. Sowohl Fotos als auch Videos. Auf dieser Sexcam-Seite sei er aber zum ersten Mal gewesen, beteuerte er mehrmals, was seine Lage auch nicht verbesserte. Mit den Morden wollte er weiterhin nichts zu tun haben.

»Junge Frauen, sagen Sie? Verdammt!« Wieder landete Bergmanns Hand hart auf der Tischplatte, sodass die frischen Kaffeetassen, die inzwischen gebracht worden waren, auf den Untertassen klirrten. »Das sind Teenager, oftmals noch Kinder. Den Unterschied werden Sie spätestens dann kapieren, wenn Ihnen Ihre Mithäftlinge den Arsch aufreißen. Wird bestimmt nicht sehr angenehm für Sie im Gefängnis …«

Sandra warf Bergmann einen warnenden Blick zu. Das

Klingeln des Telefons stoppte schließlich seinen Wortschwall. Sie deutete ihm, abzuheben.

Bergmann lauschte dem Anrufer eine Weile, dann legte er auf. »Okay«, seufzte er. »Gehen Sie nach Hause und nehmen Sie sich einen guten Anwalt. Sie werden ihn demnächst brauchen.«

Sandra schaltete das Aufnahmegerät aus.

»Ungeschoren kommen Sie mir bestimmt nicht davon«, fügte der Chefinspektor hinzu. Er stand auf und nahm sein Sakko von der Sessellehne.

Schantl verließ den Verhörraum wie ein großer geprügelter Hund.

»Ich könnte solchen Wixern glatt die Eier abschneiden«, sagte Bergmann, sodass der Mann es beim Hinausgehen noch hören musste.

»Sascha, lass es gut sein«, beschwichtigte Sandra, als sich die Tür von außen schloss. »Warum hast du ihn denn jetzt so plötzlich gehen lassen?«

»Die Fingerabdrücke vom Postkasten am Tatort stimmen mit seinen überein.«

»Dann stimmt seine Geschichte mit dem anonymen Brief also.«

»Sieht so aus. Außerdem hat die Tatortgruppe bisher keinen einzigen Hinweis gefunden, dass er in der Tatnacht am Tatort war.«

»Stiefel und Helm hätte er inzwischen entsorgen können. Ebenso die Walther, falls er sie mitgenommen hat«, merkte Sandra an. »Aber er hat ein Alibi, auch wenn es von seiner Ehefrau stammt und damit nicht unbedingt stichfest ist.«

»Wir haben jedenfalls nichts in der Hand, um ihn noch länger festzuhalten.« Bergmann schwang sein Sakko über die Schulter und fuhr sich durchs wirre Haar. Noch einmal seufzte er.

»Seine Körpergröße passt auch nicht ins Täterprofil.«

»Eben. Ich habe extra noch mal mit dem Ballistiker gesprochen. Der Täter kann unmöglich so groß gewesen sein. Irrtum ausgeschlossen.«

»David Maierhofer liegt im passenden Größenbereich.«

»Den müssen wir aber erst einmal finden. Außerdem hat er inzwischen ein Alibi für die Tatnacht.«

»Und was machen wir jetzt?« Sandra griff nach der Aktenmappe, die inzwischen schon recht umfangreich war.

»Feierabend«, antwortete Bergmann frustriert. »Morgen sehen wir weiter.«

Sandra folgte ihm aus dem Verhörzimmer. »Soll ich dich nach Hause fahren?«

»Nicht nötig.«

Soweit sie sich erinnern konnte, hatte Bergmann dieses Angebot noch nie abgelehnt, wunderte sie sich auf dem Weg zur Treppe. Ihr sollte es recht sein. Auch sie würde ihren Arbeitstag für heute beenden. Vielleicht hatte Andrea Zeit für ein Häppchen und ein Glas Wein.

Was die Freundin wohl von ihren Wochenendplänen hielt? Inzwischen war sich Sandra nicht mehr sicher, ob es schlau war, diese in die Tat umzusetzen.

# 7.

Wie nicht anders erwartet, zeigte sich Andrea von Sandras erotischem Plan hellauf begeistert und riet ihr, diesen in die Tat umzusetzen. Ihre beste Freundin war noch nie ein Kind von Traurigkeit gewesen.

»Warum bin ich nicht längst auf diese geniale Idee gekommen?«, fragte sie, als Sandra sie beim Abendessen in der Innenstadt einweihte.

»Vielleicht, weil du geglaubt hast, ich würde mich auf etwas derart Verruchtes niemals einlassen?« Sandra nahm noch ein Stückchen Asmonte vom gemeinsamen Antipasti-Teller.

Andrea lachte auf und nippte an ihrem Glas. Ihre Wangen glühten. Ob das am schweren Barolo oder an ihrer Begeisterung lag, vermochte Sandra nicht zu beurteilen. Vielleicht ja an beidem. »Aber nein, meine Liebe. Ich kenne dich besser, als du glaubst. Ich weiß doch, dass du im Grunde deines Herzens ein sehr freizügiger und offenherziger Mensch bist. Auch wenn du das die meiste Zeit über sehr gut zu verbergen weißt.«

»Bei meinem Beruf kann ich mich leider nur ganz selten nach Lust und Laune verhalten«, erwiderte Sandra.

»Auch das ist mir klar. Allerdings hätt ich nicht gedacht, dass sich ausgerechnet dein sexmuffeliger Paul auf einen flotten Dreier einlässt.«

»Ich hätte es ihm ehrlich gesagt auch nicht zugetraut.«

»Andererseits: Wenn jemand potente Verstärkung gut gebrauchen kann, dann ist er es.«

»Sei nicht so gemein.«

»Na, weil's doch wahr ist.«

»Ja eh ... Ehrlich gesagt erhoffe ich mir, dass Paul dadurch auf den Geschmack kommt.« Dass ihr aktueller Mordfall sie überhaupt erst auf diese Idee gebracht hatte, behielt Sandra für sich.

»Eine praktische Sexualtherapie quasi. Wie geil ...« Andrea grinste breit.

»Könnte man so sagen ...« Nun grinste auch Sandra.

»Ist auf alle Fälle einen Versuch wert. Oder auch mehrere«, meinte Andrea. »Sollte der gewünschte Therapieerfolg bei Paul ausbleiben, kannst du ja jederzeit auf euren knackigen Lover zurückgreifen. Vorausgesetzt, er hält, was er verspricht.«

»Kommt nicht infrage. Das bleibt eine einmalige Angelegenheit. Ein Wochenende zu dritt, mehr nicht.« Sandra griff zu ihrem Weinglas.

»Na, ich weiß nicht«, sagte Andrea.

»Ich aber...«

»Bist du schon nervös?«

»Ich bin voll aufgeregt, wenn ich nur daran denke.«

»Nervenkitzel ist doch eh genau deins ...« Andrea hob ihr Glas. »Ich wünsche dir auf alle Fälle ein megageiles Wochenende. Möge die Therapie erfolgreich und die Orgasmen mit dir sein!«

»Nicht so laut«, warnte Sandra die Freundin zu spät.

Der Mann am Nebentisch blickte dermaßen interessiert herüber, dass ihn seine schmallippige Begleiterin unterm Tisch gegen das Schienbein trat. Zumindest schloss Sandra dies aus seinem schmerzverzerrten Gesichtsausdruck und seiner plötzlich gekrümmten Körperhaltung. Sie konnte nicht anders, als in Andreas herzerfrischendes Lachen einzustimmen, was ihnen weitere bitterböse Blicke ihrer Tischnachbarin bescherte.

Wenig später wurde der Mann zur Kasse gebeten, um anschließend von seinem hageren Gegenüber aus dem Lokal geschubst zu werden.

»Der Ärmste«, kommentierte Sandra seinen Abgang.

»Vielleicht steht er ja auf dominante humorlose Weiber, die ihm zeigen, wo's langgeht. Manche Männer brauchen so was ja.«

»Vermutlich muss er heute Abend im finsteren Keller auf dem kalten Boden schlafen, um für seine liederlichen Gedanken zu büßen.«

Andreas Lachen steckte Sandra einmal mehr an. In Momenten wie diesen schätzte sie sich besonders glücklich, eine derart lebenslustige Freundin zu haben, die für alles ein offenes Ohr hatte. Außer für ihren Job, der ein Tabuthema war. Aber dafür gab es ja Paul.

# KAPITEL 5

*Karfreitag, 18. April*

## 1.

Seit der Vernehmung von Patrick Schantl waren die Ermittlungen ins Stocken geraten. David Maierhofer war noch immer wie vom Erdboden verschluckt. Niemand wusste, wo er sich aufhielt. Weder die Leute vom Freizeitklub noch Johanna Faschingbauer oder Verena Valeskini. Auch die Eltern von Maierhofer, denen er seinen Osterbesuch kurzfristig abgesagt hatte, kannten den derzeitigen Aufenthaltsort ihres einzigen Sohnes nicht. Einige Handyortungsversuche sowie mehrere Anrufe der Kriminalpolizei waren bisher ergebnislos verlaufen. Das letzte zurückverfolgbare Lebenszeichen war eine Bargeldbehebung in der Höhe von 3.000 Euro, die Maierhofer im Foyer seiner Pöllauer Bank vor zwei Tagen vorgenommen hatte, was nahelegte, dass er entweder über Ostern verreist oder untergetaucht war, weil er ahnte, dass es eng für ihn wurde. Fragte sich nur, wo der Mann steckte? Das Bewegungsprofil seines Handys verriet den Ermittlern, dass er zwischen 15.32 und 15.37 Uhr von Pöllau in Richtung Pöllauberg unterwegs gewesen war. Danach war kein Signal mehr gesendet worden. Theoretisch musste er Sandra sogar auf der Landstraße entgegengekommen sein, während sie mit Blaulicht und Folgetonhorn von der Zeil nach Pöllau gerast war, um ihm einen Besuch abzustatten.

Sein Name fand sich auf keiner Passagierliste, es war auch kein Zugticket auf ihn ausgestellt worden. Entweder war er mit seinem Auto unterwegs, nach dem ebenfalls gefahndet wurde, oder er hatte eine Bahnkarte mit Bargeld an einem Bahnhofsschalter oder -automaten gelöst. Vielleicht war er aber auch mit jemandem mitgefahren.

So oder so, ohne die ausständige DNA-Auswertung des Labors kamen die Ermittler vorerst nicht weiter. Denn auch sonst gab es keine neuen Spuren oder Hinweise, die ihnen bei der Klärung der Faschingbauer-Morde weitergeholfen hätten.

## 2.

Am frühen Abend checkten »Angelika und Andreas Gruber« in ihrem Hotel im Apfelland ein und bezogen ein großzügig geschnittenes Doppelzimmer mit südseitigem Balkon, der auf einen bewaldeten Hang blickte. Sandra hatte die Fahrt durchs malerische oststeirische Hügelland genossen, auch wenn sich dieses erst in ein, zwei Wochen in seinem zauberhaftesten Gewand aus unzähligen duftenden, weißen Apfelblüten präsentieren würde. Schon jetzt glaubte sie, den Frühling riechen zu können. Das fröhliche Zwitschern der Vögel verstärkte dieses Gefühl. Da und dort machte sich bereits zartes Grün breit.

Abends gönnten sich Sandra und Paul ein viergängiges Menü mit Weinbegleitung im ausgezeichneten Hotelrestaurant. Dass der Karfreitag als strengster christlicher Fastentag galt, war beiden egal.

Sandra war schon vor Jahren aus der Kirche ausgetreten, unmittelbar nachdem sie von der Krakau nach Graz gezogen war. Auch dieser Schritt war für sie notwendig gewesen, um mit ihrer Vergangenheit abzuschließen.

Die Osterbräuche ihrer Kindheit waren ihr jedoch weitestgehend in guter Erinnerung geblieben. Sah man einmal davon ab, dass Mike sie fast die ganzen Ferien über mit seiner Osterratsche genervt hatte. Einmal fackelte er mit dem Weihfeuer, das die Buben am Morgen des Karsamstags vor der Osterspeisenweihe von Haus zu Haus trugen, beinahe die eigene Küche ab. Der Sachschaden war beträchtlich, doch die Mutter nahm ihrem heißgeliebten Sohn auch das nicht lange übel. Der Tochter hätte sie eine derartige Ungeschicklichkeit wohl bis heute nicht verziehen, war sich Sandra sicher.

Glücklicherweise spielten weder ihre Mutter noch Mike mehr eine Rolle in ihrem Leben, ebenso wenig wie die katholische Kirche und deren Zwänge und Verbote. Andernfalls wäre ihr Sündenregister an diesem Wochenende ins schier Unermessliche angewachsen. Wenngleich die nächste Beichte und die vorgeschriebenen Gebete sie von ihrer vermeintlichen Schuld ohnehin wieder erlöst hätten. So gesehen war diese Religion ja doch recht praktisch. Wäre sie nicht auf Schuldgefühlen und der Furcht vor ewigem Höllenfeuer begründet.

Dreamboy82 hatte seinen Besuch im Hotel für morgen Nachmittag angesagt, was Sandra stündlich nervöser werden ließ. Vermutlich war dies auch der Grund, warum sie zum Abendessen, ohne es zu wollen, über ein vernünftiges Maß hinaus trank. Auf dem Rückweg ins Hotelzimmer stützte sie sich sicherheitshalber auf Paul, um mit ihren Stöckelschuhen nicht umzuknicken. Dabei kuderte sie völlig grundlos vor sich hin, was ihr schon lange nicht mehr passiert war.

Paul fand es peinlich, dass sie sich so aufführte. Dabei war weit und breit niemand zu sehen. Weder im Aufzug noch am Gang. Dennoch ermahnte er sie mehrmals, sich zusammenzureißen. Wenigstens, bis sie in ihrem Zimmer waren. Dieser Spießer.

Lachend ließ sich Sandra auf das extrabreite Doppelbett fallen. »Ziehst du mich aus, Paul?«, fragte sie übermütig und warf ihre hochhackigen Pumps in hohem Bogen von den Füßen. Fast hätte einer der Schuhe ihn am Kopf getroffen.

»Tschuldige«, sagte sie und kicherte weiter.

Paul verdrehte die Augen, schüttelte den Kopf, hob ihre Pumps auf und stellte sie ordentlich neben seinen Schuhen an die Garderobe.

»Jetzt sei doch nicht so unentspannt«, sagte Sandra. »Ist doch Wochenende. Unser Liebeswochenende … Hab mich schon so drauf gefreut.«

»Wenn du dich weiterhin sinnlos betrinkst, wirst du nicht viel davon haben«, rügte Paul sie und setzte sich zu ihr aufs Bett.

»Du bist so …« Sie rang nach dem richtigen Wort.

»Na, was bin ich?« Er rückte seine Lesebrille zurecht und knöpfte ihre Bluse auf.

»So … humorlos. Jawohl, humorlos bist du.«

»Ich weiß. Und jetzt zappel nicht länger herum, sonst kann ich dich nicht ausziehen.«

Er redete mit ihr, als wäre sie eine seiner kleinen Töchter, fand Sandra, und sah ihm dabei zu, wie er ihr ein Kleidungsstück nach dem anderen vom Körper zog, bis sie schließlich nur noch in ihrer neuen, sündhaft teuren italienischen Reizwäsche vor ihm saß.

Anstatt sie in den schwarzen Spitzen gebührend zu bewundern und sich lüstern auf sie zu stürzen, wie es jeder normale Mann getan hätte, verstaute Paul ihr Gewand feinsäuberlich im Kasten. »Wozu hast du bitte schön deine Dienstwaffe mitgenommen?«, fragte er verwundert.

»Ist mir in Fleisch und Blut übergegangen.« Seit Mike sie damals in der Tiefgarage überfallen hatte, war ihre Glock fast immer dabei. Mittlerweile nicht mehr aus Angst, sondern eben aus Gewohnheit. Außerdem war sie als Polizistin auch außerhalb der Dienstzeiten verpflichtet, im Fall des Falles einzuschreiten, und durfte ihre Dienstwaffe daher auch privat mitführen.

»Du solltest sie in den Safe einsperren.«

»Das mach ich gleich morgen Früh.« Sandra rekelte sich provokant auf dem Bett.

»Und was soll die hier?« Mit spitzen Fingern angelte Paul ihre Perücke aus dem Kasten und streckte sie wie ein totes Tier von sich.

Sandra schüttelte sich bei dem Anblick vor Lachen. Eigentlich hatte sie mit dem Gedanken gespielt, die hellblonde Mähne das ganze Wochenende über zur Tarnung zu tragen, war sich dann aber doch kostümiert, vor allem aber viel zu auffällig vorgekommen. »Vielleicht steht unser Lover ja auf Blondinen. Oder du? Jetzt komm endlich her zu mir, Andreas«, sprach sie ihn mit seinem Decknamen an, während ihr keineswegs unbeabsichtigt ein BH-Träger von der Schulter rutschte.

Paul sah sie an, gab dann die Perücke zurück in den Kasten. »Ich geh erst einmal duschen«, sagte er und verschwand im Badezimmer.

So leicht gab sich Sandra nicht geschlagen. Sie wartete, bis sie Wasserrauschen hörte, zog ihre Wäsche aus und schlich ins Bad.

Paul bemerkte sie erst, als sie hinter ihm in der geräumigen Dusche stand. »Sandra! Du hättest mich fast zu Tode erschreckt«, beschwerte er sich.

»Dann werde ich wohl Wiederbelebungsmaßnahmen einleiten müssen.« Sandra kniete sich vor ihn hin. Das warme Wasser aus der Regendusche prasselte auf sie nieder.

»Du bist betrunken, Sandra«, protestierte Paul.

»Angelika«, korrigierte sie ihn. »Und ich bin höchstens beschwipst.« Sie wandte sich seinem sichtlich verschreckten Penis zu. Wenn sie sich da mal bloß nicht zu viel vorgenommen hatte.

# KAPITEL 6

*Karsamstag, 19. April*

## 1.

In weiser Voraussicht hatte Sandra nicht die Ballonfahrt zu Sonnenaufgang, sondern erst die spätere vor Sonnenuntergang gebucht. Selbst wenn sie am Abend zuvor nicht über ihren Durst getrunken hätte, wäre sie heilfroh gewesen, sich ausschlafen zu können. Kopfweh hatte sie keines, stellte sie fest. Alles andere würde eine Dusche und ein anständiges Frühstück mit gebratenem Speck und Ei einrenken.

Sie blinzelte, um ihre Augen gleich wieder zu schließen. Die Vorhänge waren aufgezogen. Noch war das Tageslicht viel zu grell. Sie tastete blind nach Paul auf der anderen Seite des Bettes, griff jedoch ins Leere. »Paul?«, murmelte sie und öffnete nun doch ihre Augen. Dabei horchte sie vergeblich auf Geräusche im Badezimmer. »Paul?«, fragte sie noch einmal lauter, als ihr sein Deckname wieder einfiel. »Andreas?«, setzte sie nach.

Wieder folgte keine Antwort.

Sandra wandte sich ihrem Nachtkästchen zu. Schon 9.48 Uhr, verriet ihr das Handy. War Paul etwa ohne sie frühstücken gegangen? Oder war er im Schwimmbad? Sie schlug die Bettdecke zurück und setzte sich auf. Ihr Blick fiel auf den Balkon.

Dort saß er, eingehüllt in einer Wolldecke, und telefonierte. Die Balkontür hatte er hinter sich zugezogen, sodass Sandra nicht hören konnte, was er sprach oder mit wem.

Sie stand auf und klopfte sacht ans Fenster, nackt, wie Gott sie geschaffen hatte.

Paul drehte sich um, lächelte und winkte ihr kurz zu, ehe er sich wieder abwandte und seinem Telefongespräch widmete.

Sandra beschloss, sich zu duschen und fürs Frühstück fertig zu machen. Sehr viel Zeit blieb ihr ohnehin nicht mehr. Das Buffet wurde pünktlich um 11.00 Uhr abgeräumt, damit das Restaurant fürs Mittagessen vorbereitet werden konnte. Das war ihnen schon beim Einchecken mitgeteilt worden.

## 2.

Das Mittagessen ließen sie ausfallen. Stattdessen umrundeten Sandra und Paul alias Angelika und Andreas den Stubenbergsee. Das prachtvolle Wetter hatte nicht nur sie hinausgelockt. Nach dem langen Winter zog es Jung und Alt in die Natur, um die ersten kräftigen Sonnenstrahlen dieses Frühlings zu genießen. Dabei waren sie nicht die einzigen Ausflügler, die die Strandpromenade nutzten. Um anderen Spaziergängern, Joggern, Skatern und Segway-Fahrern auszuweichen, zweigten sie schließlich auf einen weniger stark frequentierten Wanderweg ab.

Nach einem ausgiebigen Spaziergang und einem anschließenden Sonnenbad am Balkon ihres Hotelzimmers, wollte Sandra noch ein Nachmittagsschläfchen einlegen, bevor sie sich für die Heißluftballonfahrt bereit machte. Paul suchte indessen die Sauna des Hotels auf.

Nach 20 Minuten, in denen sie vergeblich versucht hatte, einzuschlafen, stand Sandra wieder auf. Mittlerweile war sie viel zu aufgeregt, um zur Ruhe zu kommen. Weniger wegen der Ballonfahrt als vielmehr wegen des erwarteten Besuchs. Kurz überlegte sie, Paul in der Sauna Gesellschaft zu leisten. Doch dann zog sie es vor, sich noch einmal zu duschen und ein dezentes Make-up aufzulegen, auch, um die leichte Sonnenröte auf Nase und Stirn zu kaschieren. Ihre etwas über kinnlangen Haare föhnte sie über die Rundbürste trocken. Leider hatte Paul die blonde Perücke bereits gestern entdeckt und ihr damit die geplante Überraschung verdorben. Aber egal.

Ihre Bobfrisur saß perfekt, ebenso die engen schwarzen Jeans, die sie für die bevorstehende Ballonfahrt anzog. Ihre Steppjacke nahm sie auf alle Fälle mit, auch wenn es dafür momentan viel zu warm war und sie auf der Homepage des Ballonfahrtunternehmens gelesen hatte, dass es an Bord nicht viel kühler als am Boden wurde. Nach Sonnenuntergang würde sie ihr bestimmt gute Dienste leisten.

Die Wartezeit auf Dreamboy82 wollte sich Sandra im Café des Hotels vertreiben und dort eine Kleinigkeit zu sich nehmen. Allmählich verspürte sie Hunger. Für Paul legte sie einen Zettel auf den Kopfpolster, der ihn informierte, wo sie sich aufhielt. Einmal mehr vergaß sie, das Holster mit ihrer Dienstwaffe in den Safe einzusperren.

# 3.

Sandra schenkte sich gerade die zweite Tasse Tee ein, als Paul im Café auftauchte. Seine Wangen waren rosiger als sonst. Entweder hatte er wie sie zu viel Sonne erwischt oder er war noch erhitzt von der Sauna. Ansonsten war er wie immer wie aus dem Ei gepellt, auch wenn er den üblichen Anzug gegen ein sportlicheres Outfit eingetauscht hatte, was ihm ebenso gut stand, fand Sandra. Einen exzellenten Geschmack hatte der Mann zweifellos, das musste man ihm lassen. Dass er nicht nur äußerlich, sondern durch und durch Gentleman war, schätzte sie besonders an ihm.

»Na, wie war's in der Sauna?«, erkundigte sie sich und legte das Magazin beiseite, in dem sie eben noch geblättert hatte.

»Herrlich.« Paul beugte sich hinunter, um sie auf die Wange zu küssen. Dann nahm er ihr gegenüber Platz. »Ich bin durstig«, sagte er. »Zum Essen könnte ich auch eine Kleinigkeit vertragen. Wie sieht es mit deinem Hunger aus?« Er griff zur Speisekarte, die am Tisch lag, und setzte seine Lesebrille auf.

»Ich hab mir gerade einen Ziegenkäse im Speckmantel bestellt«, sagte Sandra. »Viel mehr bringe ich momentan nicht hinunter. Einschlafen konnte ich vorhin auch nicht.« Sie lächelte vielsagend.

»Wieso? Bist du aufgeregt?«, fragte Paul und blickte kurz von der Karte hoch.

Sandra nickte. »Ein bisschen«, gab sie zu.

»Wegen der Ballonfahrt?«

Die Kellnerin kam ihrer Antwort zuvor und nahm seine Bestellung auf.

Sandra sah auf ihre Jaeger-LeCoultre, die Paul ihr zu ihrem letzten, halbrunden Geburtstag geschenkt hatte. Wann immer sie auf die schlichte goldene Herrenuhr aus den 1940er-Jahren mit dem schwarzen Lederband blickte, freute sie sich über das gute Stück, das sie sich schon so lange gewünscht hatte. Wenn Dreamboy82 pünktlich war, würde er in weniger als einer Dreiviertelstunde hier aufkreuzen. »Bist du denn gar nicht aufgeregt, Andreas?«, nahm sie die Unterhaltung wieder auf.

Paul grinste. »Warum? Ich bin doch schon mal mit einem Heißluftballon gefahren.«

»Und mit einem Mann warst du auch schon mal im Bett«, meinte Sandra beiläufig und nippte an ihrem Tee.

»Nein, das tu ich ja auch nur für dich«, sagte Paul, die Ruhe selbst.

Ob überhaupt irgendetwas sein Blut in Wallung oder ihn gar aus der Fassung bringen konnte, bezweifelte Sandra. Außer vielleicht seine Töchter. Bevor sie Paul gekannt hatte, hatte sie immer geglaubt, selbst ein kontrollierter Mensch zu sein, der seine Emotionen weitestgehend im Griff hatte. Paul übertraf sie jedoch bei Weitem. Dabei war er alles andere als gefühllos, wusste sie. »Du tust das nur für mich? Ich dachte, wir tun es für uns beide.«

»Ja, natürlich für uns beide, Angie«, korrigierte sich Paul mit einem Lächeln.

»Angie?«

»Nicht gut?«

»Angelika ist mir lieber. Ich mag keine Namensabkürzungen.« Wie Johanna Faschingbauer, fiel Sandra plötzlich wieder das Mädchen ein, das ihr so ähnlich war. Ob eine Tochter von Paul und ihr ihr auch so ähnlich sehen würde?

Die Kellnerin brachte Pauls Radler, den er in einem Zug bis zur Hälfte leerte. Mit seiner Serviette wischte er sich den Schaum vom Mund. »Okay, Angelika«, sagte er. »Ist Sandra denn nicht die Kurzform von Alexandra?«

Sandra schob den Gedanken an Johanna und die eigene zukünftige Tochter beiseite. »Ja. Aber kein Mensch hat mich jemals so genannt. Ich hab erst in der Volksschule kapiert, dass Sandra eine Abkürzung ist und ich eigentlich Alexandra heiße. Scheiße …«

»Na, so schlimm ist das ja nun auch wieder nicht.«

»Doch nicht das … Ich glaube, dort steht er.« Sandra versteckte sich blitzartig hinter Paul, der nunmehr mit seinem Körper den Blick durch die Glastür des Cafés auf den Mann an der Rezeption verdeckte. Vorsichtig lugte sie an Paul vorbei, um den Gast, der soeben eincheckte, möglichst unauffällig beobachten zu können. »Das ist er ganz bestimmt. Dreh dich bloß nicht um«, warnte sie Paul. Ihre Herzfrequenz war spürbar erhöht.

Paul lachte. »Warum denn nicht? Ich hab doch ohnehin schon fast alles von ihm gesehen. Zumindest auf den Fotos. Schaut er live auch so gut aus?«

Sandra nickte. »Er steht zwar nicht nackt an der Rezeption«, scherzte sie, »aber was ich bisher so sehe, kann er Adonis locker das Wasser reichen.« Nur die Lockenpracht, mit denen der Gott der Schönheit auf antiken Artefakten zumeist dargestellt wurde, fehlte ihm. Aber Sandra gefielen die kürzeren, glatten Haare ohnehin viel besser.

»So schön also«, meinte Paul, der ihrer Bitte weiterhin folgte und sich noch immer nicht umdrehte.

Als der junge Mann kurz in ihre Richtung blickte, spürte Sandra, wie sich ihre Wangen röteten. Wieder suchte sie Deckung hinter Paul.

»Du weißt aber schon, dass wir hier nicht verdeckt ermitteln, sondern Urlaub machen«, meinte er amüsiert.

Ausgerechnet jetzt servierte die Kellnerin ihr Essen. Als sie sich wieder vom Tisch entfernte, sah Sandra den groß gewachsenen, breitschultrigen Mann beim Aufzug stehen. Sein schwarzer Rollkoffer wirkte wie ein Kinderspielzeug neben ihm. Schließlich verschwand dieses hinter ihm im Fahrstuhl.

»Guten Appetit«, sagte Paul.

Sandra schluckte. »Danke, den habe ich jetzt«, sagte sie und meinte damit bestimmt nicht ihren Ziegenkäse im Speckmantel. »Ich hoffe, du auch, mein Lieber«, fügte sie hinzu.

## 4.

Durch die Glaswand sah Sandra den jungen Mann näher kommen. In natura war er sogar noch fescher als auf den Fotos, dachte sie, während er Ausschau nach dem unbekannten Paar hielt, mit dem er das Osterwochenende verbringen wollte. Kaum hatte Adonis das Café betreten, trafen sich ihre Blicke. Sandra nickte ihm zu und lächelte.

Ebenfalls lächelnd strebte er auf sie zu. »Duograz?«, fragte er, um sich zu vergewissern, dass er es mit den richtigen Leuten zu tun hatte.

Sandra bejahte und streckte ihm die Hand entgegen, ohne aufzustehen. »Angelika«, stellte sie sich vor, während er diese kräftig schüttelte.

»Leonhard«, nannte Adonis seinen echten Namen. Oder auch nicht. Aber das spielte keine Rolle. »Leo reicht völlig«, fügte er an.

Paul stand auf, um Leo zu begrüßen. »Andreas. Sehr erfreut«, sagte er galant. Mit seinen 1,86 Metern und der schlanken Statur wirkte er beinahe schmächtig neben dem jüngeren Mann, der ihn um einige Zentimeter überragte und offensichtlich zahlreiche Trainingsstunden mehr auf dem breiten Buckel hatte.

Die Cobra hätte ihre helle Freude mit solchen Gardemaßen gehabt, überlegte Sandra. Aber nicht nur die. Wie sie selbst schien auch Paul vom Anblick des jungen Mannes angetan zu sein.

»Setz dich doch zu uns und bestell dir was zu trinken. Wenn wir in einer halben Stunde aufbrechen, sind wir immer noch pünktlich in Schielleiten«, sagte er.

Allem Anschein nach gab es nunmehr eine dritte mögliche Erklärung, weshalb Pauls Wangen glühten.

## 5.

Wenige Minuten vor 18.00 Uhr fanden sich Angelika, Andreas und Leo auf der Ballonstartwiese vor Schloss Schielleiten ein. Der Adel war längst aus dem prachtvollen Barockschloss ausgezogen. Vor rund 80 Jahren hatte die Republik Österreich das Anwesen seinem letzten privaten Besitzer, einem in der Weltwirtschaftskrise verarmten Industriellen, abgekauft. Seither diente es mit kurzen Unterbrechungen im und nach dem Zweiten Weltkrieg in erster Linie dem Sport. Sandra war im Zuge ihrer Polizeiausbildung selbst im Bundessport- und Freizeitzentrum gewesen und hatte zusammen mit ihren Schulkollegen die Sportanlagen und Trainingsmöglichkeiten genutzt. Zudem war Schielleiten mehrfach Austragungsort von Heißluftballon Europa- und Weltmeisterschaften gewesen, wusste sie. Auch die Ballontouristen durften hier starten. Der Landeplatz war hingegen ungewiss, zumal die Fahrtrichtung nahezu ausschließlich vom Wind bestimmt wurde.

Sandra hatte ein mulmiges Gefühl. Dies nun nicht mehr wegen Leo, der ihnen erfrischend unkompliziert und freundschaftlich begegnete, als würden sie sich schon ewig kennen, sondern vielmehr wegen der bevorstehenden Ballonfahrt. In einem wackeligen Weidenkorb abzuheben und hoch über Baumwipfeln, Häusern, Hügeln und Äckern zu schweben, angetrieben von heißer Luft, flößte ihr doch Respekt ein. Auch Leo war noch nie in einem Heißluftballon gefahren. Während sie immer ruhiger wurde, scherzte er in einer Tour. Paul schien sich prächtig über ihn zu amüsieren. So viel lachen hatte ihn Sandra selten gesehen und gehört.

Gemeinsam mit fünf anderen Fahrgästen, allesamt ältere Semester, gingen sie dem Piloten und seinem Helfer zur Hand, um ihr Luftschiff startklar zu machen. Zuerst wurde der Korb vom Anhänger des Begleitfahrzeuges gehievt, dann zur Seite gekippt, der zusammengefaltete Ballon vollständig ausgebreitet und mit dem Korb verbunden, ehe der Ventilator ins Spiel kam, der den Ballon mit Luft füllte.

Außer ihrer Truppe waren noch drei weitere Ausflugsteams auf der weitläufigen Startwiese beschäftigt, die wie sie demnächst abheben würden. Entsprechend hoch war der Geräuschpegel der Ventilatoren. Zuletzt feuerte ihr Pilot die Luft im Ballon mit etwas Gas an, um sie zu erwärmen, was diesen von der Horizontalen in die Vertikale steigen ließ. Schließlich richtete er den Korb auf, damit er und die Fahrgäste über Trittlöcher im Geflecht einsteigen konnten.

Ihr Ballon hob als Erster ab und zog langsam, gleichsam majestätisch über Schloss Schielleiten hinweg. Die anderen folgten ihnen in sicherem Abstand, nach und nach. Während sie an Höhe gewannen, verflog Sandras Aufregung allmählich. Der Blick von hoch oben auf die winzigen bäuerlichen Siedlungen, Äcker, Wiesen und Obstgärten unter ihnen beeindruckte sie mehr, als sie es sich vorgestellt hatte. Zudem war es unerwartet windstill und ruhig in der Luft. Sogar Leo hatte sein Dauergeschwätz eingestellt und schaute nun wie alle Passagiere andächtig über die lieblich anmutende Spielzeuglandschaft.

Ab und zu erklärte ihnen der Pilot, wo sie gerade waren, was er tat und warum. Oder er sprach sich über sein Funkgerät mit dem Fahrer ihres Begleitfahrzeuges ab, das ihnen bis zur Landestelle folgen und sie nach der Landung nach Schielleiten zurückbringen würde. Zwischendurch fauchte die Gasflamme lautstark, wann immer er den Ballon über einen Hebel befeuerte, um die Höhe zu justieren.

Sie überquerten den Stubenbergsee. Linkerhand lag Schloss Herberstein mit seiner Tierwelt, in der es sowohl einheimische als auch exotische Tiere zu bewundern gab. Trotz der Vogelperspektive konnte Sandra jedoch keines von ihnen entdecken. Dafür war das Schloss mit seiner großzügigen Gartenanlage umso deutlicher zu erkennen.

Die ganze Zeit über wurden sie vom eigenen Schatten und jenen der anderen Ballone hinter ihnen verfolgt, während sie der tief stehenden Abendsonne entgegenfuhren. Nicht mehr lange, dann würde diese untergehen.

Ein Sprung Rehe nahm sie wahr, der vor der vermeintlich drohenden Gefahr in den nahen Wald flüchtete.

Paul legte seinen Arm um Sandras Schulter und küsste sanft ihr Haar. Auf der anderen Seite rückte ihr Leo näher und nahm wie selbstverständlich ihre Hand. Sie hatte nichts dagegen. Im Gegenteil: Es fühlte sich vertraut und richtig an.

Was die Pensionisten oder der Pilot über die Frau mit der großen schwarzen Sonnenbrille dachten, die sich gleich mit zwei Männern vergnügte, war ihr egal. Sie war jetzt Angelika. Abenteuerlustig, sinnlich und begehrenswert. Auch ohne die Perücke.

Sandra Mohr war auf dem Boden zurückgeblieben, wo sie hingehörte. Angelika Gruber würde auch nach der Landung auf Wolke sieben schweben, das Leben und die Liebe in vollen Zügen genießen, weder an Mord und Totschlag noch an Sascha Bergmann denken. Solange, bis sie der Alltag wiederhatte.

## 6.

»Knia di her do«, sagte der Pilot zu Angelika.

Sandra folgte seiner Anweisung und kniete sich vor ihm nieder. Wie allen Fahrgästen, die an diesem Abend ihre erste Ballonfahrt absolviert hatten, sengte er ihr mit dem

Feuerzeug die Spitzen einer Haarsträhne an. Der Geruch nach verbranntem Horn stieg ihr in die Nase. Kurz darauf spürte sie den kalten Sekt auf ihrer Kopfhaut, mit dem symbolisch gelöscht, gleichzeitig getauft wurde. Mit der Überreichung ihrer Urkunde war Angelika Gruber offiziell in den Adelsstand erhoben und durfte sich fortan »Gräfin Angelika von den Strahlen der Abendsonne umgarnte Luftlady zu Schloss Schielleiten« nennen. Ob das Adjektiv nur ein Zufall war?

Der Brauch stammte jedenfalls aus den frühesten Tagen der Luftfahrt, hatte ihnen der Pilot nach der Landung erklärt. Weil sich damals ausgerechnet ein todesmutiger Bürgerlicher bereit erklärt hatte, einen Testflug im Heißluftballon für den französischen König zu absolvieren, sich dabei aber zwangsläufig über ihn und alle anderen Blaublütigen erhoben hatte, wurde ihm gleich nach der Landung ein Adelstitel verliehen, damit alles wieder seine Ordnung hatte.

Einzig Paul, der wahrheitsgetreu angegeben hatte, schon zuvor Ballon gefahren zu sein, wurde nicht getauft, sondern bekam stattdessen den Titel eines Erzherzogs verliehen. Gut, dass sie seinen bürgerlichen Namen nicht überprüften. Andererseits hatte sich unter den Fahrgästen des Ballonunternehmens höchstwahrscheinlich auch schon einmal ein Andreas Gruber befunden. So ausgefallen war der Name ja nun nicht. Genau deswegen hatten sie ihn als Decknamen gewählt.

# 7.

Kurz vor drei viertel zehn kehrten das Ehepaar Gruber und ihr Begleiter ins Hotel zurück.

»Hat Ihnen die Ballonfahrt gefallen?«, erkundigte sich die Rezeptionistin, die für den Nachtdienst eingeteilt war.

»Es war einfach himmlisch«, antwortete Sandra gut gelaunt.

»Das freut mich«, sagte die Frau und wünschte den Gästen eine gute Nacht.

Kaum hatte sich die Aufzugtür hinter den Dreien geschlossen, zog Leo Sandra zu sich heran. Während sie sich küssten, spürte sie, wie sich Paul von hinten an ihre Kehrseite schmiegte. Er atmete hörbar schneller, während er sich an ihr rieb.

Der Lift war längst im dritten Stock angelangt, als sich Leos Lippen von Sandras lösten. Sein Kuss schmeckte vielversprechend und hatte seine Wirkung auf ihre Libido nicht verfehlt. Am liebsten wäre Sandra an Ort und Stelle zur Sache gekommen. Das Risiko, als Polizistin wegen Erregung öffentlichen Ärgernisses belangt zu werden, war ihr dann aber doch zu hoch.

»Ich mach mich kurz frisch und komm dann gleich zu euch ins Zimmer«, schlug Leo vor.

»304«, sagte Paul und zog Sandra an der Hand aus dem Fahrstuhl.

»Bis gleich«, versprach Leo und fuhr sich lächelnd durchs Haar.

»Willst du es denn noch?«, fragte Paul sie auf dem Weg zum Zimmer.

»Und wie«, antwortete Sandra. »Ich finde ihn geil.« Und sie war es auch. »Was ist mit dir?«

»Ich halte mein Wort.«

Sandra grinste. Dass er Leo sympathisch fand, war von Anfang an nicht zu übersehen gewesen.

»Bist du wirklich nicht eifersüchtig, wenn du uns dabei zuschaust?«

Paul öffnete die Zimmertür. »Nein. Ich finde das sehr erotisch.«

Erotisch. Und das aus seinem Mund. Sandra konnte es kaum fassen.

Paul schloss die Tür hinter sich und küsste sie. Nicht ganz so leidenschaftlich, wie Leo es vorhin getan hatte, aber doch um einiges stürmischer als sonst.

»Machst du uns einen Wein auf?«, fragte Sandra, ehe sie ins Badezimmer verschwand.

Paul hatte vorsorglich eine Flasche Muskateller in der Minibar eingekühlt. Zwei weitere warteten auf dem Balkon ihres Zimmers.

Sandra trocknete sich gerade ab, als Paul zu ihr ins Badezimmer kam und ihr das Badetuch aus der Hand nahm.

»Dreh dich um«, sagte er und rieb ihr den nassen Rücken trocken. Er küsste ihren Hals, hängte dann das Badetuch auf die Stange zurück. »Ziehst du deine heißen Dessous wieder an?«, fragte er. »Die gefallen Leo ganz bestimmt.«

Dann war ihm ihre neue Spitzenunterwäsche also doch aufgefallen. »Du hast noch lange nicht alles gesehen«, sagte Sandra. Sie hatte nicht nur drei aufreizende Wäschesets und passende Strümpfe erstanden, sondern auch ein Paar schwarze Pumps mit viel zu hohen Stiftabsätzen. Alles zusammen hatte sie fast ein Monatsgehalt gekostet. Aber das war ihr der Spaß allemal wert. »Lass dich überraschen.«

Paul verschwand in der Dusche.

Sandra war rasch angezogen. Viel war es nicht, dass sie nunmehr am Körper trug. Aber das Bisschen konnte sich sehen lassen. Sie stieg in ihre hochhackigen Pumps. Längere Strecken hätte sie damit nicht bewältigen wollen, aber für ihre Zwecke waren sie perfekt. Sie nahm eines der Gläser, die Paul mit Muskateller gefüllt hatte und genehmigte sich einen Schluck.

Paul pfiff anerkennend durch die Zähne, als er aus dem Bad kam, das weiße Handtuch um seine schmalen Hüften geschlungen.

Sandra stellte das Weinglas ab und betrachtete ihre Kehrseite im großen Spiegel, als es an der Tür klopfte.

Paul trat zurück ins Bad. »Machst du ihm auf?«, fragte er. »Ich bin gespannt, wie er auf deinen Anblick reagiert.«

Sandra war bereits an der Tür und öffnete diese.

Ein Zimmerkellner stand mit einem Servierwagen vor ihr, darauf ein Sektkübel und Gläser. Er sah sie mindestens so überrascht an wie sie ihn, ehe er seinen Blick diskret senkte. »Ähm … Zimmerservice«, stammelte er, als ob das nicht klar ersichtlich gewesen wäre.

Hätte er das nicht schon beim Anklopfen laut und deutlich sagen können, damit sie vorgewarnt war?

»Ist der, ähm …« Sandra kreuzte die Arme vor der Brust, als hätten die feinen Spitzen nicht auch an anderen Stellen verführerische Einblicke gewährt. »Ist die Bestellung für uns? Zimmer 304?«, fasste sie sich wieder.

Angelika Gruber kannte keine Scham vor fremden Männern. Warum auch? Sie war begehrenswert, hatte nichts zu verbergen oder zu verlieren. Der junge Bursche war außerdem ganz schnuckelig, überlegte sie. Wie er so verlegen von einem Bein aufs andere trat, umständlich auf den Beleg am Servierwagen starrte und sich schon wieder räusperte.

Jetzt erst zählte Sandra drei Gläser auf dem Tablett.

»Zimmer 304«, bestätigte der junge Mann. »Sie brauchen nur mehr unterschreiben. Die Rechnung geht auf ein anderes Zimmer.« Seine Stirn glänzte, ihm war sichtlich heiß geworden.

Befürchtete er etwa, dass sie sich gleich auf ihn stürzen würde? Das Kerlchen war ja wirklich putzig. Ein bisschen jung vielleicht, aber alt genug.

»Das geht schon in Ordnung«, unterbrach Paul, der nun hinter ihr stand, ihre schmutzigen Fantasien.

Was war nur in sie gefahren, wunderte sich Sandra über sich selbst. Sie machte Platz für den Servierwagen, den der Kellner nun in ihr Zimmer schob. Paul folgte ihm mit nacktem Oberkörper und Handtuch um die Hüften bis zur Fensterfront, wo der Jüngling den Wagen abstellte. Dort beugte sich Paul über die Rechnung und unterschrieb, während Sandra noch immer im Vorraum stand und die Männer beobachtete. Beide sahen heiß aus. Der kleine Blonde in seiner Uniform, der ihr einen verstohlenen Blick zuwarf. Und Paul, dessen knackige Pobacken sich unter dem Handtuch deutlich abzeichneten. Sandra warf sich in Pose, als der Zimmerkellner an ihr vorbeihuschte, um mit dem leeren Servierwagen schleunigst das Weite zu suchen. Lachend schloss sie hinter ihm die Tür.

Paul hob die Serviette vom Sektkübel, um nach der Marke zu sehen. »Sehr aufmerksam von Leo«, meinte er, als es schon wieder an der Tür klopfte. »Soll ich diesmal aufmachen?«, fragte er.

»Nein, nein. Ich mach das schon«, erwiderte Sandra, die sich näher bei der Tür befand als er.

Leo stand mit seinem Koffer vor ihr.

Sie grinste ihn an, ohne beiseitezuweichen. »Willst du bei uns einziehen?«, konnte sie sich die Frage nicht verkneifen.

Leos Blick wanderte über ihren Körper. Ihm schien zu gefallen, was er sah. »Ich hab nur ein bisschen Spielzeug mitgebracht. Man weiß ja nie, was man so alles brauchen kann«, antwortete er. »Willst du mich nicht hereinlassen?«

Sandra gab den Weg frei. Hoffentlich plante Leo keine »Shades of Grey«-Spielchen. Dass Paul und sie nicht auf so etwas standen, hatte sie ihm schon vorab geschrieben. Ein wenig besorgt folgte sie ihm ins Zimmer, noch immer rätselnd, was sich wohl in seinem Koffer befand. Den stellte er nun in einer Nische zwischen Kasten und Schreibtisch ab und musterte sie noch einmal genüsslich. »Du siehst voll geil aus, Angelika.«

»Danke, gleichfalls«, murmelte Sandra, der spontan keine bessere Antwort einfiel. Sie war noch nie eine große Verbalerotikerin vor dem Herrn gewesen.

Das Ploppen des Sektkorkens lenkte ihrer beider Aufmerksamkeit auf Paul.

Leo ging auf ihn zu, während Paul einschenkte. »Du kannst dich aber auch sehen lassen, Andreas.«

»Vielen Dank … für den Sekt«, fiel auch Paul keine besonders originelle Antwort ein.

»Gerne, mein Lieber.« Leo stellte sich hinter ihn, strich ihm sanft über Schulter und Rücken.

Paul gab sich seiner Berührung hin, ohne zusammenzuzucken oder zu verkrampfen, wie Sandra es erwartet hatte. Als hätte ihn Leo hypnotisiert, staunte sie.

Er stellte die Flasche ab und drehte sich um. Der jüngere Mann trat ein paar Schritte zurück, knöpfte langsam sein Hemd auf, während seine Hüften leicht kreisten. Seine Muskeln waren gut definiert, jedoch nicht übertrieben voluminös wie bei manchem Bodybuilder, fand Sandra. Die Fotos hatten wahrlich nicht zu viel versprochen.

Sandra und Paul konnten nicht anders, als seinen geschmeidigen Bewegungen gebannt zu folgen, bis sein Hemd zu Boden glitt.

Paul wandte sich nach den Sektgläsern um, reichte Leo eines, Sandra das zweite. Seine Erregung konnte das Handtuch um die Hüften nicht verbergen. Was Sandra nur äußerst selten, mit großer Geduld und Liebe für einen viel zu kurzen Zeitraum zu Stande gebracht hatte, stand auf einmal wie von selbst.

Die Sektgläser klirrten aneinander.

Der kühle Schaumwein prickelte Sandras trocken gewordene Kehle hinunter.

Mit aufreizenden tänzerischen Bewegungen öffnete Leo schließlich seinen Gürtel, zog Stück für Stück aus, was er noch anhatte, bis auf seine hautengen schwarzen Shorts.

Jeder Chippendale-Fan hätte seine beziehungsweise ihre helle Freude an der Vorführung gehabt, dachte Sandra, die sich nicht minder am Anblick des makellosen Männerkörpers erfreute.

Pauls Handtuch war inzwischen gefallen. Das Darunter stand noch immer ungewohnt stramm. Die beiden Männer sahen sich an, ohne sich einander zu nähern. Leo fasste sich an den Schritt, rieb langsam über die schwarze Baumwolle seiner Shorts. Dass er gut bestückt und ebenfalls erregt war, war nicht zu übersehen. Ebenso lasziv wie alles andere legte er auch noch das letzte Stück Stoff ab. Dann nahm er beide Gespielen an der Hand und führte sie zum Bett.

Sandra holte zwei Kondome aus ihrer Nachttischlade.

»Lass mich das machen«, sagte Leo und nahm ihr beide ab. Paul lehnte sich zurück und ließ ihn gewähren.

Was in den nächsten Stunden folgte, war der aufregendste Sex, den Sandra je erlebt hatte. Dabei hatte sie schon einige intensive Höhepunkte genossen, auch wenn diese eine ganze Weile zurücklagen. Wenigstens jene, die sie sich nicht selbst verschafft hatte.

Dass sich auch Paul und Leo immer wieder küssten, war anfangs ein gewöhnungsbedürftiger Anblick für sie, wenngleich das noch das Harmloseste war, was sie in dieser Nacht miteinander trieben.

# KAPITEL 7

*Ostersonntag, 20. April*

## 1.

Als Sandra erwachte, schlief Paul neben ihr. Sein Atem ging ruhig und gleichmäßig. Dic Vorhänge waren zugezogen. Im Dämmerlicht konnte sie wenig mehr als Umrisse erkennen. Beim plötzlichen Gedanken an die letzte Liebesnacht durchzuckte sie ein wohliger Schauer, der ihre Lust von Neuem entfachte. Sie drehte sich auf die andere Seite.

Wo war Leo? Es war ihr nicht aufgefallen, dass er das Zimmer verlassen hatte. Erschöpft und zufrieden war sie vor einigen Stunden zwischen ihren beiden Liebhabern eingeschlafen.

Zum ersten Mal, seit sie und Paul zusammen waren, hatte er so richtig seinen Mann gestanden. Auch wenn er es mit Leos Liebeskünsten noch lange nicht aufnehmen konnte. Der hatte ihnen beiden zu ungeahnten Höhepunkten verholfen. Mit allem anderen als Blümchensex.

Sandra drehte sich wieder zu Paul um, wollte sich an seinen warmen Körper schmiegen, als sie plötzlich ein vertrautes Geräusch im Raum wahrnahm. Mit einem Mal war sie hellwach, richtete sich auf, schaute zum Kasten, von wo das Klicken hergekommen war.

Die Silhouette des fast nackten Mannes kam näher. Warum trug er einen Helm? Und Stiefel? Sandra wollte ihn ansprechen, brachte jedoch keinen Ton hervor. Die Pistole zielte auf sie. Starr vor Angst saß sie einfach nur da, wagte es kaum zu atmen.

Er setzte sich neben sie auf die Bettkante. »Leg dich hin«, flüsterte er. Mit der kalten Waffe fuhr er über ihre Wange, den Hals und die nackten Brüste. Unter seinem schwarzen Feuerwehrhelm konnte sie ihn grinsen sehen.

Ihr Herzschlag setzte einen Moment lang aus. Bestimmt schlief sie noch, träumte das alles nur. Das Bild des toten Ehepaares in Pöllau drängte sich blitzschnell in ihr Gedächtnis.

War es möglich, dass der Mörder, nach dem sie suchten, sie zuerst gefunden hatte? Und sie nun auch töten wollte? Ihr Herzschlag setzte wieder ein, der Puls pochte rasend schnell in ihren Ohren.

Sandra fiel die Glock ein, die sie im Kasten liegen gelassen hatte. Wie hatte sie nur vergessen können, sie einzusperren? Oder war das eine andere Waffe, die nun über ihren Bauch strich, sich langsam den Weg hinunter zu ihrer Intimzone bahnte? Was machte es für einen Unterschied?

Sie schloss die Augen, als sich eine Woge der Lust mit ihrer Todesangst vermengte. Er drang in sie ein. Sandra stöhnte auf. Wenn schon sterben, dann so.

## 2.

»Guten Morgen, Angelika«, flüsterte Leo, als sie die Augen wieder aufschlug und in seine blickte. Sein Gesicht schwebte eine Handbreit über ihrem. Den Helm hatte er inzwischen abgelegt, ohne dass sie es bemerkt hätte. Die Pistole offenbar auch.

Sandra atmete heftig, noch immer nicht fähig, zu sprechen.

Leo ließ von ihr ab, rollte zur Seite, nahm die Glock noch einmal vom Nachttisch, um sie neugierig zu beäugen.

»Warum habt ihr eine Schusswaffe mit?«, fragte er. »Habt ihr Angst, dass ich euch was antu?«

»Leo, bitte …«, fand Sandra ihre Sprache endlich wieder. »Gib sie her, bevor noch ein Unglück geschieht. Du hast mich zu Tode erschreckt.« Sandra nahm ihm ihre Dienstpistole ab und stand auf.

»Ich hatte eher den Eindruck, dass es dir gefallen hat …«

Das konnte sie nicht abstreiten. Sie musste den Verstand verloren haben. Wortlos zog sie den Vorhang ein Stück weit auf. Draußen schien die Sonne.

Paul schlief noch immer tief und fest auf seiner Seite des Bettes, hatte nichts von alledem mitbekommen, was direkt neben ihm passiert war. Leo lag auf der anderen Seite, die Arme im Nacken verschränkt. Die Beine steckten nach wie vor in schweren schwarzen Schnürstiefeln. Sein Blick folgte ihr zum Kasten. »Das ist deine Pistole, nicht wahr? Bist du Polizistin?«, fragte er. »Würde gut zu dir passen.«

»Wir wollten uns doch keine Fragen stellen.« Sandra ging vor der offenen Kastentür in die Hocke. Sie gab einen vierstelligen Code am Safe ein, verriegelte die Panzertür, drückte noch einmal dieselbe Ziffernkombination, um sicherzugehen, dass der Safe auch funktionierte. Dann erst sperrte sie ihre Pistole mitsamt dem Holster ein.

»Setz doch mal die Perücke auf«, hörte sie Leo währenddessen hinter ihrem Rücken sagen.

»Wieso stierlst du eigentlich in unserem Kasten herum?«, fragte Sandra, vor dem Safe hockend.

»Ich wollte nur nachschauen, was ihr außer deiner reizvollen Wäsche sonst noch so alles dabeihabt. Nur die Waffe und die Perücke? Ihr steht wohl nicht so auf Rollenspiele.«

Sandra erhob sich und wandte sich wieder um. »Du offenbar schon. Oder bist du bei der Feuerwehr?«, fragte sie.

»Wir wollten uns doch keine Fragen stellen«, wiederholte er ihre Worte. »Lass uns lieber Andreas aufwecken«, schlug er vor und zog dem schlafenden Paul vorsichtig die Decke vom Körper. Der grunzte irgendetwas Unverständliches.

»Mach das. Ich geh mal duschen«, sagte Sandra. Am besten eiskalt. Es war Zeit, dass sie wieder zur Vernunft kam. Und etwas Anständiges frühstückte. Ihr Magen knurrte.

Als sie von der Morgentoilette zurückkehrte, war Paul aufgewacht und mit Leo beschäftigt. Keiner der beiden nahm Notiz von ihr. Bei grellem Tageslicht betrachtet, fand sie den Anblick der Männer beim Sex gar nicht mehr erotisch. Ohne ihre Beteiligung ging es zudem um einiges härter zur Sache als in der vergangenen Nacht, in der sie sich zu dritt geliebt hatten. Paul schien es jedoch zu genießen. Leo sowieso.

Sandra zog sich rasch an und verschwand unbemerkt aus dem Zimmer.

## 3.

Sandra hatte reichlich Osterschinken auf ihren Teller geladen, dazu frischen Kren und Hauswürstel. Die Kernöleierspeise war vorzüglich, auch wenn das kaltgepresste Öl aus steirischen Kürbiskernen die Rühreier dunkelgrün färbte, was sie nicht besonders appetitlich aussehen, aber umso besser schmecken ließ.

»Alles in Ordnung bei Ihnen?«, sprach die Chefin des Hauses sie an.

»Ja, vielen Dank! Alles bestens.«

»Frühstücken Sie allein?«

»Eigentlich nicht. Mein Mann wollte noch ein bisschen liegen bleiben und nachkommen. Wahrscheinlich ist er wieder eingeschlafen«, log Sandra. »Ich ruf ihn dann gleich mal oben an. Wäre doch schade, wenn er das köstliche Osterfrühstück verpasst.«

Die Hotelchefin lächelte sie an. »Dann lass ich das zweite Gedeck noch liegen.«

»Ja, vielen Dank.« Sandra biss in ihr Vollkornbrot.

»Ham Sie gar nix von dem Feuer in der Nacht mitgekriegt?«

»Feuer? Welches Feuer?«, fragte Sandra überrascht. Ihr war lediglich ein verdammt heißer Feuerwehrmann in ihrem Zimmer aufgefallen, der ihre Leidenschaft entfacht hatte. Aber den meinte die Hotelchefin ganz bestimmt nicht. Allein der Gedanke an die Liebesspiele heizte Sandras Lust erneut an.

»Ein Gast hat kurz vor drei Alarm geschlagen. Jemand hat mitten in der Nacht unser Osterfeuer auf der Wiese hinterm Haus angezündet. Wir ham noch versucht, es zu löschen, aber da war nix mehr z'mach'n.«

»Oh, mein Gott … Davon haben wir gar nichts mitbekommen. Unser Zimmer geht aber auch nach vorne hinaus«, erklärte Sandra.

»Auf alle Fälle müssen wir unser traditionelles Osterfeuer heute Abend leider absagen wegen dem Saukerl.«

»Wird wohl ein dummer Streich von irgendwelchen Kindern aus der Nachbarschaft gewesen sein«, mutmaßte Sandra.

»Kann sein. Oder aber es war ein Konkurrent, der uns die Veranstaltung verderben wollt. Wenn ich den dawisch …« Die Hotelchefin drohte mit erhobener Faust.

»Wir kommen heute Abend auch ohne Osterfeuer zum Essen«, sagte Sandra.

»Schön. Dann sehen wir uns später. Sie sollten unbedingt noch eine Osterpinze kosten.« Die Chefin des Hauses deutete zum Buffet. »Die backen wir selber aus Bio-Dinkelmehl.«

»Das werde ich ganz bestimmt tun«, versprach Sandra und griff zur ihrem Handy, um Paul anzurufen. Irgendwann musste es schließlich genug sein. Auch wenn er in Sachen Sex einiges aufzuholen hatte, wollte Sandra ihre restlichen Urlaubstage nicht mutterseelenallein verbringen.

# KAPITEL 8

*Dienstag, 22. April*

## 1.

»Hey, du schaust voll super aus, Sandra. Richtig gut erholt«, begrüßte Miriam sie an diesem Morgen.

Die Frühjahrssonne hatte Sandras Winterblässe aus dem Gesicht vertrieben, was vermutlich nicht der einzige Grund war, warum sie heute frischer als vor dem Osterwochenende aussah. »Danke. Gibt's was Neues im Faschingbauer-Fall?«, erkundigte sie sich bei der jungen Kollegin, die über die Feiertage die Stellung im Büro gehalten hatte.

»Leider nein. Noch immer keine Spur von Maierhofer. Und die Lichtenegger hat sich auch noch nicht gemeldet.«

Sandra fuhr ihren PC hoch und öffnete das E-Mail-Programm. Auch in ihrem Posteingang fanden sich keine Neuigkeiten, die den Mordfall betrafen. »Wo ist Sascha?«, fragte sie.

»In Sachen Cybersex unterwegs.«

Sandra sah Miriam an. »Um diese Uhrzeit?«, scherzte sie.

Miriam zuckte mit den Schultern. »Sex am Morgen vertreibt Kummer und Sorgen«, meinte sie grinsend.

Genauso gut konnte Sex aber auch Kummer und Sorgen bereiten, dachte Sandra. So aufregend das Wochenende im

Apfelland gewesen war, so sehr hatte es ihre Beziehung zu Paul verändert. Obwohl sie sich körperlich so nah wie nie zuvor gekommen waren, fühlte sie auf einmal eine ungewohnte Distanz zwischen ihnen. Auf der Heimfahrt hatten sie kaum ein Wort miteinander gewechselt. Zu sehr war jeder mit den eigenen Gedanken und Gefühlen beschäftigt gewesen. Als müssten sie beide zuerst für sich selbst emotional aufarbeiten, was geschehen war. Sandra war dennoch zuversichtlich, dass sich alles zum Guten wenden würde, nachdem Paul nun endlich der Knopf aufgegangen war.

Leo wollte sie beide möglichst bald wiedertreffen. Sandra hatte das abgelehnt. Auch wenn es ihr nicht leichtgefallen war. Der Sex zu dritt war fantastisch gewesen. Die selbst verordnete Sexualtherapie hatte besser funktioniert, als sie sich das in ihren feuchtesten Träumen ausgemalt hatte. Ihre Beziehung wollte sie dann aber lieber doch nur zu zweit weiterführen. Paul hatte ihrem Wunsch zugestimmt, wenngleich Sandra nicht entgangen war, dass er einer Dreiecksbeziehung nicht abgeneigt gewesen wäre.

»Holla«, riss Bergmann sie aus ihren Gedanken. »Wo hat dich denn die Sonne so erwischt?«

»Apfelland«, erwiderte Sandra knapp.

»Ach, deshalb die roten Backerln. Herzig …«, meinte Bergmann.

»Herzig … Ich?«, schnauzte Sandra ihn an. Wenn sie etwas nicht ausstehen konnte, dann war das, als »herzig«, »lieb« oder »nett« bezeichnet zu werden. Gerade, weil ihr Aussehen diese Charaktereigenschaften auf den ersten Blick vermuten ließen. Bergmann war zwar ein oberflächlicher Zeitgenosse, doch so weit kannte er sie schon. Wahrscheinlich wollte er sie nach ihrer tagelangen Abwesenheit bloß wieder einmal aufziehen.

»Nicht? Na, dann halt frisch, saftig, steirisch.« Wie so oft lachte er über den eigenen Witz, der keiner war. Nicht einmal Miriam fand den Werbeslogan für steirische Äpfel in diesem Zusammenhang lustig.

Sandra verzog die Mundwinkel zu einem gekünstelten Grinsen. Hätte er nicht für alles einen Kommentar parat gehabt, wäre er nicht Bergmann gewesen. Zum Glück hielt ihn das Läuten des Telefons von weiteren misslungenen Scherzen ab.

Eine Weile lauschte der Chefinspektor dem Anrufer, machte sich währenddessen Notizen. Als er wieder aufgelegt hatte, nahm er den Spitzer zur Hand und lehnte sich in seinem Schreibtischstuhl zurück. Gedankenverloren drehte er seinen Bleistift immer wieder um.

Sandra wusste seit geraumer Zeit, dass ihn das Bleistiftspitzen vom Verlangen nach einer Zigarette ablenkte. Außerdem half ihm diese merkwürdige Ersatzhandlung angeblich, sich zu konzentrieren. Sie wusste aber auch, dass sie angehalten waren, Büromaterial einzusparen. Jeder Radiergummi wurde neuerdings penibel überprüft, da das Jahresbudget der Polizei bereits nach dem ersten Quartal um gute 8 Millionen Euro überschritten war. »Das gibt wieder einen Anschiss«, sagte sie, während Bergmann immer weiterspitzte.

Jetzt war er es, der seufzte und innehielt. »Du gönnst einem aber auch gar nichts.« Mit einer Fingerkuppe prüfte er die Spitze des Bleistifts, ehe er diesen beiseitelegte und seine Telefonnotizen zur Hand nahm.

»Du könntest dir ja auch eine sinnvollere Betätigung suchen, die weniger Ressourcen verschwendet. Zum Beispiel …«

»Zum Beispiel könnte ich euch das vorläufige serologische Gutachten präsentieren«, kam Bergmann ihrem Vorschlag zuvor.

»Ach … War das eben das Labor?« Üblicherweise riefen die Forensiker Sandra zuerst an. Warum hatten sie sich diesmal an Bergmann gewandt? Vermutlich glaubten sie, dass sie noch auf Urlaub war. Sie lehnte sich nach vorn, stützte die Ellenbogen auf der Tischplatte, das Kinn auf den Handballen ab.

Auch Miriam sah gespannt von ihrem Bildschirm auf.

Bergmann nickte wortlos.

»Na, dann schieß mal los«, forderte ihn Sandra auf. Vielleicht kam ja nun endlich wieder frischer Wind in den Fall.

»Das Sperma, das an Gudrun Faschingbauer sichergestellt wurde, stammt eindeutig von ihrem Mann …«

Sandra fiel dem Chefinspektor ins Wort. »Eindeutig? Es könnte doch genauso gut von ihrem Schwager stammen«, korrigierte sie ihn.

»Lass mich einfach mal ausreden, Sandra.«

»Entschuldigung.«

»Das Sperma stammt also eindeutig von Walter *oder* Bernhard Faschingbauer«, fuhr Bergmann fort. »Das macht in unserem Fall aber keinen großen Unterschied, denn der eine ist tot, und der andere kann es nicht gewesen sein. Immerhin können wir jetzt aber ein Sexualdelikt durch einen dritten Mann mit Sicherheit ausschließen. Ist ja schon mal was.« Bergmann seufzte.

»Demnach gab es auch keinen einvernehmlichen Geschlechtsverkehr zwischen den beiden erwachsenen Opfern und dem Täter«, schloss Sandra eine weitere Theorie aus. »Jedenfalls nicht zur Tatzeit oder wenige Stunden davor.«

»Enttäuscht dich das jetzt sehr?«, stichelte Bergmann.

Sandra überging seine Bemerkung. Selbst wenn er manchmal über einen sechsten Sinn verfügte, vor allem, was ihr Privatleben betraf, konnte er unmöglich erahnen, was am Wochenende vorgefallen war. Oder doch? Beinahe wäre Sandra rot geworden. »Dann ist es doch am wahrscheinlichsten, dass die Frau wenige Stunden vor ihrem Tod mit dem eigenen Mann verkehrt hat«, fuhr sie fort. »Auch wenn sich an ihm keine Anhaftungen von ihr befunden haben.«

Bergmann gab ihr recht. »Der Mann wird sich nach dem Akt geduscht beziehungsweise seine Genitalien gründlich gewaschen haben. An seinem T-Shirt gab es nämlich Spermaanhaftungen, die ebenso wahrscheinlich von ihm selbst stammen«, fuhr Bergmann fort. »Auch auf der Bettwäsche beider Ehepartner haben sich welche befunden.«

»Die könnten aber auch nach dem Akt vom Körper der Frau übertragen worden sein. Oder sein Bruder hat sie schon zu einem früheren Zeitpunkt dort hinterlassen, falls das Ehebett nicht frisch überzogen war«, gab Sandra zu bedenken.

»Soll sein. Aber bringt uns das in unserem Fall irgendwie weiter?«, fragte Bergmann.

Sandra verneinte. »Und was ergibt die Auswertung der Blutspuren?«, fragte sie.

»Im Elternschlafzimmer und an den Leichen des Ehepaares war ausschließlich eigenes Blut, kein fremdes. Auch sonst gab es dort keine biologischen Spuren, die auf den Täter hinweisen. Lediglich bei Severin Faschingbauer konnte eine Fremdanhaftung abgeglichen werden.«

Beide Frauen sahen Bergmann erwartungsvoll an.

»Blut? Haare? Doch wohl kein Sperma«, sagte Sandra.

»Nein. Kein Sperma. Das Blut im Kinderzimmer und an der Leiche des Buben stammt von ihm. Die Hautpartikel, die sich unter seinen Fingernägeln befunden haben, konnten seiner Schwester zugeordnet werden.« Bergmann hielt inne und sah Sandra an.

»Ja und? Willst du damit andeuten, dass Johanna ihren Bruder und ihre Eltern erschossen hat? Das ist ja wohl nicht dein Ernst«, brauste sie auf.

»Habe ich das behauptet?«, fragte Bergmann verwundert.

Sandra zuckte mit den Schultern.

»Habe ich nicht«, gab er sich selbst die Antwort. »Du musst deine Johanna nicht mit Zähnen und Klauen verteidigen, Sandra. Weder halte ich die Hautpartikel für tatrelevant noch das Mädchen für die Mörderin seiner Familie. Du kannst dich also wieder abregen.« Bergmann schüttelte den Kopf.

»Dann ist es ja gut.« Sandra wusste selbst nicht, warum sie eben dermaßen überreagiert hatte. Bergmann hatte wirklich keinen Tatverdacht geäußert, sondern lediglich die Ergebnisse der ersten Spurenauswertung dargelegt. Offenbar war ihr emotionaler Kater nach dem Wochenende doch stärker als angenommen.

»Ich vermute, dass die Hautpartikel seiner Schwester höchstwahrscheinlich beim Spielen oder Balgen unter die Nägel des Buben geraten sind«, mutmaßte Bergmann.

»Blut war aber keines von Johanna dabei«, vergewisserte sich Sandra.

»Nein, nur Hautpartikel«, bestätigte Bergmann.

»Was ist mit dem Pyjama und den Hauspatschen von Johanna? Hat sich auf denen noch eine biologische Spur gefunden?«, fragte Sandra.

Bergmann warf einen Blick auf seine Notizen. »Negativ.«

Das Ergebnis bestätigte demnach Johannas Aussage, dass sie sich nach dem Massaker weder ihren toten Eltern noch dem Bruder genähert hatte, sondern direkt zu ihrem Onkel geflüchtet war. Erstaunlich fand Sandra hingegen immer noch, dass der Täter keinerlei Spuren am Tatort gesetzt hatte. Zumindest keine, die sich bisher als solche erkennen und verwerten lassen konnten. Sie stand auf, um sich der Pinnwand mit den Tatortfotos und den forensischen Prints zu nähern, und diese noch einmal genauer zu betrachten.

»Fällt dir irgendetwas auf, was wir noch nicht bemerkt haben?«, fragte Bergmann nach einer Weile.

Sandra schüttelte den Kopf. »Severin hatte gar keine Möglichkeit, sich zu wehren und den Mörder unmittelbar vor dem tödlichen Schuss zu berühren beziehungsweise ihn zu kratzen«, griff sie noch einmal die DNA-Anhaftungen unter seinen Fingernägeln auf. »Den forensischen Berechnungen nach ist der Täter hier gestanden, als er auf den Buben geschossen hat.« Sie zeigte auf einen Punkt am Computermodell. »Die Entfernung zwischen den beiden hat ziemlich exakt eineinhalb Meter betragen.«

»Vielleicht hat der Täter nach dem Schuss nachgesehen, ob der Bub tot ist und der hat ihn noch mit letzter Kraft gekratzt«, wandte Miriam ein. Einen entscheidenden Punkt hatte sie offenbar vergessen.

Sandra schüttelte den Kopf. »Unmöglich. Das gerichtsmedizinische Gutachten geht von einem sofortigen Tod aus. Nach einem Schuss ins Herz kann der Bub höchstens nur noch wenige Sekunden gelebt haben, ehe er das Bewusstsein verloren hat. Ich bezweifle, dass er da noch die Zeit hatte, jemanden aus eigener Kraft zu berühren, geschweige denn zu kratzen.« Sandra kehrte zu ihrem Schreibtisch zurück. »Ich werde noch einmal mit Johanna sprechen, damit wir diese Spur endgültig abhaken können. Ich wollte sie ohnehin noch einmal nach David Maierhofer befragen. Vielleicht hat sie inzwischen doch eine Idee, wo er sich aufhalten könnte.«

Bergmann schob seinen Block zur Seite. »Hätte sie sich in diesem Fall nicht bei dir gemeldet, um dir Bescheid zu geben?«

Sandra nickte. »So haben wir es vereinbart …«

»Aber?«

»Ich befürchte, Johanna ist noch immer in David Maierhofer verliebt.«

»Oje.« Bergmann verdrehte die Augen. »Dann hoffen wir mal, dass ihre Angst vor ihm stärker ist als ihre Verliebtheit. Immerhin hat er sie mehrfach bedroht und könnte sogar der Mörder ihrer Familie sein. Aber bei euch Frauen weiß man ja nie so genau …«

»So ist es«, erwiderte Sandra schnippisch. Der Chefinspektor hatte nicht ganz unrecht mit seiner Aussage. Würden Frauen ausschließlich der Vernunft folgen, hätten Männer kaum eine Chance, sie zu unterdrücken, zu misshandeln und auszubeuten. Wenngleich es auch genügend Männer gab, die sich von Frauen, dic ihnen nicht guttaten, ausnutzen ließen. Meistens jedoch mit weniger gravierenden Auswirkungen. Dass Liebe blind machte, galt für beide Geschlechter.

Sandra konnte nur hoffen, dass Johanna ihr vertraute und ihrem Rat folgte. Nicht um ihr zu gefallen, sondern aus einem gesunden Selbsterhaltungstrieb heraus. Aber sicher war sie sich eben nicht.

»Rede noch mal mit ihr«, stimmte Bergmann ihr zu.

»Verena Valeskini sollten wir auch noch mal anhören«, meinte Sandra.

»Zweifelst du an dem Alibi, das sie Maierhofer mit ihrem Geständnis verschafft hat?«

»Ich glaube, sie ist ebenso verliebt in ihn wie Johanna. Auch sie könnte wissen oder zumindest ahnen, wo er sich aufhält. Und das Alibi würde ich zumindest auch noch gerne einmal hinterfragen. Am besten in Anwesenheit ihrer Eltern. Falls uns das Mädchen ein Märchen aufgetischt hat, um Maierhofer zu schützen, was ich ihr durchaus zutraue, wird sie in deren Gegenwart vielleicht eher mit der Wahrheit herausrücken. Maierhofer selbst ist ja momentan nicht verfügbar. Und aus meiner Sicht ist er nach wie vor unser Tatverdächtiger Nummer eins«, sagte Sandra.

»Dass er verschwunden ist, spricht nicht gerade für ihn«, gab ihr Bergmann recht. »Wenn er sich abgesetzt hat, muss er das aber nicht zwangsläufig wegen der Morde getan haben. Dass er wegen der Förderung sexueller Handlungen Minderjähriger belangt werden könnte, reicht ja schon als Fluchtgrund.«

»Und es reicht, um beim Staatsanwalt eine DNA-Probe von ihm zu erwirken.«

»Patrick Schantl möchte ich als Täter auch noch nicht ausschließen«, meinte Bergmann einmal mehr. »Auch wenn wir ihm im Mordfall bisher nichts nachweisen können. Wir bleiben an ihm dran.«

Sandra nickte. Schantls Alibi stammte von der Ehefrau, die als befangen galt. Wieder einmal drehten sich die Ermittlungen im Kreis. »Ich wüsste nicht, wo wir momentan sonst noch ansetzen könnten«, meinte sie frustriert.

Bergmann seufzte. »Hoffen wir, dass die weiteren Laborergebnisse neue Hinweise ergeben. Vielleicht haben wir ja doch noch Glück«, meinte er.

Sandra rechnete nicht damit. Fast alle brauchbaren Spuren vom Tatort waren bisher der Familie zugeordnet worden. Von David Maierhofer hatten sie noch nicht einmal eine DNA-Probe, die sie abgleichen konnten. Dafür musste der Mann erst wieder auftauchen. Neuerlich klingelte das Telefon. Diesmal war es ihres.

## 2.

Susanne Lichtenegger hatte Sandra gebeten, sie in ihrer Wohnung in Hartberg aufzusuchen, wenn sie heute noch mit ihr sprechen wollte. Die Lehrerin musste sich für den morgigen ersten Schultag nach den Osterferien vorbereiten. Da sie keinen Führerschein besaß, würde es zu viel Zeit in Anspruch nehmen, mit dem Bus zur Befragung nach Graz und wieder nach Hause zu fahren. Am Telefon wollte sie lieber keine Fragen zu ihrem Exfreund und seiner Familie beantworten. Außerdem müsse sie sich nach dieser schockierenden Nachricht erst einmal wieder fangen.

»Die will bis jetzt nichts von dem Dreifachmord in Pöllau mitbekommen haben?«, fragte Bergmann, der neben Sandra am Beifahrersitz saß.

Wieder einmal hatte sie bei der erstbesten Gelegenheit stehen bleiben müssen, damit er sich einen Coffee-to-go besorgen konnte. Inzwischen war sein Becher fast schon wieder leer. Sandra fuhr in den Kreisverkehr ein. »Susanne Lichtenegger hat die Osterferien auf einer kleinen abgeschiedenen Kanareninsel verbracht. Da ist es nicht so unwahrscheinlich, dass man keine Nachrichten aus Österreich erfährt. Überhaupt, wenn man sich vom Internet fernhält. Ihr Handy hat sie gar nicht erst in den Urlaub mitgenommen. Ich glaube, das werde ich das nächste Mal auch so handhaben.«

»Du willst jetzt aber nicht schon wieder Urlaub machen.«

»Was heißt ›schon wieder‹? Das waren Feiertage, kein Urlaub.«

»Was habt ihr denn so getrieben? Du und Paul …«

»Was man halt so treibt im Apfelland«, sagte Sandra. »Ballonfahren zum Beispiel.«

»Ballonfahren? Das wollte ich auch schon immer mal. Und wie war's?«

»Hat uns gut gefallen u…« Beinahe hätte Sandra uns dreien gesagt.

»Und was?« Bergmann legte den Kopf in den Nacken und leerte seinen Becher.

Sandra nutzte die Gelegenheit, um zum eigentlichen Thema zurückzukehren. »Nichts und … Susanne Lichtenegger hat ihr Handy abgehört und mich gleich zurückgerufen. Noch bevor sie mit jemand anderem gesprochen hat.«

»Wofür muss sich eine Lehrerin eigentlich vorbereiten?«, fragte Bergmann beiläufig. Den eben geleerten Kaffeebecher klemmte er zwischen seine Schenkel, während er den Deckel des alten Bechers abnahm. Offenbar befand sich in diesem noch ein kleiner Rest, den er austrank. Dann steckte er den neuen Becher in den alten, legte Deckel auf Deckel und versenkte beide in der Halterung.

Sandra war gespannt, wie hoch der Becherstapel noch werden würde, wenn sie diesen nicht entsorgte. Diesmal wollte sie es darauf ankommen lassen. »Na, auf den Unterricht, vermute ich mal«, antwortete sie.

»Die unterrichten doch eh immer dasselbe. Jahraus, jahrein. Wenn sie nicht gerade wieder Ferien haben.« Bergmann gähnte.

»Sag bloß, du kannst dich noch an deine Schulzeit erinnern«, sagte Sandra.

»Kann ich. Leider. Besonders an die Klassen, die ich wiederholen musste.« Er verdrehte die Augen.

Die Einsatzzentrale kam Sandras Antwort zuvor. Bergmann nahm das Funkgerät zur Hand und meldete sich. »Was gibt's, Lubensky?«

»Mordalarm in Pöllau«, sagte er.

»Ist nicht dein Ernst … Schon wieder in Pöllau?«, fragte Bergmann und ließ sich die bisher bekannten Details durchgeben. Der Name des Opfers ließ ihn und Sandra aufhorchen. Er langte durchs Fenster, um das Blaulicht auf dem Autodach zu befestigen.

Sandra schaltete das Martinshorn ein und gab Gas. Susanne Lichtenegger musste warten.

## 3.

Im letzten Moment sah Sandra den Streifenwagen am Waldrand stehen. Sie legte eine Vollbremsung hin und bog in den Forstweg ein. Dann erst schaltete sie Blaulicht und Martinshorn ab.

Bergmann ließ das Fenster hinunter und hielt dem jüngeren Polizisten seinen Dienstausweis hin. »Chefinspektor

Sascha Bergmann, LKA Steiermark, Abteilung Leib und Leben. Hier lang?«

»Jawoll, Herr Chefinspektor. Einfach den Forstweg weiter bis zur Lichtung«, erklärte der Uniformierte und winkte sie durch.

Obgleich Sandra kaum mehr als Schrittgeschwindigkeit fuhr, rumpelte der Audi über den holprigen Schotterweg durch den Wald und wirbelte hinter ihnen eine Staubwolke auf. Auf der Lichtung parkten einige Streifenwagen und ein weißer BMW mit einem Kennzeichen des Bezirkes Hartberg-Fürstenfeld, allerdings noch kein Fahrzeug von der Tatortgruppe. Auch die Gerichtsmedizinerin war noch nicht vor Ort.

Kontrollinspektor Gottfried Schnuderl erkannte den Wagen der LKA-Ermittler und strebte schnurstracks auf sie zu.

»Wo ist die Leiche?«, hörte Sandra den Chefinspektor fragen, während sie ihre Schutzkleidung aus dem Kofferraum holte.

»In einer Höhle. Dort oben ist der Eingang.« Der Polizist zeigte auf ein steiles Waldstück.

»Da hinauf?« Bergmanns Augen wanderten nach oben.

»Sind eh nur ein paar Meter bis zum Höhleneingang.«

»Was ist das überhaupt für eine Höhle?«, fragte Bergmann. Lubensky hatte ihm dieselbe Frage vorhin nicht beantworten können, ihnen lediglich die Koordinaten durchgegeben.

»Sie hat keinen Namen, g'hört zu einem weit verzweigten, kaum erforschten unterirdischen Labyrinth aus Höhlen, Erdställen und Felsgängen. Das zieht sich durch die ganze nördliche Oststeiermark von Vorau über Pöllau bis nach Stubenberg. Mehr als 10.000 Jahre ist dieses mysteriöse

Tunnelsystem angeblich alt. Manche Gänge sind so präzise gebaut, dass sie nur mit Maschinen gegraben worden sein können, obwohl's die damals ja noch gar nicht geben hätt dürfen. Nicht einmal mit den heutigen technischen Möglichkeiten ist so eine Präzision möglich.«

Sandra erinnerte sich nun wieder an einen Beitrag, den sie unlängst im Fernsehen gesehen hatte. Ein Grazer Forscherpaar hatte über diese rätselhaften unterirdischen Anlagen berichtet. Der einheimischen Bevölkerung war deren Existenz seit Jahrhunderten bekannt. Warum sie ursprünglich gebaut worden waren, wusste jedoch niemand. Nur, dass sie im Krieg vor allem den Frauen und Kindern als Versteck gedient hatten, um den üblichen Vergewaltigungen zu entgehen. Andere waren als Abwasserkanäle oder Mülldeponie genutzt worden, einige schon vor etlichen Jahrhunderten auf Anweisung der Kirche zugeschüttet worden, um die Tore zur Unterwelt zu verschließen oder einfach nur, damit die Hohlräume nicht einstürzen und Gehöfte und Gebäude, die darüber errichtet waren, mit sich reißen konnten, wie es schon vorgekommen war. Andere waren durch Wettereinflüsse mit Sediment und Sand zugeschwemmt worden.

»Gemma«, sagte Bergmann und ließ dem ortskundigen Polizisten den Vortritt.

Oben angelangt, stemmte Schnuderl die Hände in die Seiten und schnaufte ein paarmal durch.

»Wer hat die Leiche eigentlich gefunden?«, fragte Sandra, während sie Bergmann eine der Schutzausrüstungen reichte.

»Zwei Buam aus der Gegend«, antwortete Schnuderl, noch immer ein wenig außer Atem. »Der Wiesner Tom und sein Bruder, der Max. Der eine ist 14, der andere zwölf. Die beiden warten unten im Wagen. Die Eltern und den psychologischen Dienst hama schon verständigt.«

»Gut. Um die beiden Burschen kümmern wir uns später.« Sandra zog den Reißverschluss ihres Einweg-Overalls zu.

»Wir sind als Kinder auch immer in diese Höhlen g'schlüpft, ham die unterirdischen Gänge erkundet, g'spielt und allerlei Unfug trieben. Meine ersten Zigaretten hab ich auch da drin g'raucht«, erzählte Schnuderl.

»Passe ich da überhaupt hinein?«, fragte Bergmann. Skeptisch betrachtete er den engen Höhleneingang, der sich bisher hinter einem Gebüsch verborgen hatte.

»Aber ja. Das geht sich locker aus. Komm ja sogar i no eini.« Lachend umfasste Schnuderl seine beachtliche Leibesmitte. »An manchen Stellen müsst's euch halt ducken, damit's euch den Kopf ned anschlagt's. Und vor allem bei den Schächten aufs Geröll aufpassen. Die Steinstufen sind teilweise stark verwittert und können weiter abbröckeln. Ansonsten kann euch da drin ned viel passieren«, meinte er wieder ernst.

»Die Gänge sind aber stabil?«, vergewisserte sich Sandra.

»Wenn's die letzten 10.000 Jahre g'halten ham, werden s' ned ausg'rechnet heut einstürzen«, meinte Schnuderl zuversichtlich.

Warum nicht ausgerechnet heute, fragte sich Sandra. »Dein Wort in Gottes Ohr«, erwiderte sie.

»Folgt's einfach den Gängen und dem Fäulnisgeruch, bis ihr in eine Kammer kommt's. Dort liegt seine Leich.« Schnuderl wachelte mit seiner Hand, um sie demonstrativ vor dem Geruch zu warnen. »Dahinter ist noch ein Schlupf und ein kurzer Gang, wo's dann aber nimmer weitergeht. Der ist irgendwann zug'schüttet word'n.«

Bergmann hatte sich abgewandt. Mit fahrigen Bewegungen zog er sich einen Latexhandschuh an.

Sandra drehte Schnuderl den Rücken zu. »Alles okay mit dir?«, raunte sie Bergmann zu.

»Unter uns: Ich kann Höhlen nicht ausstehen«, antwortete er leise. »Wenn es wo eng wird, gerate ich in Panik.«

»Geburtstrauma?«, fragte Sandra leise, aber mit umso breiterem Grinsen.

»Möglich. Kann mich nicht erinnern«, brummte Bergmann wenig amüsiert.

»Dann bleibst du halt draußen. Ich geh allein da hinein.«

»Kommt nicht infrage.«

»Warum nicht? Der Täter wird ja wohl kaum mehr drinnen sein und auf seine Festnahme warten.« Bei ihrem letzten Satz hatte sich Sandra wieder umgewandt, sodass Schnuderl ihn hatte verstehen können.

»Ganz bestimmt ned«, meinte er. »Wo's da drin doch so stinkt. Wir ham niemanden g'sehn. Und die Wiesner-Berschn a ned.«

»Dann geh ich jetzt mal rein.«

»Was für ein Prachtweib …« Bergmann schmunzelte und zog den Einweghandschuh wieder aus.

Schnuderl fühlte sich bemüßigt, ebenfalls zu grinsen. »Jo eh«, stimmte er zu.

»Bitte nicht …« Sandra hob die Hand, um die Männer vor weiteren, womöglich anzüglichen Kommentaren abzuhalten. So wie der Chefinspektor sie ansah, lag ihm ein Spruch auf den Lippen, der ihr höchstwahrscheinlich missfallen würde. »Du kannst dir dann ja später die Fotos vom Fundort und von der Leiche anschauen«, sagte sie zu ihm gewandt.

Bergmann zog gerade den Overall von seinen Schultern. »Danke, Sandra. Hast was gut bei mir.«

Sandra sah ihn verwundert an. Hatte sich Bergmann eben bei ihr bedankt? Noch dazu vor einem Dritten? Sie konnte sich gar nicht mehr erinnern, wann er das zuletzt getan hatte. »Schon gut …« Lächelnd wandte sie sich dem Höhleneingang zu und knipste ihre Taschenlampe an.

Ein Schacht aus behauenen Steinen führte in die Tiefe, wie ein Tor zur Unterwelt. Nun war auch ihr etwas mulmig zumute. Aber schließlich konnte sie jederzeit umkehren, beruhigte sie sich selbst.

»Soll ich mit einigehen?«, hörte sie Schnuderl hinter ihrem Rücken fragen.

»Nicht nötig«, lehnte Sandra ab. Sollte die Höhle doch einstürzen, musste wenigstens nur einer dran glauben, und zwar sie. Sie setzte die dünne Kapuze ihres Overalls auf und zwängte sich vorsichtig mit den Füßen voran durch die schmale Öffnung. Von den Wänden, die sie berührte, rieselte Gestein.

»Die Witterung setzt den Eingangsbereichen am meisten zu. Weiter drinnen sind die Gänge um einiges besser beinand.«

Wie beruhigend, dachte Sandra, die sich nach einigen ausgetretenen Steinstufen, die hinunterführten, am Anfang eines gemauerten Ganges befand. In gebückter Haltung folgte sie diesem, damit sie sich nicht den Kopf anschlug. Ein Grubenhelm hätte gute Dienste geleistet, aber der zählte nicht zu ihrer Standardausrüstung. Leo mit seinem Feuerwehrhelm kam ihr in den Sinn. Rasch verdrängte sie diese Erinnerung wieder. Die Enge machte ihr nun zu schaffen. Sie bemühte sich, kontrolliert ein- und auszuatmen und die Ruhe zu bewahren.

Wieder erreichte sie einen Schacht, der weiter hinab in den nächsten Tunnel führte. Zuerst musste sie ein paar Felsbrocken überwinden, noch immer gebückt ging es nur mühsam, teilweise auf allen vieren kriechend, voran. Der kleinere Schacht über ihr musste ein Lüftungsschacht sein, erinnerte sie sich an die TV-Dokumentation. Damals hatte sie gedacht, dass sie keine zehn Pferde hier freiwillig hereinlocken würden, jetzt steckte sie mittendrin. Im wahrsten Sinn des Wortes.

Sandra schätzte, dass es hier unten um die zehn Grad hatte. Dennoch war ihr von der ungewohnten körperlichen Anstrengung, die zudem ihre volle Konzentration erforderte, warm geworden. Vermutlich schwitzte sie auch ein wenig aus Angst. Den Gedanken, dass das Gestein über oder hinter ihr zusammenbrechen und sie erschlagen oder verschütten könnte, verdrängte sie so gut es ging. Sonst wäre sie gewiss in Panik verfallen. Die Wände wirkten stabil, wie Schnuderl es prophezeit hatte. Ebenso die zentnerschweren Deckenplatten über ihr.

Der Fäulnisgeruch ließ sich allerdings nicht mehr ausblenden. Er wurde immer intensiver, während sämtliche Geräusche von draußen längst verstummt waren. Sandra hörte nur noch ihren Herzschlag, der ebenso wie ihr Atem schneller ging. Und sie hörte die eigenen Schritte, die sie möglichst bedächtig setzte. Ansonsten herrschte hier drinnen absolute Stille und – sollte ihre Taschenlampe den Geist aufgeben, was sie nicht hoffte – ewige Finsternis.

Auf einmal öffnete sich der Gang vor ihr. Sandra zwang sich, trotz des fast unerträglichen Fäulnisgeruchs weiterzuatmen. Wenn sie, der dieser Gestank nicht neu war, kaum noch Luft bekam, wie hatten ihn die beiden Burschen bloß ausgehalten? Sandra befand sich nun in einem gemauerten Steinraum, in dem sie aufrecht stehen konnte. Vorsichtig richtete sie sich auf und leuchtete nach oben, um die Dimensionen der Kammer zu erfassen. Die Raumhöhe betrug hier an die drei Meter, schätzte sie.

In einer Felsnische hingen unzählige Fledermäuse, vermutlich noch im Winterschlaf. Durch das Licht ihrer Taschenlampe erwachten einige, flatterten über sie hinweg. Instinktiv zog Sandra den Kopf ein. Nur gut, dass sie gegen Tollwut geimpft war. Zwar galt diese Krankheit hierzulande als ausgerottet, doch zahlreiche Fledermäuse trugen das tödliche Virus in sich und konnten es jederzeit mit ihrem Speichel übertragen. Auch wenn es unwahrscheinlich war, von einer gebissen zu werden und sich zu infizieren, war es ratsam, jeglichen Kontakt zu vermeiden. Das galt auch für tote Fledermäuse. Denn war das Tollwutvirus erst einmal ausgebrochen, stand dem Patienten ein grausames Ende bevor, ohne die geringste Hoffnung auf Heilung.

Sandra senkte ihre Taschenlampe, sodass diese nunmehr den Boden beleuchtete. Hatte das Licht eben geflackert?

»Bitte, nicht«, flehte sie mit seltsam dumpfer Stimme. Wenn nur jetzt nicht die Batterie oder die LED-Lampe schlappmachte! Warum hatte sie vorhin nicht daran gedacht, eine Reserve mitzunehmen?

Nein, das Licht brannte gleichmäßig. »Alles okay«, redete sie sich im nächsten Moment gut zu.

Die Fledermäuse waren zur Ruhe gekommen oder davongeflattert. Dafür hörte Sandra nun ein vertrautes Geräusch. Das Surren von Fliegen und Insekten, die der Verwesungsprozess magnetisch anzog. Sogar hier herunten, wo völlige Dunkelheit herrschte.

Sie hob ihre Taschenlampe immer weiter an, ließ den Lichtkegel langsam über den Boden von sich weg schweifen. Keine drei Meter vor ihr, am anderen Ende der steinernen Kammer, lag die Leiche auf dem Rücken.

Sandra kam neben dem Toten zu stehen, leuchtete ihn von oben bis unten ab. Trotz des Einschussloches an seinem rechten Auge, konnte sie David Maierhofer zweifelsfrei identifizieren. Auch ohne Obduktionsbefund war sie sich sicher, dass der Todeszeitpunkt einige Tage zurücklag. Adern und Venen traten grünlich hervor, die Totenstarre hatte sich bereits wieder aufgelöst. Maden- und Insektenbesiedelung, die dem biologischen Abbau der Leiche dienten, waren fortgeschritten. Sie hockte sich neben den Toten, sah noch einmal genauer hin, wenngleich der Anblick des zu Lebzeiten feschen jungen Mannes nunmehr alles andere als gefällig war. Außer der Schusswunde konnte sie noch immer keine Verletzung feststellen, wobei sie davon Abstand nahm, unter seiner Kleidung nachzusehen. Weitere Blutspuren waren jedenfalls keine auszumachen. Allem Anschein nach hatte das Projektil, das durch die Augenhöhle in den Schädel eingedrungen war, eine tödliche Verletzung des Gehirns verursacht. Ausschusswunde gab es keine. Entweder war der Mann sofort gestorben oder zumindest augenblicklich bewusstlos gewesen. So viel verriet ihr die Auffindeposition der Leiche.

Sandra betrachtete die Blutspuren an der hinteren Wand. Es bestand kein Zweifel, dass sie sich hier am Tatort befand. Sie machte sich daran, die Taschen des Toten zu durchsuchen, fand eine Brieftasche mit Personalausweis, Führerschein, KFZ-Zulassung, diversen Bank- und Kundenkarten, über 3.000 Euro in bar sowie ein Handy mit leerem Akku, einen BMW-Autoschlüssel und einen Schlüsselbund. All diese Gegenstände stellte sie in kleinen Plastikbeuteln sicher und steckte sie in einen größeren Beutel.

Dann erhob sie sich, um den Boden noch einmal sorgfältiger abzuleuchten, Zentimeter für Zentimeter.

Eine Tatwaffe konnte sie nirgends entdecken. Auch nicht im Schlupf, der in den nächsten, angeblich blinden Gang führte. Sich dort durchzuzwängen und weiterzusuchen, überließ sie der Tatortgruppe, die ohnehin bald eintreffen würde. Fürs Erste hatte sie genug gesehen. Es war höchste Zeit, den Rückweg anzutreten, bevor sie hier noch auf engstem Raum mit Siebenbrunner zusammentraf.

Hatte David Maierhofer sterben müssen, weil sein Geschäft mit den minderjährigen Mädchen aufgeflogen war, überlegte sie unterwegs. In diesem Fall kamen am ehesten Bernhard Faschingbauer und Gernot Reithofer als Verdächtige in Betracht. Beide hatten ein starkes Mordmotiv gehabt, ihm das schmutzige Handwerk für immer zu legen.

»Autsch, verdammt!« Sandra blieb stehen und zog den Kopf ein, den sie sich eben an einer Steinplatte angeschlagen hatte. Instinktiv wollte sie sich an die schmerzende Stelle greifen, als ihr im letzten Moment die Handschuhe und die Kapuze einfielen, die sie noch anhatte. Also ließ sie es lieber bleiben. Ob sie blutete, konnte sie draußen noch immer feststellen. Und so schlimm war der Schmerz eigentlich gar nicht. Vorsichtig erklomm sie den Schacht, der in den oberen Gang hinaufführte.

Vielleicht gab es ja auch andere Eltern, deren Töchter David Maierhofer für seine Zwecke missbraucht hatte und die ihm auf die Schliche gekommen waren, überlegte sie weiter, während sie sich langsam dem Höhleneingang näherte. Oder gab es noch ein anderes Mordmotiv? Hatte der junge Mann mehr Dreck am Stecken gehabt, als sie bislang wussten?

Es ließ sich auch nicht ausschließen, dass sie es in beiden Fällen mit ein und demselben Mörder zu tun hatten. Aber wer kam dann als Täter infrage? Bernhard Faschingbauer?

Ausgeschlossen. Die fehlenden Schmauchspuren bewiesen seine Unschuld im ersten Fall. Er konnte unmöglich auf seine Familie geschossen haben. Ob das für den zweiten Mord auch galt, ließ sich nur herausfinden, wenn sie ihn möglichst rasch noch einmal testeten, bevor auch die letzten Mikropartikel verschwanden.

Und Gernot Reithofer? Er hatte kein Alibi für die erste Tatnacht. Dafür aber ein Motiv, nämlich die 5.000 Euro, die ihm sein Freund geschuldet hatte. Auf Schmauchspuren war er nicht überprüft worden. Wenn es welche gegeben hatte, waren diese inzwischen nicht mehr nachweisbar. Momentan war er wohl am ehesten verdächtig. Er konnte von den Vorfällen zwischen seiner Tochter und Maierhofer gewusst und nur vorgegeben haben, völlig ahnungslos zu sein. Falls Reithofer die ersten drei Opfer auf dem Gewissen hatte, erklärte das auch, warum er gegen Maierhofer keine Anzeige erstattet, sondern den Mann, der seine minderjährige Tochter missbrauchte, auch noch selbst beseitigt hatte.

Oder gab es jemand anderen, der beide Taten begangen haben konnte? Mussten sie nach einem oder doch nach mehreren Tätern suchen?

Sandra war heilfroh, wieder ans Tageslicht zu gelangen, auch wenn ihr der Schädel brummte.

## 4.

Auf dem Weg nach Hause rief Sandra Paul an, um ihn nach seinen Abendplänen zu befragen.

»Tut mir leid, Sandra«, sagte er. »Ich habe gerade Luisa und Chiara von meiner Exfrau abgeholt. Sie muss heute kurzfristig bei einem Geschäftsessen einspringen, die Mädchen übernachten deshalb bei mir.«

Im Hintergrund glaubte Sandra, Wasserrauschen zu hören. Oder brutzelte da etwas in der Pfanne? »Kochst du gerade?«, fragte sie ihn.

»Ja, die beiden wollen unbedingt Fischstäbchen essen.« Paul seufzte. »Wenigstens waren sie sich diesmal in ihrem Wunsch einig.«

Sandra sah vor ihrem geistigen Auge, wie sich der Feinschmecker vor Ekel schüttelte, weil er ein industrielles Fertigprodukt in seiner Profispezialpfanne zubereiten musste. Offenbar konnte Paul seinen Töchtern aber keinen Wunsch abschlagen. »Ich könnte euch doch Gesellschaft leisten«, meinte sie schmunzelnd. »Ich mag Fischstäbchen nämlich auch sehr gerne. Was hältst du davon, wenn ich gleich noch zu dir komme? Dann lerne ich endlich deine Töchter kennen.«

»Lieber nicht, Sandra. Die beiden müssen heute früh ins Bett gehen. Morgen ist wieder Schule. Wir können uns ja morgen Abend sehen.«

»Okay.« Sandra bemühte sich, ihre Enttäuschung nicht durchklingen zu lassen. Ein wenig Ablenkung nach diesem anstrengenden Tag hätte ihr gutgetan. Es gab einen weiteren Mordfall, den sie aufzuklären hatten. Aber keinen einzigen Verdächtigen. Die Schnelltests auf Schmauchspuren waren sowohl bei Bernhard Faschingbauer und Gernot Reithofer als auch bei Patrick Schantl negativ verlaufen. Dafür hatte Sandra eine dicke Beule am Kopf, mit der sie heute lieber nicht mehr joggen wollte. Wenigstens wirkte das Aspirin gegen ihre Kopfschmerzen. »Morgen um sieben bei mir?«, fragte sie. Vorausgesetzt, es kam keine neue Leiche dazwischen.

»Gerne. Ich koche uns was Feines«, versprach Paul.

»Und ich sorge dafür, dass es nicht nur beim Essen bleibt«, sagte Sandra schmunzelnd.

»Bleib nicht zu lange auf, damit du morgen ausgeschlafen bist.«

Warum nur klang Paul schon wieder, als würde er mit einer seiner Töchter sprechen? »Ich habe von Sex geredet, Paul«, stellte sie klar.

»Ja eh. Wovon denn sonst?«, fragte er.

Hatte sie da eben Sarkasmus herausgehört? Wollte er damit andeuten, dass sie kein anderes Thema kannte?

Unsinn. Nach dem fantastischen Sex, den sie am letzten Wochenende gehabt hatten, freute er sich bestimmt genauso sehr darauf wie sie. Auch wenn Leo diesmal fehlen würde.

# KAPITEL 9

*Mittwoch, 23. April*

## 1.

»Lass uns fahren, Sandra.« Bergmann zog seine Biker-Lederjacke an und setzte die Ray-Ban-Sonnenbrille auf.

Mit seinem Drei- oder Noch-mehr-Tagebart und den zerschlissenen Jeans war der Chefinspektor zwar überhaupt nicht Sandras Typ, aber Miriam fand ihn ziemlich cool für sein Alter. Geschmäcker waren eben verschieden. Auch die Sneakers, die er jahraus, jahrein trug, waren seit einiger Zeit wieder total angesagt, hatte ihr die junge Kollegin neulich ungefragt verraten. Was wohl kaum der Grund war, warum Bergmann diese Schuhe fast ausschließlich anhatte, vermutete Sandra. Wenigstens trug er nicht immer dasselbe Paar.

»Mach mal ein bisschen Druck beim Plattformbetreiber«, sagte er zu Miriam. »Ich will endlich wissen, ob noch andere Mädchen für David Maierhofer angeschafft haben und womit er sonst noch so sein Geld verdient hat.«

»Geht klar, Boss. Seine Bankdaten kriegen wir spätestens morgen geschickt. Ebenso die Anrufverbindungen. Kommt's ihr zwei heute noch mal zurück ins Büro?«, erkundigte sich Miriam.

»Schauen wir mal, was der Nachmittag so bringt. Baba, Miriam«, verabschiedete sich Bergmann von seiner jüngsten und zweifellos hübschesten Mitarbeiterin.

Bloß keine neue Leiche, flehte Sandra innerlich. Sie wollte joggen gehen und anschließend einen gemütlichen Abend mit Paul verbringen, und nicht schon wieder Überstunden machen.

»Pfiat eich!« Lächelnd griff Miriam zum Telefonhörer.

»Ich weiß zwar nicht, was du dir von der Befragung dieser Lehrerin erhoffst«, meinte Bergmann auf dem Weg zum Dienstwagen, »aber ich habe momentan auch keine bessere Idee, wo wir sonst noch ansetzen könnten. Wenigstens nicht, solange uns keine neuen Spuren oder Hinweise vorliegen …«

»Eben. Vielleicht kann uns Susanne Lichtenegger irgendetwas über die Faschingbauers verraten, was wir noch nicht wissen. Etwas, das uns auf eine neue Spur bringt. Möglicherweise hat sie ja auch David Maierhofer gekannt.«

»Wir werden ja sehen … Und wo wir schon mal in Hartberg sind, können wir auch gleich im Schützenverein vorbeischauen. Ich ruf von unterwegs an, ob heute jemand dort ist.«

»Hab ich schon erledigt. Ab 16 Uhr können wir kommen. Bis 20 Uhr ist heute Training.«

»Hast du schon mit Johanna gesprochen?«, fragte Bergmann, als sie im Wagen saßen.

Sandra schüttelte den Kopf und schnallte sich an. »Nachdem Maierhofers Leiche aufgefunden wurde, hat sich die Frage nach seinem Aufenthaltsort ja erübrigt.« Sie startete den Motor und manövrierte den Audi aus dem Parkplatz.

Dass er ermordet worden war, wusste Johanna bestimmt schon, nahm Sandra an. Immerhin hatten die Kriminaltechniker gestern noch ihren Onkel aufgesucht, um diesen auf Schmauchspuren zu testen. Dasselbe galt für Verena Valeskini und ihren Vater Gernot Reithofer.

»Wie die Hautreste von Johanna unter die Fingernägel ihres Bruders gelangt sind, können wir später immer noch klären«, sagte Bergmann und hob lässig die Hand, um den Portier zu grüßen.

»Du hast recht. Lassen wir Johanna erst einmal die nächste Hiobsbotschaft verdauen. Immerhin wurde jetzt auch noch der erste Mann, in den sie verliebt war, ermordet.«

»Sie sollte lieber froh sein, dass sie diesen Verbrecher endgültig losgeworden ist, bevor er ihr noch Drogen verpasst und sie auf den Strich geschickt hätte«, sagte Bergmann ärgerlich. »Oder nimmt sie eh schon Drogen?«

»Nein. Und sie ist auch noch Jungfrau«, sagte Sandra. »Bestimmt ist sie auch erleichtert, dass er sie zu nichts mehr zwingen, sie bedrohen und schlagen kann. Dennoch wird sie sehr wohl um ihn trauern.«

Bergmann bedachte Sandra mit einem skeptischen Blick.

»Was ist? Sie tut mir halt leid. Überleg doch mal, was sie in ihren jungen Jahren schon alles durchgemacht hat.«

»Trotzdem solltest du dich da emotional nicht so reinhängen«, warnte Bergmann sie neuerlich.

»Aber das tu ich doch gar nicht.«

»Und in der Antarktis gibt es Eisbären.«

»Wie? Ach so …« Dort gab es ja nur Pinguine. Sandra beschloss, Johanna heute Abend, spätestens aber morgen anzurufen.

## 2.

Susanna Lichtenegger war etwas kleiner als Sandra, hatte jedoch einige Kilo mehr auf den Rippen. Oder besser gesagt, auf den Hüften, am Gesäß und an den Oberschenkeln. Ihr Oberkörper wirkte dagegen fast zierlich. Erste silberne Fäden zogen sich durch die braunen, krausen Haare, die von einer Metallspange im Nacken zusammengehalten wurden. Ihre schmalen Lippen, die hängenden Mundwinkel und zwei tiefe Längsfalten zwischen den Augenbrauen ließen die Lehrerin verhärmt und gestresst aussehen. Einzig die gesunde Hautfarbe verriet, dass sie sich über die Osterferien im sonnigen Süden erholt hatte. Die graue Strickjacke und die violette Jogginghose waren ebenso wenig vorteilhaft wie die Filzpatschen an ihren Füßen, doch bestimmt war ihr Outfit sehr bequem.

Sandra entschuldigte sich, dass sie den für gestern anberaumten Termin erst jetzt wahrnehmen konnten.

»Das macht doch nichts. Setzen wir uns am besten zum Esstisch.« Susanne Lichtenegger schob einen Stapel Schulhefte in violetten Plastikeinbänden beiseite, während die Kriminalisten am runden Tisch Platz nahmen, den eine geblümte Plastiktischdecke zierte.

»Möchten Sie einen schwarzen Tee? Ich wollte mir gerade einen machen.«

»Gerne«, sagte Sandra.

»Haben Sie auch Kaffee?«, fragte Bergmann.

»Ein Löslicher müsste noch da sein. Ich trinke nämlich keinen Kaffee«, erwiderte die Lehrerin.

Wenig begeistert, aber doch nahm Bergmann das Angebot an. »Stark, schwarz, mit Zucker«, fügte er hinzu.

Susanne Lichtenegger verließ das Wohnzimmer, das sie gleichzeitig als Speise- und Arbeitszimmer nutzte.

Bergmann hatte sich kurz umgedreht, um ihr nachzusehen. »Die sieht aus wie meine Deutschlehrerin damals in der Klosterschule«, sagte er, nachdem er sich wieder Sandra zugewandt hatte. »Gruselig.« Er beutelte sich ab.

»Wie? Du hast gar keine Klosterschwester in Deutsch gehabt?« Die Ordensfrauen, die ihn in der Klosterschule besonders sekkiert hatten, hatte Bergmann schon einmal erwähnt. Ebenso den netten Priester, der so manchem Buben näher gekommen war, als es dem lieben Gott gefiel.

»Dass dir immer gleich das Allerschlimmste in den Sinn kommt. Als wäre eine weltliche Lehrerin nicht schon schlimm genug. Noch dazu eine, die keinen Kaffee trinkt und mit einem solchen Postrosshintern in einer viel zu engen violetten Jogginghose herumläuft.«

»Sascha, bitte, was soll das?«, rügte Sandra ihn. »Die Frau ist halt etwas stärker gebaut. Trotzdem kann sie anziehen, was sie will. Ob es dir nun gefällt oder nicht. Außerdem ist sie hier zu Hause. Hast du etwa erwartet, dass sie uns im Kleinen Schwarzen empfängt?«

Bergmann verzog angewidert das Gesicht. »Ein Kleiner Schwarzer aus der Espressomaschine wäre mir bedeutend lieber.«

Sandra konnte nur den Kopf schütteln. »Heb dir deine sexistischen Sprüche für deine Freunde auf.«

»Welche Freunde? Ich …«

Sandra räusperte sich, um Bergmann zu signalisieren, dass Susanne Lichtenegger, die er hinter seinem Rücken nicht sehen konnte, aus der Küche zurückkehrte.

Augenblicklich verstummte er.

»Wir würden Ihnen gerne ein paar Fragen zur Familie Faschingbauer stellen«, sagte Sandra, während Susanne Lichtenegger Bergmann die Kaffeetasse reichte. »Sie waren doch eine Weile mit Bernhard Faschingbauer liiert, nicht wahr?«

Die Frau schenkte erst für Sandra, dann für sich selbst Tee ein und stellte eine Schüssel mit Schokolade-Ostereiern auf den Tisch.

Sandra griff zu einer Zitronenscheibe.

»Ist eine Biozitrone. Sie können gerne auch bei den Schokoeiern zugreifen. Ich sollte eh keine essen.«

»Danke schön.«

Susanne Lichtenegger nahm nun ebenfalls am Tisch Platz. »Ich war fast drei Jahre lang mit dem Bernhard zusammen«, erklärte sie. »Das letzte Jahr habe ich bei ihm gewohnt. Das war ein riesiger Fehler. Vor einem guten Monat bin ich wieder ausgezogen. Es ging einfach nicht mehr …«

»Warum nicht?«, hakte Sandra nach.

»Ist diese Frage nicht zu intim?« Die Frau rührte in ihrer Teetasse um.

»Sie müssen unsere Fragen nicht beantworten, nur wenn Sie es möchten«, erklärte Sandra. »Aber je realistischer unser Bild von der Familie ist, desto eher finden wir Anhaltspunkte für unsere Mordermittlungen.«

»Na gut.« Die Frau musterte Bergmann abschätzend.

»Wollen Sie sich lieber allein mit mir unterhalten?«, fragte Sandra. »Von Frau zu Frau?«

»Nein, das geht schon in Ordnung.« Sie nahm ein Schokoei und wickelte es aus der Folie aus. »Also: Wenige Wochen nachdem ich beim Bernhard eingezogen bin, hat mich das Gefühl beschlichen, dass zwischen ihm und seiner Schwägerin etwas läuft. Er hat eine Affäre zwischen ihnen bestritten, als ich ihn darauf angesprochen habe. Wenig später hab ich seinen Schwager mit demselben Verdacht konfrontiert. Auch der wollte nichts davon wissen, hat mich nur ausgelacht. Bei Gudrun nachzufragen, hab ich mir erspart. Die hätte mir die Augen ausgekratzt. Sie ist ja immer gleich hysterisch geworden, wenn ihr was nicht gepasst hat. Nicht nur einmal hat sie mich als fette Sau beschimpft.« Susanne Lichtenegger rang sich ein bitteres Lächeln ab und steckte die Schokolade in den Mund.

Sandra warf Bergmann einen vorwurfsvollen Blick zu, um ihn an seine diskriminierenden Aussagen von vorhin zu erinnern. Doch der zuckte nicht einmal mit der Wimper.

»Rein äußerlich war die Gudrun eine sehr attraktive Frau«, fuhr Susanne Lichtenegger fort. Sie war auch einigermaßen gebildet. Aber leider hat es ihr an Herzensbildung gemangelt. Jedenfalls hat mir mein Verdacht keine Ruhe gelassen. Ich wollte wissen, woran ich bin. Auch, weil der Bernhard und ich kaum noch intim miteinander waren. Also habe ich ihm eine Weile nachspioniert. Heute ist es mir direkt peinlich, was ich alles aufgeführt hab, um den beiden auf die Schliche zu kommen. Na ja, die Eifersucht … Sie kennen das bestimmt.«

Nicht aus eigener Erfahrung, dachte Sandra. Zum Glück war sie nicht besonders eifersüchtig. Aber ihr Privatleben tat ohnehin nichts zur Sache.

Susanne Lichtenegger nippte an ihrem Tee, ehe sie fortfuhr. »Bis zum Nachmittag war ich immer in der Schule, außer an den Wochenenden und in den Ferien natürlich. Eines Tages hab ich sie dann in flagranti erwischt.« Sie griff zu einem zweiten Schokoei. »Nicht nur die Gudrun und den Bernhard, oh nein …«, erzählte sie weiter. »Der Walter war auch mit von der Partie. Sein Zwillingsbruder! Sie haben es zu dritt miteinander getrieben … Also, wenn das nicht hochgradig pervers ist. Und das war bestimmt nicht das einzig Perverse, was in dieser Familie gelaufen ist.«

»Was war denn sonst noch pervers?«, fragte Sandra nach.

»Na ja, ich habe keine Beweise dafür. Aber der Bernhard und seine Nichte haben auf mich sehr vertraut miteinander gewirkt … Viel zu vertraut für meinen Geschmack. Ehrlich gesagt, würde es mich nicht wundern, wenn er auch mit der Johanna eine intime Beziehung hätte.«

»Das ist aber eine ziemlich heftige Anschuldigung, Frau Lichtenegger«, meinte Sandra. »Haben Sie denn jemals beobachtet, dass Bernhard Faschingbauer Intimitäten mit seiner Nichte ausgetauscht hat?«

»Die Johanna ist manchmal auf seinem Schoß gesessen und hat mit ihm fast schon geschmust. Das gehört sich doch nicht. Ich meine, der Bernhard ist ja schließlich nicht ihr Vater.«

Oder eben doch, dachte Sandra. Zumindest schien er selbst davon überzeugt zu sein. Sie griff zu ihrer Teetasse. Hätte ihr Johanna nicht von einem sexuellen Verhältnis mit ihrem vermeintlichen Onkel erzählt, überlegte sie weiter. Warum hätte sie ihr die Geschichte mit David Maierhofer gestehen sollen, ihr diese aber verschweigen? Weil es für die erste Beweise gab, für die zweite aber nicht? Nein, Johanna hatte ihr geschworen, dass sie noch Jungfrau war. Bestimmt hatte Susanne Lichtenegger in ihrer maßlosen Eifersucht viel zu viel in die Beziehung zwischen Onkel und Nichte hineininterpretiert. Sandra hatte ja selbst erlebt, wie vertraut die beiden miteinander waren, ohne den Eindruck eines intimen Verhältnisses gewonnen zu haben. Dafür hatte sie üblicherweise ganz gute Sensoren.

»Was verstehen Sie unter ›fast schon geschmust‹?«, wiederholte Bergmann die Anschuldigung.

»Johanna hat sich an ihren Onkel geschmiegt, sie haben sich an den Händen gehalten und geküsst.«

»Richtig geküsst? Mit der Zunge?«, fragte Bergmann und sah der Lehrerin in die Augen.

Die Frau errötete unter ihrer Bräune und wandte den Blick ab. »Das nicht, nein. Abgebusselt trifft es eher.« Das zweite Schokoei landete in ihrem Mund.

»Dem werden wir nachgehen«, sagte Sandra wieder gefasst. »Ich bitte Sie aber, solche Anschuldigungen für sich zu behalten, solange sie nicht bewiesen sind. Sie könnten Ihrem Expartner damit sehr schaden. Und seiner Nichte auch.« Vielleicht hatte sie genau das beabsichtigt. Die Frau war betrogen und gedemütigt worden. Jetzt war der Moment gekommen, sich an ihm und seiner Familie zu rächen, vermutete Sandra.

Susanne Lichtenegger nickte traurig, schluckte die Schokolade in ihrem Mund hinunter.

»Haben Sie eine Idee, wer Gudrun, Walter und Severin Faschingbauer getötet haben könnte?«, fragte Sandra.

»Nein. Die Gudrun hat zwar keiner leiden können, aber deswegen tötet ja niemand drei Menschen. Am ehesten hätte ich gedacht, dass es in der Familie Streit gegeben hat. Oder dass der Walter wegen seiner Schulden durchgedreht hat. Es waren ja genügend Waffen im Haus. Dass da mal was passiert, ist kein Wunder. Geht es der Johanna gut?«

»Sie ist so weit in Ordnung«, bestätigte Sandra.

»Die Johanna hat ihre Mutter gehasst. Am liebsten wäre sie beim Bernhard eingezogen und hätte mich zum Teufel gejagt. Na ja, jetzt hat sie ja, was sie wollte.«

»Das ist aber ziemlich zynisch. Finden Sie nicht, Frau Lichtenegger? Johanna hat ihre Familie verloren. Auf eine

Art und Weise, wie man sie seinem ärgsten Feind nicht wünscht. Glauben Sie wirklich, dass das Mädchen das gewollt hat oder darüber glücklich ist?«, bemühte sich Sandra um Gelassenheit.

Susanne Lichtenegger schüttelte den Kopf.

»Vielleicht war es der Bernhard.«

»Wie kommen Sie jetzt darauf?«

»Ich traue ihm alles zu.«

»Auch, dass er seinen kleinen Neffen hinrichtet? Er behauptet, noch nie eine Waffe angerührt zu haben.«

Die Frau zuckte mit den Schultern. »Der Bernhard hat schon viel behauptet.«

»War er denn jemals gewalttätig gegen Sie?«

»Nein. Aber erwarten Sie jetzt nicht von mir, dass ich deshalb die Hand für ihn ins Feuer lege.«

Sandra schnaufte durch, ehe ihr noch der Kragen platzte.

»Haben Sie David Maierhofer gekannt?«, wechselte Bergmann das Thema.

Sandra war ihm dankbar dafür.

»Ja, sicher kenn ich ihn. Aus dem Gasthaus. Ich hab dem Bernhard ja oft geholfen. Meistens in der Küche, ab und zu auch im Service. Während er mich beschissen hat. Ja, so dämlich war ich …« Das dritte Ei wurde ausgepackt.

»Und David Maierhofer?«

»Ach so, ja … Der David ist ein netter Bursche, charmant und fleißig. Er ist Versicherungsmakler und arbeitet in seiner Freizeit noch als Tennistrainer. Die jungen Frauen stehen natürlich auf ihn. Auch so manche Ältere …«

»Johanna auch?«, fragte Sandra, um herauszufinden, ob Susanne Lichtenegger mehr über die Beziehung zwischen Johanna und Maierhofer wusste.

»Ja, die auch. Es gab sogar Gerüchte, dass sie was miteinander haben. Ich weiß aber wirklich nicht, ob da was dran ist.«

Anscheinend hielt sich Susanne Lichtenegger mit ihren Anschuldigungen nun etwas zurück, stellte Sandra fest.

»Wundern würde es mich allerdings nicht. Der David hatte alles, was sich junge Frauen von einem Mann erträumen.«

Dass er sie zum Cybersex zwang, zählte wohl kaum dazu, dachte Sandra. Eigentlich hatte sie genug gehört, dennoch spulte sie routiniert ihre Fragen hinunter, bemüht, dabei sachlich zu bleiben. Normalerweise fiel es ihr leicht, ihre Emotionen bei Befragungen hintanzuhalten, aber das gedankenlose Gerede dieser Frau reizte sie bis aufs Blut. Neue Erkenntnisse oder konkrete Verdachtsmomente ergaben sich jedoch keine mehr. Auch nicht, nachdem sie Susanne Lichtenegger mitgeteilt hatten, dass auch David Maierhofer ermordet worden war.

»Alles okay mit dir?«, fragte Bergmann, als er hinter Sandra die Stiegen hinunterlief.

»So eine lässt man auf unschuldige Kinder los«, schnaubte sie.

»Meine Red …«, sagte Bergmann hinter ihrem Rücken. »Und wenn doch was dran ist an ihren Anschuldigungen?«, fragte er unten angelangt.

Sandra drückte auf den Türöffner. »Was denn? Dass Johanna was mit ihrem Onkel hat, glaube ich nie und nimmer. Diese spießige, altbackene Lehrerin ist doch total frustriert. Jetzt rächt sie sich an der Familie, in der sie nicht willkommen war, und an ihrem Ex, der sie betrogen hat.«

»Kein Wunder«, sagte Bergmann.

»Was ist kein Wunder?« Sandra strebte auf den Audi zu.

»Dass Bernhard Faschingbauer lieber mit seiner hübschen Schwägerin gevögelt hat, als mit *der.*« Er deutete über seine Schulter auf die Fassade des Wohnhauses, das sie soeben verlassen hatten.

»Sascha!«, warnte Sandra ihn, obwohl sie ihm insgeheim recht geben musste.

»Was? In ihrem Alter hat schließlich jeder das Gesicht, das er verdient. Und den Arsch …« Es war nicht zu übersehen, dass er nun Sandras Hintern anglotzte, der ihm offenbar gefiel.

Das hatte ja kommen müssen. Und sie hatte ihn auch noch provoziert. Sandra ersparte sich und ihm eine Antwort und stieg in den Wagen ein. Sie war ohnehin viel zu sehr mit dem Fall beschäftigt. »Immer wieder läuft der Verdacht auf Bernhard Faschingbauer hinaus«, sagte sie im Auto. »Gibt es denn wirklich keine Möglichkeit, Schmauchspuren zu vermeiden?«

»Höchstens mit einem Ganzkörperkondom. Und selbst das bezweifelt Siebenbrunner«, sagte Bergmann grinsend.

»Der muss es ja wissen.« Sandra verdrehte die Augen.

Bergmann lachte. »Wunderbare Vorstellung: Siebenbrunner von Kopf bis Fuß in einem Gummi verpackt.«

»Gleich muss ich speiben.«

Bergmann kriegte sich vor Lachen gar nicht mehr ein. »Lass uns noch in diesen Schützenverein fahren. Dann sehen wir weiter«, entschied er, noch immer lachend.

Sandra konnte nicht anders als mitlachen.

## 3.

Die Schüsse vom Schießstand waren auch im Büro des Schützenvereins noch relativ laut zu hören. »Nein, wir ham hier keine Waffe vom Walter in Verwahrung«, sagte der Obmann. »Das hab ich Ihrer Kollegin schon am Telefon erklärt. Den Namen hab ich mir nicht g'merkt.«

»Miriam Seifert«, sagte Sandra.

»Ja, genau. Frau Seifert.«

»War Walter Faschingbauer regelmäßig hier?«

»Früher war'n s' beide regelmäßig beim Training. Und bei den Wettkämpfen. Seit gut zwei Jahren aber leider nimmer. Die ham jede Menge Probleme g'habt. Familiäre und finanzielle, hat's g'haß'n …«

»Beide?«, hakte Sandra nach. »War Frau Faschingbauer denn auch Sportschützin?«

»Die Gudrun doch nicht, die Johanna. Das Dirndl hat mit der Luftdruckpistole alles abg'räumt, was es in ihrer Jugendklasse zu holen geb'n hat. Mit einer ruhigen Hand, eisernem Willen, Konzentration und Nerven wie Drahtseilen. Sie war sogar zweimal Jugend-Landesmeisterin.«

Was wollte ihr Bergmann mit seinem Blick zu verstehen geben, fragte sich Sandra. Dass Johanna eine preisgekrönte Meisterschützin war, machte sie noch lange nicht zu einer gesuchten Mehrfach-Mörderin. »War sonst noch jemand von der Familie aktives Mitglied in Ihrem Verein? Bernhard Faschingbauer vielleicht?«

»Nein, der ist Pazifist und Zivildiener.« Aus dem Mund des Vereinsobmannes klang diese Aussage, als leide der Besagte an Aids und Lepra gleichzeitig.

»Und Severin?«

»Na, der Bua war a rechtes Hascherl. Dafür hat die Johanna umso mehr Kampfgeist. Wenn die was woll'n hat, hat sie's auch g'schafft. Ewig schad, dass sie keine Wettkämpfe mehr bestreitet.« Der Obmann schob Fotos über seinen Holzschreibtisch, der wie alles hier – Boden, Wand- und Deckenpaneele – aus Fichtenholz war.

Sandra betrachtet die Bilder: Johanna am Schießstand, Johanna beim Wettbewerb in einer Turnhalle, Johanna mit Urkunde, Johanna, Johanna, Johanna. Auf keinem einzigen Foto zeigte das Mädchen Freude oder lachte gar.

## 4.

Sandra hatte ein Handtuch um die nassen Haare, ein Badetuch um ihren Körper geschlungen, als sie für Paul den Türöffner drückte und die Wohnungstür anlehnte. Warum benutzte er nicht seinen Schlüssel?

Vor einer knappen Stunde hatte Sandra Bergmann vor seinem Wohnhaus abgesetzt. Anschließend war sie eine kleine Runde gejoggt, um ihren Kopf freizubekommen. Mehr war nicht mehr drin gewesen. Erschöpft und hungrig freute sie sich nun auf das Abendessen mit Paul.

Während sie im Badezimmer ihre nassen Haare frottierte, hörte sie die Wohnungstür ins Schloss fallen. »Ich bin im Bad, Schatz«, rief sie, sodass Paul sie hören konnte.

Augenblicke später stand er in der Tür. »Hallo, Sandra.« Er sah besorgt aus.

Sandra ging auf ihn zu und küsste ihn zur Begrüßung auf den Mund. Sein Körper verspannte sich, als wollte er sie lieber auf Abstand halten. Ihre Miene verdüsterte sich. »Alles okay?«, fragte sie, obwohl sie ganz genau spürte, dass es nicht so war.

»Ich muss mit dir reden, Sandra«, sagte er traurig.

Das klang gar nicht gut. »Ist etwas passiert?« Ihr Magen krampfte sich zusammen. Ihr Appetit war schlagartig dahin.

Anstatt zu antworten, zuckte Paul mit den Schultern.

»Kann ich mir noch schnell die Haare föhnen?«, fragte Sandra.

Paul nickte. »Ich warte solange im Wohnzimmer auf dich. Möchtest du auch ein Glas Wein?«

Sandra nahm das Handtuch vom Kopf und griff zum Haarschaum. »Ja, bitte.«

Paul wartete auf der Couch auf sie. Als Sandra kam, füllte er ihr Glas und stellte die Flasche wieder in den Weinkühler zurück.

»Wolltest du nicht für uns kochen?«, fragte Sandra, obwohl ihr der Hunger vergangen war.

»Setz dich zu mir«, sagte Paul.

Sandra folgte seiner Aufforderung. »Jetzt sag schon: Was ist los?«, fragte sie bange.

»Es tut mir leid, Sandra. Du bist eine großartige Frau, ich habe die Zeit mit dir wirklich sehr genossen. Aber unsere Beziehung … Es geht einfach nicht mehr …«

»Was geht nicht mehr? Aber das Wochenende … Wir hatten doch …«

»Genau das ist es ja«, unterbrach Paul sie.

Sandra konnte ihm nicht mehr in die Augen sehen. Er machte tatsächlich Schluss mit ihr.

Paul nahm ihre Hand.

Sie ließ ihn gewähren.

»Ich bin homosexuell, Sandra. Das ist mir am Wochenende klar geworden.«

Paul war schwul. Also doch. Am Anfang ihrer Beziehung war ihr der Gedanke schon in den Sinn gekommen. Auch Andrea hatte diesen Verdacht geäußert. Einmal hatte sich Sandra sogar ein Herz gefasst und Paul vorsichtig darauf angesprochen, als er wieder einmal keine Lust gehabt hatte, mit ihr zu schlafen. Oder besser gesagt, keinen hochbekommen hatte. Ihre vage Vermutung hatte er damals vehement, fast ärgerlich bestritten. »Kann einem das wirklich so plötzlich klar werden?«, fragte sie. »Ohne vorher etwas geahnt zu haben? Immerhin bist du bald 43, warst verheiratet und hast zwei Kinder.« Ihre Stimme zitterte jetzt. Die Tränen, die sie zurückhielt, schmerzten im Hals.

Paul drückte ihre Hand. »Ja, das kann es. Ich wollte es wohl all die Jahre nicht wahrhaben. Was nicht sein durfte, war auch nicht. Aber nach diesem Wochenende kann ich es nicht länger verdrängen. Glaube mir, ich habe dich niemals belogen, Sandra. Ich tue es jetzt nicht und will es auch in Zukunft nicht tun. Deshalb muss ich Schluss machen. Die Entscheidung, dich zu verlassen, ist mir wirklich nicht leichtgefallen. Und ich hoffe sehr, dass du mir eines Tages verzeihen kannst.«

Gab es da etwas zu verzeihen? Die sexuelle Gesinnung suchte sich schließlich niemand aus. Dumm nur, dass Paul sich ausgerechnet umorientierte, während er mit ihr eine

Beziehung führte. Und daran war sie auch noch selbst schuld. Ihre Schnapsidee, gemeinsam Sex mit einem anderen Mann zu haben, um ihre Beziehung perfekt zu machen, hatte Paul erst die Augen geöffnet. Sandra liefen die Tränen über die Wangen.

»Momentan ist das vermutlich zu viel verlangt, aber vielleicht können wir Freunde bleiben …« Behutsam strich ihr Paul mit dem Finger eine Träne weg und reichte ihr ein Taschentuch.

Sandra fehlten die Worte.

»Es tut mir so leid«, wiederholte er, während sie sich schnäuzte. »Ich weiß, du hattest große Zukunftspläne mit mir. Aber ich kann deine Wünsche nun mal nicht erfüllen. Ich muss meinen eigenen Weg gehen.«

»Mit Leo?«, schluchzte Sandra.

»Kann sein. Wenn er es auch möchte …« Es fiel ihm sichtlich nicht leicht, über seine neuartigen Gefühle zu sprechen. Paul war ein ehrlicher, anständiger Kerl. Zu gut, um wahr zu sein.

»Und wenn nicht? Können wir nicht trotzdem zusammenbleiben?« Sie wusste selbst, dass eine platonische Beziehung niemals funktionieren würde.

»Ich würde mir wünschen, dass wir Freunde bleiben. Aber als Paar, das ist vorbei …« Paul legte die Schlüssel zu ihrer Wohnung auf den Couchtisch.

Ein neuer Schwall Tränen erfasste Sandra. »Bitte geh jetzt«, schluchzte sie.

Paul küsste sie zärtlich aufs Haar und stand auf. »Ich wäre dir sehr dankbar, wenn das unter uns bleibt. Du weißt ja, dass Schwule bei der Polizei auf wenig Toleranz stoßen.«

»Sicher«, versprach Sandra mit erstickter Stimme.

»Danke, Sandra. Ich wünsche dir nur das Allerbeste.« Er rang sich ein gequältes Lächeln ab.

Das warst du, dachte sie und vergrub ihr Gesicht ihm Zierkissen.

# KAPITEL 10

*Donnerstag, 24. April*

## 1.

»Was ist passiert?«, fragte Bergmann, als Sandra morgens das Büro betrat. »Du siehst aus wie vom Traktor überfahren.«

Charmant wie immer, ärgerte sich Sandra über seinen Kommentar. »Red mich bloß nicht blöd an, Sascha. Nicht heute«, warnte sie ihn. Am liebsten hätte sie gleich wieder losgeheult. Selbstverständlich sah sie mitgenommen aus, nachdem sie die halbe Nacht durchgeweint hatte.

»Ist wer gestorben?«, fragte Bergmann.

»Lass es, bitte …«

Miriam warf ihr einen besorgten Blick zu, schwieg aber.

»Oje, es ist ernst …«, ließ Bergmann nicht locker.

»Ist es«, zischte Sandra ihm zu. »Sag, hast du nichts anderes zu tun, als mich zu nerven?«

»Doch. Ich geh dann mal Jutta nerven. Und den Staatsanwalt. Bei David Maierhofer wird mir das leider nicht mehr gelingen …«

»Dir traue ich zu, dass du sogar Tote zur Weißglut bringst«, ätzte Sandra.

Der Chefinspektor lachte. »Ich bin in der Gerichtsmedizin. Bis später, die Damen.« Er nahm seine Jacke vom

Haken, schwang sie über die Schulter und setzte die Sonnenbrille auf, um ihnen den Rücken zu kehren.

»Kann ich etwas für dich tun?«, fragte Miriam, als Bergmann draußen war. »Magst du vielleicht einen Tee?«

»Das wäre lieb von dir, Miriam.« Sandra nickte dankbar. Wenigstens ersparte sie sich neugierige Blicke oder Fragen aufmerksamer Kollegen, denen ihr verquollenes Gesicht auffiel. Vor allem aber riskierte sie nicht, Paul zufällig über den Weg zu laufen.

Den ganzen Vormittag über fiel es Sandra schwer, einen klaren Gedanken zu fassen. Als Miriam sie wieder ansprach, fuhr sie zusammen.

»Ich hab was, Sandra!«, rief die Kollegin von Schreibtisch zu Schreibtisch.

Erschrocken fasste sich Sandra ans Herz und blickte auf.

»Das letzte Telefongespräch, das David Maierhofer mit seinem Handy geführt hatte, ist vom Festnetzanschluss der ›Waldstubn‹ ausgegangen«, verkündete Miriam.

»Johanna …«, murmelte Sandra.

»Oder Bernhard Faschingbauer«, entgegnete Miriam.

»Schon wieder der Wirt … Um welche Uhrzeit war dieser Anruf denn genau?«, fragte Sandra nach.

Miriam blickt auf ihren Bildschirm. »15.29 bis 15.31 Uhr.«

Sandra öffnete die Aktenmappe und suchte das entsprechende Protokoll, in dem auch Datum und Uhrzeit der Vernehmung vermerkt waren. Um diesen Zeitpunkt herum hatten Bergmann und sie die ›Waldstubn‹ verlassen, um anschließend nach Pöllau zu fahren und David Maierhofer nach seinen illegalen Nebeneinkünften zu befragen, ihn jedoch nicht in seiner Wohnung beziehungsweise im Büro angetroffen. Laut Bewegungsprofil seines Handys war er kurz zuvor bereits in Richtung Pöllauberg unterwegs gewesen. Er musste direkt nach dem Anruf von zu Hause zu dieser Höhle gefahren sein. Hatte Johanna ihn telefonisch vor der Polizei gewarnt? Aber warum hätte sie das tun sollen? Wieso verriet sie ihn erst, um ihm unmittelbar danach die Möglichkeit zu geben, abzuhauen? Weil sie ihn fürchtete und liebte zugleich? Oder hatte ihr Onkel respektive Vater den Burschen angerufen, um ihn in diese Höhle zu locken und kurzen Prozess mit ihm zu machen? Unwillkürlich schüttelte Sandra den Kopf. Bisher hatten sie Bernhard Faschingbauer nichts nachweisen können. Alles sprach dafür, dass er unschuldig war. Dennoch glaubte sie noch immer nicht daran. Der Gedanke, dass Johanna eine kaltblütige Mörderin war, erschien ihr hingegen nach wie vor absurd. War es überhaupt möglich, dass eine 13-Jährige dermaßen gerissen war und sie so hinters Licht führen konnte? Oder steckten Johanna und Bernhard Faschingbauer gemeinsam unter einer Decke, wie es Susanne Lichtenegger angedeutet hatte?

Gestern noch war Sandra vieles unmöglich erschienen, heute konnte sie sich alles vorstellen. In ihrem Innersten herrschte finstere Nacht. Ohne Mond oder Sterne, die wenigstens ein bisschen Licht ins Dunkel brachten.

Mit einem Seufzen registrierte sie die Uhrzeit auf ihrem Bildschirm. Die Jaeger-LeCoultre hatte sie wohlweislich zu Hause gelassen, um nicht ständig an Paul erinnert zu werden. Doch auch ohne auf ihr letztes Geburtstagsgeschenk von ihm zu blicken, drängte er sich immer wieder in ihre Gedanken, was ihr jedes Mal einen Stich versetzte. Sie zwang sich, bei der Sache zu bleiben. Bergmann musste demnächst von der Obduktion zurückkehren. Am Nachmittag sollte ein Schmauchspurentest an Johannas Haut vorgenommen werden. Anschließend wollten sie das Mädchen und ihren Vormund im Mordfall David Maierhofer befragen. Reithofer und seine Tochter standen ebenfalls auf ihrem Programm.

Das Telefonklingeln unterbrach ihre Überlegungen. »Kannst du bitte das Gespräch für mich annehmen?«, fragte sie Miriam.

»Wer ist es denn?«

Sandra las die Nummer auf dem Display. »Irgendeine externe Festnetznummer. Sagt mir nichts.«

Miriam holte den Anruf auf ihren Apparat und meldete sich, während Sandra sich durch das Vernehmungsprotokoll scrollte.

»Heute scheint unser Glückstag zu sein«, verkündete Miriam freudig, nachdem sie aufgelegt hatte.

Sandra hatte nicht mitbekommen, mit wem oder was die Kollegin gesprochen hatte. »Glückstag? Das würde mich aber sehr wundern«, meinte sie bitter.

»Das war Susanne Lichtenegger«, fuhr Miriam lächelnd fort.

»Ja und?«

»Es hat sie wohl das schlechte Gewissen gepackt. Nun ist sie mit was rausgerückt, was uns vielleicht weiterhelfen könnte.«

»Jetzt mach es doch nicht so spannend«, schnauzte Sandra die Kollegin an. Momentan fehlte ihr jegliche Geduld für Ratespielchen.

Das Lächeln verschwand aus Miriams Gesicht.

»Verzeih mir, bitte«, entschuldigte sich Sandra. »Ich bin heute etwas dünnhäutig.«

Miriam nickte. »Schon gut. Hör zu: Susanne Lichtenegger will vor etlichen Wochen eine Wildkamera direkt vor dem Tatort in der Zeil installiert haben, um beobachten zu können, wann ihr Freund im Haus seines Bruders ein- und ausgeht.«

»Aber die Tatortgruppe hat vor Ort alles umgedreht. Eine Kamera hätten sie doch bestimmt gefunden.«

»Angeblich ist das Ding in einem hohlen Baum vorm Haus versteckt und genau auf die Eingangstür gerichtet. Jedenfalls hat Susanne Lichtenegger sie dort lassen, wie sie ausgezogen ist. Und bisher keine Möglichkeit gefunden, sie unbemerkt abzuholen.«

»Aber eine solche Kamera wäre uns doch aufgefallen«, wiederholte Sandra ungläubig.

»Nicht, wenn keiner dort extra nachgeschaut hat. Es ist eine von diesen neuen Dingern mit unsichtbaren LEDs und IR-Blitz, da blinkt und blitzt genau gar nix mehr, null, nada … Man sieht und hört nicht das Geringste, wenn sie auslöst. Außerdem haben die Dinger eine ziemlich hohe Speicherkapazität.«

Wenn die Batterien so lange hielten, hatte diese Kamera vielleicht auch in der Tatnacht aufgezeichnet. Womöglich sogar den Täter gefilmt, keimte nun auch in Sandra ein Hoffnungsschimmer auf. Wenigstens, was die Aufklärung des Dreifachmordes betraf. »Gib Siebenbrunner Bescheid. Ich rufe Sascha an«, sagte sie und griff zum Telefon.

# 2.

Sandra stellte den Audi zwischen einem silbernen Kastenwagen und einem roten Kombi am Parkplatz vor dem Gasthaus ab. Die beiden Kollegen der Tatortgruppe warteten schon vor ihrem Fahrzeug.

Sandra warf die Autotür zu, als ein glühender Zigarettenstummel direkt vor ihren Füßen landete. Sie blickte hinauf und sah gerade noch, wie der Kopf des Mädchens auf dem Balkon zurückwich. Seit wann rauchte Johanna? Wenigstens war es kein Joint, sondern eine handelsübliche Zigarettenmarke, stellte sie fest.

Die Kriminaltechniker begrüßten die beiden Ermittler. »Und wo genau sollen wir nach dieser Kamera suchen?«, wollte einer der Männer von Bergmann wissen.

Sandra trat ein paar Schritte zurück und blickte wie die anderen zum Hof hinauf. »Der einzige Baum, der infrage kommt, ist die Eiche vor dem Haus«, sagte sie und zeigte auf den mächtigen Laubbaum. »Angeblich ist die Kamera in einem Hohlraum versteckt. Wenn ihr sie dort nicht findet, dann hat sie wohl schon wer weggenommen.«

»In Ordnung.«

»Kommt einer von euch mit uns hinein für den Schmauchspurentest?«, fragte Sandra.

»Das mach ich«, antwortete der Mann mit dem Alukoffer.

»Gehen wir«, sagte Bergmann. »Und du gibst mir Bescheid, sobald du die Kamera gefunden hast«, wandte er sich an den zweiten Mann.

Der nickte und machte sich auf den Weg.

Die beiden anderen folgten Sandra ins Gasthaus.

Bernhard Faschingbauer zapfte gerade Bier. Eine Kellnerin, die Sandra noch nie gesehen hatte, servierte Teller ab. Drei der Tische in der Stube waren mit Gästen besetzt.

»Hockt's euch zum Stammtisch. Ich komm dann gleich«, sagte der Wirt, nachdem er sie an der Schank begrüßt hatte. »Wollt's was essen?«

Sandra hatte zwar noch nichts im Magen, dennoch keinen Appetit. »Für mich nur einen Kamillentee, bitte«, sagte sie.

Bergmann und der Kollege verneinten ebenfalls und bestellten zwei große Schwarze.

»Können Sie bitte Johanna verständigen, dass wir hier sind?«, fragte Sandra. Obwohl das Mädchen sie wahrscheinlich schon vom Balkon aus gesehen hatte.

»Gehen S' nur, Frau Inspektor. Die Johanna ist in ihrem Zimmer.«

»Möchten Sie nicht dabei sein, wenn wir sie befragen beziehungsweise Spuren nehmen?«

»Ich hab hier alle Hände voll zu tun. Tut mir leid. Ich richt Ihnen inzwischen die Getränke her.«

»Gut. Wenn Johanna nicht darauf besteht, dass Sie anwesend sind, fangen wir ohne Sie an«, meinte Sandra. »Ansonsten nehmen wir sie mit herunter.«

Johanna knotzte auf ihrem Bett und klappte das Buch zu, als die drei Polizisten eintraten. Wo waren ihre vielen Stofftiere geblieben, fragte sich Sandra. Nur noch der Schimpanse namens Lenni lag neben dem Mädchen. Die Männer blieben bei der Tür stehen. Sandra drehte den einzigen Stuhl im Zimmer um und setzte sich mit dem Rücken zur Schminkkommode, sodass sie das Mädchen am Bett ansehen konnte. »Ist es okay, wenn ich dir ein paar Fragen stelle?«

»Können die beiden Männer draußen warten?«

Sandra wollte sie schon hinausschicken, als Bergmann verneinte. »Diesmal geht das nicht. Wenn du einverstanden bist, würden wir dich gerne auf Schmauchspuren untersuchen«, sagte er.

»Muss ich das machen lassen?«, fragte Johanna und sah dabei Sandra an.

»Nein, das musst du nicht. Dann würden wir uns aber die Frage stellen, warum du das nicht möchtest. Willst du uns nicht helfen, Davids Mörder zu finden?«

Das Mädchen zuckte mit den Schultern.

»Ich habe gedacht, du liebst ihn«, sagte Sandra.

Johanna kletzelte an einem der Löcher herum, die ihre hautengen Jeans absichtlich zierten. »Ich rede nur mit Ihnen, mit sonst niemandem«, sagte sie.

Sandra sah Bergmann an. Der schüttelte noch einmal den Kopf, die Hand am unrasierten Kinn.

»Du möchtest den Test also nicht?«, fragte Sandra.

»Nein.«

»Hast du in den letzten Tagen mit einer Feuerwaffe geschossen?«

»Ich bin im Schützenverein.«

»Schön, dass du jetzt mit dieser Information herausrückst«, sagte Sandra. »Wir wissen inzwischen, dass du eine preisgekrönte Pistolenschützin bist.«

Johanna reagierte nicht.

»Du hast also in den letzten Tagen geschossen?«, fragte Sandra weiter.

Johanna schwieg.

»Wir wissen auch, dass du seit zwei Jahren nicht mehr im Schützenverein warst.«

Johanna sagte noch immer nichts.

»Wo warst du, nachdem wir beide uns hier das letzte Mal unterhalten haben, Johanna? Hast du danach David Maierhofer angerufen? Das letztes Telefongespräch, das auf seinem Handy eingegangen ist, ist aus diesem Gasthaus gekommen.«

Offenbar wollte Johanna keine Fragen mehr beantworten.

»Seit wann rauchst du eigentlich?«, wechselte Sandra das Thema, um das Mädchen vielleicht so aus der Reserve zu locken.

»Ich rauche gar nicht wirklich. Nur ab und zu.«

»Entweder man raucht oder man raucht nicht.«

»Dann rauche ich halt.«

»Du bist 13.«

»Wie alt muss man sein, um wie ein Mensch behandelt zu werden?«

»Und du meinst, du wirst wie eine Erwachsene behandelt, nur weil du rauchst?« Sandra hatte es in ihrer Kindheit und Jugend auch immer gehasst, nicht für voll genommen zu werden. Zur Zigarette hatte sie deshalb nie gegriffen. Aus gutem Grund. »Erwachsen zu sein, heißt, die Konsequenzen für seine Handlungen zu tragen. Mein Vater war ein starker Raucher. Er ist schon früh elendiglich an Krebs zugrunde gegangen. Ich würde niemals rauchen, weil ich mir der Folgen bewusst bin.«

»An irgendwas sterben wir doch alle.«

»Da hast du recht. David Maierhofer wurde zum Beispiel mit einer Kleinkaliberwaffe erschossen«, kehrte Sandra zum eigentlichen Thema zurück. »Möglicherweise sogar mit der Pistole, die deinem Vater gehört hat und die verschwunden ist. Das Projektil ist durch seine Augenhöhle eingedrungen.« Sandra hielt den Zeigefinger an ihr rechtes Auge und streckte den Daumen nach oben, sodass ihre Hand an eine Handfeuerwaffe erinnerte. »Vermutlich hat der Täter genau gewusst, dass die Durchschlagskraft einer Kleinkaliberwaffe nicht für einen Durchschuss ausreicht und daher umso massivere Schäden im Gehirn anrichtet, weil sich das Projektil seinen Weg kreuz und quer durch die Weichteile bahnt. Jemand, der sich mit Waffen nicht so gut auskennt, hätte wohl ein größeres Kaliber gewählt, um, wie man irrtümlich meinen könnte, sicherzugehen, dass der Schuss tödlich ist. Es sei denn, er hatte nur diese eine Waffe zur Verfügung.«

Johanna war wieder verstummt.

»Das Labor hat die Hautpartikel unter den Fingernägeln deines Bruders als deine identifiziert. Hat dich Severin gekratzt, bevor er gestorben ist? Oder schon vorher?«

Johanna sagte nichts mehr.

Ein Handyklingeln beendete die Stille. »Bergmann«, meldete sich der Chefinspektor. »Ist gut. Wir kommen gleich runter«, sagte er nach einer Weile und steckte sein Handy wieder zurück in die Jackentasche. »Das hier bringt nichts«, wandte er sich an Sandra. »Wir haben das Beweismaterial. Wenn sie jetzt nicht kooperieren möchte, wird sie halt die Konsequenzen tragen müssen. Auch wenn sie erst 13 ist.«

Johanna sah erstmals Bergmann an. »Warum reden Sie über mich, als wäre ich nicht im Zimmer?«

»Ach, sieh einer an: Sie hat ihre Sprache wiedergefunden«, redete der Chefinspektor weiterhin mit Sandra. So arrogant hatte er sich schon lange nicht mehr gegeben.

»Welche Beweise hast du schon, Alter?« Johanna spreizte ihre Schenkel, strich mit der Hand über ihre Intimzone und warf dem Chefinspektor einen Blick zu, gegen den Lolita wie eine Heilige aussah.

Sandra war sprachlos. Johanna glaubte doch nicht ernsthaft, ihre Position mit einer obszönen Geste verbessern zu können? Wollte sie damit ihre vermeintliche Macht demonstrieren? Oder den Chefinspektor schlichtweg provozieren, weil ohnehin schon alles egal war? Offensichtlich war sie auf Bergmanns Bluff hereingefallen, war sich Sandra sicher. Der Kriminaltechniker mochte die versteckte Kamera sichergestellt haben. Dass er das Material darauf bereits gesichtet und ausgewertet hatte, konnte sich Sandra nicht vorstellen. Abgesehen davon war ihm Johanna noch nie begegnet, sodass er sie hätte identifizieren können.

Bergmann wandte sich wortlos ab, um das Zimmer zu verlassen. Johanna warf ihm einen Blick hinterher, als wolle sie ihn am liebsten töten. Der Ballistiker folgte dem Chefinspektor.

Sandra stand auf. »Ich bin sehr enttäuscht von dir, Johanna«, sagte sie und drehte den Stuhl wieder um. Im Spiegel der Kommode sah sie, dass das Mädchen mit einer Handfeuerwaffe auf ihren Rücken zielte.

## 3.

Was die LKA-Ermittler lange Zeit nicht für möglich gehalten hätten, war nunmehr traurige Gewissheit. Die 13-Jährige, die in der Kinder- und Jugendpsychiatrie im Grazer LKH untergebracht war, hatte vier Morde gestanden.

Tatsächlich zeigten die Fotos der Wildkamera, wie Johanna in der Tatnacht selenruhig aus ihrem Elternhaus spaziert war, ohne die geringsten Anzeichen von Panik. Niemand, außer den Bewohnern, war an diesem Tag ein- und ausgegangen. Dass Patrick Schantl tags zuvor den anonymen Brief in den Briefkasten eingeworfen hatte, bestätigten die Bilder ebenfalls. Wegen dieses Schreibens war es zu einem fürchterlichen Streit zwischen Mutter und Tochter gekommen. Auch der Vater hatte sich auf die Seite der Mutter gestellt und der Tochter auch noch eröffnet, dass sich ihr Leben demnächst grundlegend ändern würde. Die Eltern hatten endgültig beschlossen, fortzuziehen. Ausgerechnet zu den Großeltern, die Johanna ebenso sehr hasste wie ihre Mutter. Das wollte sie unter allen Umständen verhindern, um bei ihrem Onkel Bernhard bleiben zu können, bis sie endlich erwachsen war. Der Wirt war für sie noch das geringste Übel. Gewusst hatte dieser aber nichts von alledem.

Johanna gab an, gewartet zu haben, bis die Eltern eingeschlafen waren. Zuerst hatte sie den Vater erschossen, dann die Mutter. Genau wie die Ermittler den Tathergang rekonstruiert hatten, war die Frau durch den Schuss auf ihren Mann aufgewacht und anschließend mit drei Schüssen getötet worden. Den kleinen Bruder, der ebenfalls aufgewacht war, hatte Johanna ebenso skrupellos erschossen. Severin nervte sie bereits zeit seines Lebens. Immer wieder hatte sie ihn malträtiert und teilweise schwer verletzt. Auch der Vorfall mit dem Rohrreiniger war kein Unfall gewesen. Johanna hatte ihm diesen absichtlich ins Gesicht gespritzt, und nicht die Mutter. Das alles erzählte sie den Kriminalisten völlig emotionslos, ohne ein schlechtes Gewissen oder Reue zu zeigen.

Die Idee, vor der Webcam zu strippen, zu onanieren und mit den Männer zu chatten, hatte sie gemeinsam mit ihrem Freund David Maierhofer ausgeheckt, um zu Geld zu kommen. Da sie zu jung war, um geschäftsfähig zu sein, hatte sie dafür einen Verbündeten gebraucht.

Warum sie ihn dann in die nahe Höhle gelockt und mit der Kleinkaliberpistole ihres Vaters erschossen hatte? Weil sie dahintergekommen war, dass er sich Verena Valeskini zugewandt hatte.

Schmauchspuren ließen sich keine mehr an Johanna nachweisen. Die Kleidung, die sie bei den Morden angehabt hatte, hatte sie wie den anonymen Brief im Ofen verbrannt und frische Kleidung angezogen. So gesehen hatten es die LKA-Ermittler doch mit einer Familientragödie zu tun. Einer, die leider noch ein weiteres Opfer gefordert hatte. Der vierte Mord hätte sich verhindern lassen, wäre man dem Mädchen früher auf die Schliche gekommen.

# EPILOG

»Ich hätte ich es mir nie verziehen, wenn dir etwas passiert wäre«, sagte Bergmann, während der Audi den Ausfahrtsschranken der Krankenhausgarage passierte.

Sandra nickte müde. »Schon gut. Mir ist ja nichts geschehen«, erwiderte sie. Ausschließlich dem Spiegel der Kommode und ihrer Reaktion war es zu verdanken, dass sie Johanna die Waffe hatte aus der Hand schießen können, noch bevor diese abgedrückt hatte. Das Mädchen hatte lediglich einen Streifschuss an der Schulter erlitten und war im Krankenhaus medizinisch versorgt, anschließend auf die Kinder- und Jugendpsychiatrie verlegt worden.

»Ich wollte dich wirklich nicht mit Johanna allein im Zimmer lassen. Aber mit ihren obszönen Gebärden hat sie mich völlig aus dem Konzept gebracht.« Bergmann trank seinen Kaffee aus. Der fünfte Becher landete auf dem Stapel in der Halterung. »Weißt du was? Ich finde, wir beiden sollten den Fall abhaken und gemeinsam feiern.«

»Ich bin sterbensmüde, Sascha«, lehnte Sandra ab.

»Aber immerhin nicht tot«, grinste Bergmann. »Na, komm schon, ein Gläschen. Auf das Leben!«

Zum Glück hatte er die Liebe außen vor gelassen. Mit einem Seufzen setzte Sandra den Blinker, um abzubiegen. Sie war erschöpft. Dass sie nach allem, was passiert war, schlafen konnte, bezweifelte sie jedoch. Der Wahnsinn dieses Nachmittages hatte sie kaum an Paul denken lassen. Doch spätestens, wenn sie allein zu Hause war, würden sich er und Johanna wieder in ihre Gedanken drängen und ihr zu schaffen machen. Wie hatte sie sich von dem Mädchen nur dermaßen blenden lassen können? »Na schön, ein kleiner Absacker«, gab sie nach. Der erste in fast vier Jahren, den sie und Bergmann nach Feierabend zusammen nahmen. »Wohin fahren wir?«, wollte sie wissen.

»Zu dir oder zu mir?«, fragte Bergmann.

Sandra musste lachen. »Das wollte ich ausgerechnet von dir niemals hören«, meinte sie. »Aber wo wir schon einmal auf dem Weg zu dir sind …«

Bergmann schenkte Zweigelt in die Rotweingläser ein. Immerhin mussten sie nicht aus Pappbechern trinken, wie Sandra es befürchtet hatte. Die aus dem Auto hatte er zu ihrer Überraschung vorhin unaufgefordert mitgenommen und entsorgt. »Stopp«, hielt sie ihn auf, ehe er ihr noch mehr einschenkte. »Ich muss ja noch nach Hause fahren.«

»Du kannst das Auto auch bis morgen früh vor dem Haus stehen lassen«, sagte er und streckte ihr sein Glas entgegen. »Und mich dann gleich ins LKA mitnehmen.«

Sandra sah ihn entgeistert an. Glaubte er etwa, dass sie bei ihm übernachten wollte? Nicht in einer Million Jahren!

Ihr entsetzter Blick ließ ihn auflachen. »So habe ich das nicht gemeint, Sandra.«

»Sondern?«

»Ich würde dich später nach Hause begleiten und anschließend gleich wieder heimgehen. Es sei denn, du möchtest …«

»Prost, Sascha«, unterbrach Sandra ihn, bevor ihm wieder etwas Falsches über die Lippen kam. Der Zweigelt schmeckte ausgezeichnet. »Einen so guten Geschmack hätte ich dir gar nicht zugetraut«, sagte sie.

Bergmann grinste.

»Was ist los? Hast du gar keinen dämlichen Kommentar parat?«, fragte Sandra, nun ebenfalls grinsend. »Das war dein Stichwort.«

Bergmann stellte sein Glas ab. »Ich bin so froh, dass du wohlauf bist, Sandra.«

»Ich bin unverletzt. Dass ich wohlauf bin, kann ich leider nicht von mir behaupten.«

Schweigend sah ihr Bergmann in die Augen, als sich ihr der Hals wieder zuschnürte. Rasch versuchte sie, die Tränen mit einem weiteren Schluck Rotwein zu bekämpfen.

»Wenn du weinen musst, tu dir keinen Zwang an. Ich halte das schon aus.«

Aufs Stichwort liefen ihr die Tränen über die Wangen. Die Enttäuschungen der letzten Tage trafen sie mit voller Wucht. Außerdem die Befürchtung, dass sie vermutlich niemals Mutter werden würde. Wenn sie an Johanna dachte, war das vielleicht auch besser so. Sandra schluchzte los und fand sich in Bergmanns Armen wieder. Erst wollte sie sich wehren. Dann ließ sie sich von ihm trösten. Es fühlte sich so gut an, vertraut und richtig.

ENDE

## HERZLICHEN DANK FÜR DIE UNTERSTÜTZUNG UND/ODER INSPIRATION:

Oskar Feifar
Dr. Beate Freude
Claudia Senghaas
Hannes Rossbacher
Dr. Heinrich und Ingrid Kusch
Dr. Michael Lepuschitz
Mag. Ilona Mayer-Zach

# GLOSSAR DER ÖSTERREICHISCHEN UND STEIRISCHEN AUSDRÜCKE SOWIE ABKÜRZUNGEN

*anpumpern* anklopfen
*Asmonte, der* würziger Hartkäse, »Steirischer Parmesan«
*Bauwoaz, der* Weizen
*Berschn, die Mz.* Burschen
*Cobra, die* Das Einsatzkommando Cobra ist eine polizeiliche Sondereinheit in Österreich, vergleichbar mit dem deutschen SEK
*dakleschen* erwischen
*oboschn* auch: abposchen = abhauen
*Gitschen, die* verwöhntes Mädchen
*Glumpert, das* Zeug
*Grantscherm, der* missgelaunter Mensch
*greart* geweint, von *rearn* = weinen
*Greibl, das* abwertend: Fahrzeug
*Grogga, die* Name der Steirischen Krakau unter Einheimischen
*Gscheade, der* Provinzler, aus der Sicht eines Wieners ein Bundesländerbewohner
*fraliwull* freilich
*Hascherl, das* unbeholfener Mensch
*Hirschbirne, die* alte steirische Birnensorte, die nur noch im Pöllauer Tal gehäuft auftritt und dort zu regionalen Spezialitäten verarbeitet wird
*Huam, die* Hube; ursprünglich Besitz von zirka 30–45 Joch (1 Joch = 0,57 ha), auf dem eine kleine bäuerliche Holzhütte stand, die man heute als »Huam« bezeichnet

*KPU, die* Abkürzung für Kriminalpolizeiliche Untersuchungsstelle, entspricht der deutschen Abkürzung KT = Kriminaltechnik
*kletzeln* kratzen, zupfen
*knotzen* lümmeln, kauern
*kudern* albern lachen
*Krachn, die* Gewehr
*Kren, der* Meerrettich
*Krewegerl, das* schmächtiges Wesen
*Marandjosef* Maria und Josef, Ausruf der Verwunderung
*Morillon, der* Weißwein einer Chardonnay-Rebsorte, die dereinst nach ihrem Herkunftsort in der Burgund benannt wurde; neben Sauvignon Blanc (= Muskat-Sylvaner) eine der bedeutendsten Weißweinsorten in der Steiermark
*Osterpinze, die* traditionelles südösterreichisches, slowenisches und kroatisches Ostergebäck aus Hefeteig
*Panscherl, das* intimes Verhältnis
*Puffn, die* Handfeuerwaffe
*Reißen, die* in der Reißen haben – etwas bearbeiten
*Rumsn, die* schäbiges, heruntergekommenes Lokal
*sekkieren* ärgern, quälen, belästigen
*Spagatkrapfen, der* bäuerliches Mürbteiggebäck in Öl herausgebacken
*Stamperl, das* Schnapsglas
*stierln* stöbern, nach etwas suchen
*Troadkasten, der* Getreidespeicher
*Trutschn, die* eingebildete Frau
*Tuchent, die* Federbett, daunengefüllte Bettdecke
*umanandhock'n* herumsitzen
*umanandplärrn* herumschreien

*Verlängerter, der* Österreichische Kaffeespezialität: kleiner Brauner oder Schwarzer mit derselben Menge Wasser verlängert/gestreckt
*Vogerlsalat, der* Feldsalat
*Woaz, der* Mais
*Zniachterl, das* schwächliches, kleines Wesen
*Zuagraste, der* wörtlich: Zugereiste; Fremder, auch Zweitwohnsitzer, der von anderswo stammt

*Weitere Krimis finden Sie auf den folgenden Seiten und im Internet:*

**WWW.GMEINER-SPANNUNG.DE**

**CLAUDIA ROSSBACHER**
Steirerland

978-3-8392-1683-5 (Paperback)
978-3-8392-4643-6 (pdf)
978-3-8392-4642-9 (epub)

»Die österreichische Bestsellerautorin serviert ihren nächsten spannenden Fall im malerischen Steirischen Vulkanland.«

Sandra Mohrs Auszeit neigt sich dem Ende zu, als sie der Ruf des Chefinspektors Sascha Bergmann zu einem Leichenfund ereilt. Diensteifrig folgt die LKA-Ermittlerin diesem in ein Waldstück nahe Straden, um dort den verstümmelten Toten zu begutachten, dem beide Hände fehlen. Wenig später erfährt sie, dass es vor Kurzem einen ähnlichen Mord in der Nähe gab – der Leiche waren die Beine abgetrennt worden. Sandra befürchtet, dass der Täter bereits ein weiteres Opfer im Visier hat. Und sie soll recht behalten …

GMEINER SPANNUNG

WWW.GMEINER-VERLAG.DE
*Wir machen's spannend*

**CLAUDIA ROSSBACHER**
Steirerkreuz

978-3-8392-1536-4 (Paperback)
978-3-8392-4367-1 (pdf)
978-3-8392-4366-4 (epub)

## »Endlich: Ein neuer Fall für Mohr und Bergmann!«

Als Sandra Mohr und Sascha Bergmann ins Mürzer Oberland gerufen werden, erwartet sie ein seltsamer Leichenfund. Ein Mann und ein Hund wurden kopfüber an einem Baum aufgehängt. Ist der Tatort unweit des Pilgerweges nach Mariazell ein Hinweis auf einen religiös motivierten Ritualmord? Welche Rolle spielt die blinde Magdalena, um die sich im Dorf alles zu drehen scheint? Und was verbirgt Pater Vinzenz, der sich so rührend um sie kümmert? Die Spuren führen die LKA-Ermittler in die Vergangenheit …

**CLAUDIA ROSSBACHER**
Steirerkind

978-3-8392-1396-4 (Paperback)
978-3-8392-4113-4 (pdf)
978-3-8392-4112-7 (epub)

## »Ein weiterer Alpen-Krimi der Extraklasse!«

Zwei Tage vor Beginn der Alpinen Ski-WM in Schladming wird eine Leiche unter der Eisdecke des Steirischen Bodensees gefunden. Es handelt sich um den seit Wochen vermissten Cheftrainer des österreichischen Herrenskiteams. Prompt gerät der prominente Skirennläufer Tobias Autischer unter Mordverdacht. Doch hat der WM-Favorit den Coach, der ihn von Kindheit an gefördert hatte, tatsächlich umgebracht? Sandra Mohr und Sascha Bergmann vom LKA in Graz ermitteln.

GMEINER SPANNUNG

WWW.GMEINER-VERLAG.DE
*Wir machen's spannend*

# Das Neueste aus der Gmeiner-Bibliothek

## Unser Lesermagazin

Bestellen Sie das kostenlose Krimi-Journal in Ihrer Buchhandlung oder unter www.gmeiner-verlag.de

## Informieren Sie sich …

**www** … auf unserer Homepage:
www.gmeiner-verlag.de

**@** … über unseren Newsletter:
Melden Sie sich für unseren Newsletter an unter www.gmeiner-verlag.de/newsletter

**f** … werden Sie Fan auf Facebook:
www.facebook.com/gmeiner.verlag

## Mitmachen und gewinnen!

Schicken Sie uns Ihre Meinung zu unseren Büchern per Mail an gewinnspiel@gmeiner-verlag.de und nehmen Sie automatisch an unserem Jahresgewinnspiel mit »mörderisch guten« Preisen teil!

**WWW.GMEINER-VERLAG**
*Wir machen's spann*